十二国記

4

上

明の空

옮긴이 추지나

—

대학에서 일본지역학을 전공했다. 출판 편집자로 일하다 지금은 일본 문학 전문 번역가로 활동하고 있다. 옮긴 작품으로는 오노 후유미의 십이국기 시리즈를 비롯해, 『잔예』, 『귀담백경』, 『시귀』, 『흑사의 섬』, 미야베 미유키의 『지하도의 비』, 오카모토 기도의 『한시치 체포록』, 나쓰키 시즈코의 『W의 비극』 등이 있다.

—

이 도서의 국립중앙도서관 출판예정도서목록(CIP)은
서지정보유통지원시스템 홈페이지(http://seoji.nl.go.kr)와
국가자료종합목록 구축시스템(http://kolis-net.nl.go.kr)에서 이용하실 수 있습니다.
(CIP제어번호 : CIP2015016462)

십이국기 4 上

여명의 하늘

바람의 만리

小野不由美

오노 후유미 지음, 추지나 옮김

엘릭시르

風の万里、黎明の空

차례

十二國記 4

십이국 전도

十二國全圖

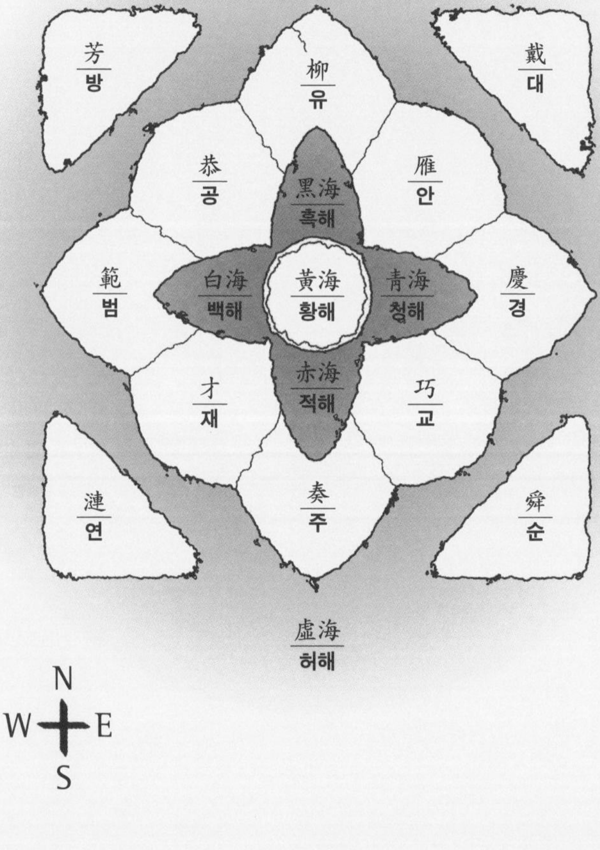

芳 방
柳 유
戴 대
恭 공
雁 안
黑海 흑해
範 범
白海 백해
黃海 황해
青海 청해
慶 경
赤海 적해
才 재
巧 교
漣 연
奏 주
舜 순
虛海 허해
N
W
E
S

십이국 북방도

十二國 北方圖

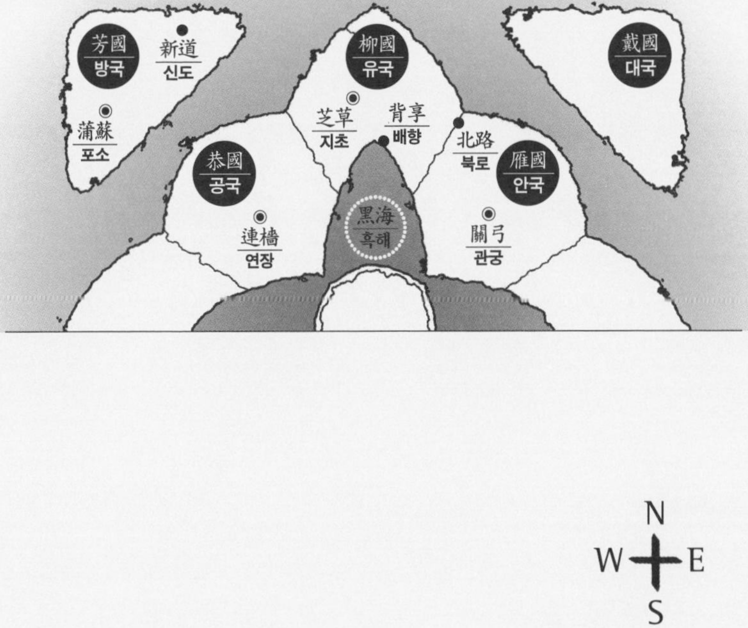

경국도

慶國圖

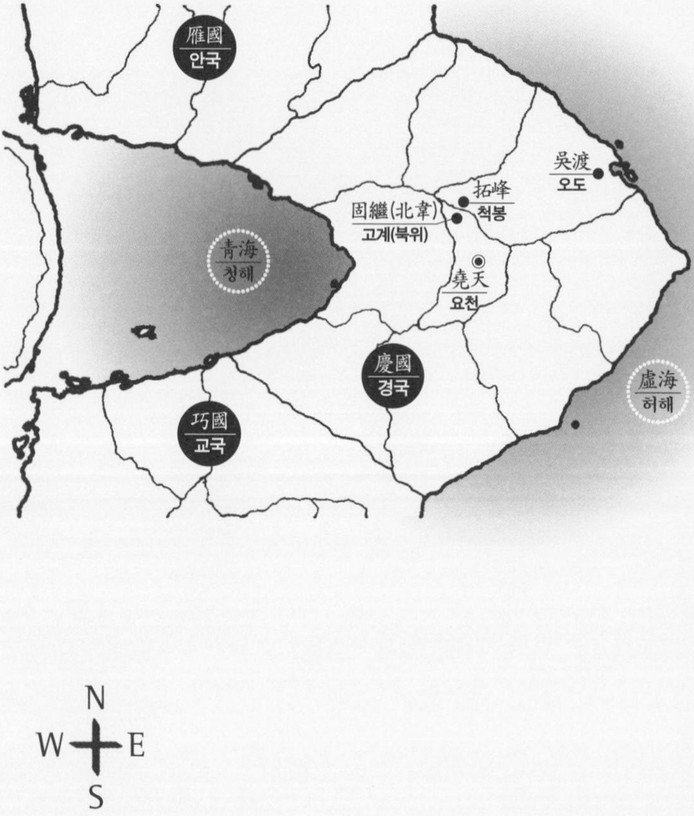

십이국 남방도

十二國 南方圖

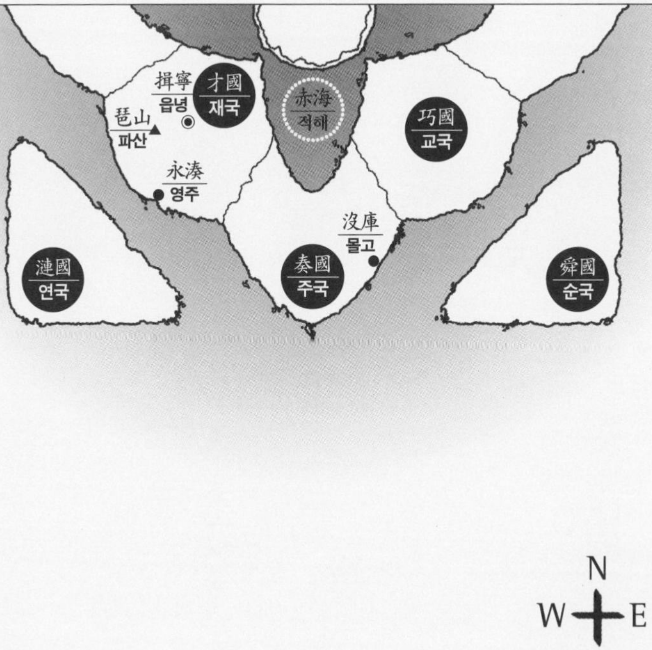

도시 구조

都市 構造

◎ 현성縣城 이상

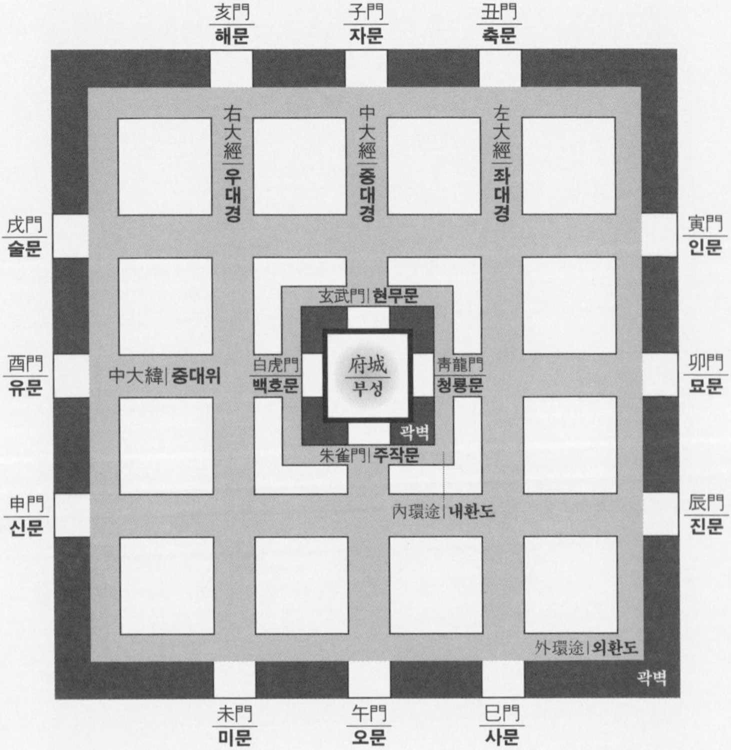

도시 구조

都市 構造

- **부성府城** · 관아
  - ◎ 내환도內環途 | 부성을 둘러싸고 난 길
  - ◎ 외환도外環途 | 도시의 곽벽 안쪽으로 빙 둘러 난 길
  - ◎ 대위大緯 | 도시 안에 동서로 뻗은 큰길
  - ◎ 대경大經 | 도시 안에 남북으로 뻗은 큰길

- **도시로 통하는 문**
  - ◎ 자문子門
  - ◎ 축문丑門
  - ◎ 인문寅門
  - ◎ 묘문卯門
  - ◎ 진문辰門
  - ◎ 사문巳門
  - ◎ 오문午門
  - ◎ 미문未門
  - ◎ 신문申門
  - ◎ 유문酉門
  - ◎ 술문戌門
  - ◎ 해문亥門

十二國記、風の万里 黎明の空、小野不由美

서장

001

아프지 말고 잘 지내야 한다. 이렇게 말하며 어머니는 눈시울을 훔쳤다. 아버지와 두 오빠는 뚱하게 입을 다물고 있었다. 여동생과 남동생은 집안에서 나오지 않는다. 두 사람을 다독이는 할머니의 목소리가 문밖에 선 스즈의 귀에 들렸다.

걱정할 게 뭐 있어, 하고 쾌활한 목소리로 말하는 이는 스즈 옆에 서 있는 남자뿐이었다.

"아오야기 님은 어마어마한 부자셔. 예쁜 옷도 입혀주실 거고, 예의범절도 배울 수 있지. 고용살이가 끝날 즈음에는 몰라보게 세련되어져서 어디에 내놔도 부끄럽지 않은 아가씨가 되어 있을지도 모르지."

남자는 그렇게 말하고 혼자 크게 웃었다. 스즈는 그런 남자를 고개를 젖혀 올려다보고 나서 눈앞에 있는 다 쓰러져가는 집을 다시 한번 둘러보았다. 비스듬한 기둥과 비틀린 초가지붕. 봉당과 방 두 칸이 전부인데, 어디고 기울거나 비틀어지지 않은 곳이 없었다.

스즈의 집은 가난하다. 땅을 빌려 농사를 지었지만 소출은 대부분 소작료로 빼앗겼다. 게다가 올해는 흉작이라 여름이 되도록 이삭이 열리지 않았다. 이대로는 소작료를 낼 수 없다. 그래서 스즈는 몇 년간 남의집살이를 하러 팔려 간다. 열일곱 살 오빠도 열한 살 여동생도, 아홉 살 난 남동생도 아니고 열네 살 스즈가 팔려 간다. 만으로 따지면 이제 열두 살이다.

"그만 가자."

남자의 채근에 스즈는 고개를 끄덕였다. 가족에게 작별 인사는 하지 않았다. 입을 떼면 눈물이 떨어질 것 같았기 때문이다. 눈을 부릅뜨고 깜빡이지 않으려고 참았다. 그 눈으로 가족을 둘러보고 얼굴을 똑똑히 되새겼다.

몸 건강히 지내야 해, 어머니는 다시 한번 말하고 소매로 얼굴을 덮었다. 그래서 스즈는 등을 돌렸다. 우는 어머니, 뚱해서 아무 말도 하지 않는 아버지와 오빠, 그 누구도 스즈를 붙잡아주지 않을 것을 알고 있는 탓이었다.

입을 꾹 다문 채 남자의 뒤를 터벅터벅 걸어 마을 어귀를 넘었다. 한낮이 다 되었을 무렵에는 스즈가 아는 세상의 끝에 이르렀다. 산비탈을 깎은 듯한 고갯길, 멀리 산기슭에서 바라보던 이 고개 바깥쪽으로는 가보지 못했다.

"너는 착한 애구나. 꾸물대며 훌쩍이지 않는 게 마음에 들었어."

남자는 무척이나 흥에 겨워 멋대로 지껄이면서 쉼 없이 성큼성큼 걸어갔다.

"도쿄는 대단한 도시야. 너, 가스등 본 적 없지? 저택으로 가는 길에 철도마차도 탈 수 있어. 철도마차가 뭔지 알아?"

스즈는 남자의 말을 흘려듣고 뒤돌아보지 않으려고 애쓰면서 남자의 발치에 끌리는 그림자를 짓밟았다. 그런 짓을 되풀이하며 고개를 넘어 내리막길에 접어들 즈음에 상투를 자른 남자의 그림자가 멈추었다. 남자가 하늘을 올려다본다.

뒤에서 구름이 몰려왔다. 스즈가 밟은 남자의 그림자도 옅어졌다.

"쏟아지려나."

고개를 돌리자, 나무가 울창하게 우거진 비탈에 자리잡은 산간 마을이 보인다. 그림자가 비탈을 타고 올라왔다. 물이 밀어닥치듯 구름 그림자가 남자와 스즈의 그림자를 따라붙더니 후텁지근한 바람이 사아 하고 분 뒤 빗방울이 길바닥을 투둑투둑 때렸다.

"이거 야단났네."

남자는 그렇게 말하고 고갯길 길가에 우뚝 솟은 커다란 녹나무 쪽으로 달려갔다. 비를 그으려나 보다 싶어 스즈도 보퉁이를 품에 안고 뒤쫓았다. 후두둑 굵은 빗발이 볼이며 어깨에 쏟아지고 나무 아래로 뛰어드는 잠깐 사이에 비스듬히 내리꽂히는 비로 바뀌었다.

스즈는 목을 움츠리고 늙은 녹나무 밑동으로 달려갔다. 지면으로 뻗어 나온 뿌리는 지금처럼 비를 피하거나 잠시 쉬어 간 나그네의 발에 쓸려 어느 뿌리고 반들반들했다. 빗방울에 젖은 나무뿌리에서 발이 미끄러졌다.

아아, 미끄러진다. 그렇게 생각하자마자 발이 크게 들렸다. 몸을 앞으로 숙이며 내디딘 발치에 있던 또 다른 뿌리에 발부리를 건다. 넘어질 뻔하다 겨우겨우 버티고 선 발이 다시 미끄러져 스즈는 춤추듯 벼랑 끝까지 이르고 말았다.

"얘, 조심……."

남자의 목소리는 도중에 비명으로 바뀌었다. 아름드리 녹나무 뿌리가 끝나는 지점 너머, 낭떠러지라 불러도 될 만큼 가파른 경사 아래로 굴러떨어지기 직전이었다.

스즈는 짐을 내던지고 손을 뻗었다. 손가락은 남자의 손에도 가까운 가지나 풀숲에도 닿지 않았다. 벼랑 끝으로 몸이 내던져지자마자 굵은 빗발이 스즈를 때렸다. 콸콸콸 폭포가 떨어지는 듯한 빗소리가 들렸다.

떨어진다고 생각한 순간까지는 기억한다. 물에 내던져진 덕에 아득해지던 정신이 돌아왔다. 아래에 강이 있었던가, 물속으로 가라앉으며 생각했다. 그런데 어느 개천일까. 계속해서 가라앉는 이 깊이는. 물이 입속으로 들어오는 이 괴로움은.

어두운 물속으로 빨려들어 의식을 잃고, 눈을 떴을 때에는 천천히 흔들리는 바닥 위였다. 남자 몇 명이 스즈의 얼굴을 들여다보았다.

스즈가 깜짝 놀라 눈을 휘둥그렇게 뜨고 깜빡이자 남자들은 안심한 것처럼 표정을 누그러뜨리더니 저마다 무슨 말을 했다.

스즈는 몸을 일으켰다. 주위를 둘러보고 입을 떡 벌렸다.

물위였다. 바닥에 깐 낡은 판자 바로 앞에 수면이 펼쳐져 있고, 시선을 들자 새카만 물이 세상 끝까지 이어지다가 아득히 먼 곳에서 한일자로 하늘과 접해 있었다. 이렇게 너른 물을 스즈는 난생처음 보았다.

굴러떨어진 녹나무 고목을 찾아 돌아보니 바로 뒤에 고개를 젖히고 보아야 할 높은 절벽이 치솟아 있었다. 절벽은 깊이 파여 군데군데 하얀 실처럼 물이 흘러 떨어졌다. 절벽 기슭에 판자를 깔아 바닥을 넓게 낸 것이다. 물가 쪽 판자 바닥에 이어진 몇 개의 잔교에 작은 배를 세 척 정도 대놓았다.

—강으로 떠내려와 바다까지 이르고 만 것일까.

스즈는 그렇게 생각했다. 강을 따라 쭉 내려가면 점점 커져서 이윽고 바다에 이른다는 이야기를 들은 적이 있다.

—이게 바다.

새카만 물. 손을 짚고 판자 가장자리를 들여다보자 근처 못이나 강과는 달리 아주 맑았다. 그래도 바닥은 보이지 않았다. 깊디깊은 암흑까지 이어지고 그 속에 반짝반짝 빛나는 무언가가 무리 지어 헤엄쳤다.

"————."

누가 말을 걸며 어깨를 가볍게 흔들어서 스즈는 그제야 바다에서 눈을 떼었다. 남자들이 걱정스럽게 스즈를 들여다보았다.

"————."

남자들은 스즈에게 뭐라고 말했다. 통 알아들을 수 없는 말에 스즈는 당황했다.

"뭐? 뭐라고요?"

남자들이 술렁이며 서로 얼굴을 마주보았다. 떠들며 무슨 이야기를 주고받았지만 스즈는 역시나 남자들의 대화를 이해할 수 없었다.

"여기는 어디예요? 저는 돌아가야 해요. 여기에서 마을로 돌아가려면 어떻게 해야 해요? 도쿄로 가는 길이라도 괜찮아요. 아저씨들, 아오야기 님 댁을 아세요?"

남자들이 또다시 술렁였다. 저마다 얼굴에 당혹스러워하는 표정이 떠올랐다.

남자들이 머리를 맞대고 의논을 시작한 바람에 스즈는 하릴없이 판자때기 위에 앉아 주위를 둘러보았다.

절벽은 뭍을 도려낸 것처럼 우뚝 솟아 있었다. 물속으로 쑥 들어가 안쪽으로 약간 파였다. 스즈네 집 근처, 깊은 산속에 폭포가 있었는데, 지금 보이는 절벽은 그 아래 못과 이어진 절벽보다 훨씬 높았다. 그런 절벽이 수면에 떠 있는 나무 바닥을 크게 감싸안듯 좌우로 뻗어 있다.

나무 바닥 부분을 제외하면 절벽 아래에는 해안가가 존재하지 않았다. 스즈가 있는 바닥만이 거대한 뗏목처럼 절벽 아래에 둥둥 떠서 수면으로 뻗어 있다. 그곳에 배가 묶여 있고, 나무 바닥 안쪽, 널빤지와 절벽이 접한 부근에 오두막집이 늘어서 있었다.

'그렇구나.'

해변이 없으니까 해변을 만든 것이다. 하지만 절벽을 어떻게 오를까. 의아해하며 잘 살펴보자 높은 절벽에 돌계단과 사다리가 이어져 있었다. 아무래도 저것으로 오르는 모양이었다.

"저런 사다리를 오르다니 현기증이 날 것 같아."

스즈가 중얼댄 말에 남자들이 돌아보았다. 고개를 갸웃하는 스즈에게 절벽 위쪽을 가리킨다. 나무 바닥을 밟고 절벽 쪽으로 걸어가는 남자들에게 이끌려 스즈는 절벽을 파서 낸 돌계단을 밟았다.

그것이 고행의 시작이었다. 스즈는 절벽을 올랐다. 남자들은 몇 번이고 주저앉을 뻔한 그녀를 뒤에서 밀고 앞에서 끌고, 뒤돌아보았다가 어마어마한 높이에 주저앉을 뻔한 것을 달래면서 간신히 절벽 위에 도착했다.

"바닷가에 사는 사람은 고생이 이만저만 아니구나."

털썩 주저앉아서 말하자 남자들은 웃으며 스즈의 등과 어깨를 다독거렸다. 말은 알아들을 수 없지만 고생했다는 뜻 같다.

"들일이 훨씬 편했어."

바닥에 깐 널빤지 여기저기에 쨍이그물을 말려둔 것으로 보아 남자들이 고기잡이를 하러 나갔다 오는 길임은 상상이 갔다. 생선을 잡을 때마다 이 절벽을 오르락내리락하려면 고생은 말도 못 하리라. 농사일을 돕는 것도 큰일이지만 적어도 논두렁을 따라 걸을 수 있다.

절벽 위에는 스즈의 키보다 훨씬 높게 쌓아올린 돌담이 이어져 있다. 사람들이 담장 한쪽에 있는 입구로 불러서, 스즈는 휘청거릴 듯한 다리를 끌고 뒤쫓았다.

담장 안쪽은 다닥다닥 붙은 셋집 같은 작은 집이 늘어선 아주 조그마한 마을이었다. 남자들은 그중 한 채로 스즈를 데려가 노파의 손에 맡겼다. 흠뻑 젖은 옷을 벗기더니 봉당에 놓은 탁자 위에 깔린 이불을 가리키기에 얌전히 거기에 누웠다. 노파는 스즈의 옷을 들고 집에서 나갔다. 노파의 모습을 눈으로 배웅하고서 스즈는 눈을 감았다. 정말이지 지칠 대로 지쳤다.

—도쿄에 갈 수 있을까.

추락하듯 잠에 빠져들면서 스즈는 생각했다.

—아오야기 님 댁에 꼭 가야 하는데. 나는 팔렸는걸.

이제 스즈에게는 달리 살 곳도 돌아갈 곳도 없다

물론 스즈는 여기에 도쿄란 도시가 존재하지 않는다는 사실을 알지 못했다.

스즈가 빠진 바다는 허해虛海.

스즈가 도착한 이곳을 경동국慶東國이라 한다.

그리고 기나긴 세월이 흘렀다.

002

열두 나라 중 북서쪽에 그 나라가 있다. 나라의 이름은 방, 정확하게는 방극국芳極國이라 하며 나라를 다스리는 국주는 봉왕峯王 주타쓰仲韃, 본성은 손孫, 그만의 고유한 씨는 겐健이다.

겐 주타쓰는 원래 군사를 관장하는 하관夏官이었는데 선왕 서거 뒤에 호린峯麟의 선정을 받고 봉왕을 계승했다.

방국의 국력으로 영화永和 육 년, 주타쓰의 치세가 삼십 년 남짓에 이르러 방국 왕궁 응준궁鷹隼宮에 십만 병사가 들이닥쳤다. 주타쓰의 압정을 참다못해 봉기한 여덟 주 제후의 주사州師(주의 군대)였다.

방국 도읍 포소蒲蘇의 문은 뜻을 같이하는 백성들 손으로 안쪽에서 열렸다. 삽시간에 왕궁 깊숙이 있는 후궁까지 쳐들어간 팔 주사는 삼백 명 남짓한 소신小臣과 장렬한 전투를 벌인 끝에 봉왕 주타쓰의 목을 쳤다.

“저 환호성은…….”

쇼케이祥瓊는 어머니의 품속에서 함성을 들었다. 주타쓰의 왕후 가카佳花, 그 외동딸 공주 쇼케이, 그리고 병들어 몸져누운 호린이 후궁 안에서 숨을 죽이고 있었다.

"바깥에서 들려요. 어마마마, 저 소리는……."

쇼케이는 주타쓰와 가카가 금이야 옥이야 귀하게 아끼던 딸이다. 주타쓰가 등극한 동시에 겨우 열세 살에 승선昇仙했다. 총명하고 영리하며 곱고 아리따운, 응준의 보석이라 칭송받던 소녀는 두려움에 얼굴을 일그러뜨렸다.

"저건, 설마."

모든 주에서 봉기한 백성, 포소 주위에 결집한 무기의 번득임, 궁중까지 들리는 왕을 저주하는 노래. 왕궁으로 들이닥친 청회색 갑옷, 그리고 이 함성.

"설마, 아바마마가……."

"아니야, 아니야!"

가카는 쇼케이를 안은 팔에 힘을 주었다.

"그런 일은……."

있을 수 없다고 가카가 외치려 한 순간, 피 냄새에 취해 축 처진 몸을 누인 호린이 비통한 비명을 질렀다.

"왕기가, 아아, 왕기가 사라졌어요."

호린의 창백한 얼굴이 백지처럼 더욱 하얗게 질렸다. 그와 동시에 후궁 가장 안쪽에 있는 그 방의 문이 쾅 하고 열렸다.

쳐들어온 그들의 피에 젖은 갑옷. 선두에 선 젊은 남자의 휘장에 그려진 성신星辰은 주후의 상징이 아니었던가.

"무례하구나!"

가카가 소리쳤다.

"예를 어디라고 생각하시오. 감히 왕후와 태보를 앞에 두고 허락도 없이."

남자의 용맹한 얼굴은 꿈쩍도 하지 않았다. 그는 말없이 가카의 앞에 오른손에 든 것을 던졌다. 그것은 묵직한 소리와 함께 점점이 피를 뿌리면서 쇼케이의 발치에 구르며 한스럽게 허공을 노려보았다.

"아바마마!"

불사를 약속받은 왕이라지만 목을 치면 살아남지 못한다. 쇼케이와 가카는 비명을 지르며 호린이 누운 탑상(침대와 긴 의자를 겸한 가구)까지 물러났다.

"아버지의, 남편의 머리가 무서운가."

남자는 얄궂은 미소를 지었다. 가카는 그 얼굴을 노려보았다.

"그대는 혜후惠侯. 아니, 겟케이月溪!"

혜주후 겟케이는 냉담하게 목소리를 낮추었다.

"봉왕은 우리가 죽였다. 왕후도 공주에게 작별을 고하라."

"그 무슨……."

쇼케이는 소리를 지른 가카의 팔에 매달려 벌벌 떨었다.

"가혹하기 그지없는 법으로 백성을 오래도록 괴롭힌 왕과 그 왕에게 참언하여 죄 없는 백성을 주살한 왕후. 둘 다 백성의 원한을 통감하시오."

"주상은, 주상께서는 백성이 바르게 살 수 있도록……."

"굶주림에 허덕이다 참지 못하고 떡 하나 훔친 아이까지 죽이는 법이 백성을 위한 것인가. 세곡이 한 홉만 모자라도 죽을죄요, 병으로 쓰러져 부역을 잠시 쉬어도 죽을죄다. 백성의 공포는 지금 그대들에 비할 바가 아니었다."

겟케이가 손을 들었다. 등뒤 병사가 가카에게 달려가 팔에서 쇼케이를 떼어냈다. 쇼케이는 비명을 지르고 가카 역시 비통하게 소리쳤다.

"다른 부녀사의 미모와 재기를 질투하고, 때로는 공주보다 영리한 소녀를 시기해, 죄를 날조해 참언하니 이 땅에는 상엿소리가 가득하다. 가족의 송장을 앞에 둔 비탄을 알았는가."

"네 이놈, 겟케이."

가카가 소리치도록 내버려둔 채 겟케이는 병사에게 붙들려 발버둥치는 쇼케이를 돌아보았다.

"공주도 잘 보시오. 자신의 가족이 형장에 끌려가 눈앞에서 참수당하는 고통이 어떠한 것인지."

"그만둬! 부탁이야! 어마마마!"

쇼케이의 비명은 그 자리에 있던 누구의 마음도 움직이지 못했다.

눈을 부릅뜨고 신음하는 쇼케이의 눈앞에서 겟케이가 팔을 높이 쳐들었다. 너무나 큰 충격에 눈조차 감지 못한 쇼케이는 어머니의 목숨이 사라지는 그 순간을 보았다.

구멍이 들여다보이는 입이 소리 없는 비명을 지르며 절규하는 머리는 데구르르 굴러 봉왕 주타쓰의 옆에 나란히 멈추었다.

쇼케이의 눈꺼풀도 입도 그 순간에 얼어붙었다.

겟케이는 담담히 쇼케이를 바라보고 나서 호린이 누운 탑상으로 걸어갔다.

"태보."

호린은 공허한 눈으로 겟케이를 올려다보았다.

"두 번에 걸쳐 암군을 고른 태보를 향한 백성의 절망을 이해해주십시오."

호린은 겟케이를 빤히 쳐다보고는 이내 조용히 고개를 끄덕였다.

겟케이는 깊이 배례하고 피로 물든 직도直刀를 치켜들었다.

봉왕 및 호린 승하.

방국에서 한 왕조가 막을 내렸다.

쇼케이는 실려 나가는 시신을 멍하니 지켜보았다.

아니, 그녀 자신도 자신이 시신을 보고 있는지, 그저 눈동자에 비추기만 하고 있는지 알지 못하는지도 모른다.

힘없이 주저앉은 자신 앞에 선 겟케이의 모습을 그녀는 발끝부터 위로 시선으로 훑었다.

"봉왕의 공주, 손 쇼孫昭, 그대를 선적에서 지운다."

쇼케이는 당황하며 겟케이의 얼굴을 보았다. 부모의 죽음은 아직 실감나지 않았다. 그보다도 선적을 잃는 두려움이 피부에 와 닿았다. 선적에 올라 아래 세상과 단절되어 산 지 삼십 년 남짓이다. 그런 쇼케이가 살 장소가 어디에 있다는 말인가.

"안 돼, ……부탁이야, 그것만큼은……."

겟케이는 동정하는 듯한 시선으로 바라보았다.

"공주를 이대로 내버려두면 원한을 품은 백성이 밀려들겠지. 혜주에 호적을 준비하겠다. 공주의 지위도 선적과 함께 버리고 이름을 바꿔 백성들 틈에 뒤섞이는 것이 그대를 위한 길이겠지."

그 말만 하고는 돌아선다. 쇼케이는 겟케이의 등에 대고 외쳤다.

"죽여줘! 나도!"

쇼케이는 손톱으로 바닥을 쥐어뜯었다.

"어떻게 살라는 거야!"

겟케이는 돌아보지 않았다. 쇼케이의 팔을 병사가 붙들었다.

"너무해, 너무해!"

응준궁 한쪽에 오동궁梧桐宮이라 불리는 궁이 있다. 이 궁의 주인은 백치白雉. 백치는 생애에 단 두 번 사람 말로 울어서 별명을 이성이라 한다. 일성一聲은 '즉위', 이성二聲은 '붕어', 따라서 이성을 말성末聲이라고도 한다.

오동궁의 백치는 말성을 울고 숨을 거두었다. 그 백치의 다리를 겟케이가 베었다.

왕의 옥새에는 신비한 힘이 있다. 옥새는 왕밖에 쓸 수 없는 신기神器다. 왕이 죽으면 옥새는 그곳에 새긴 인영印影을 잃는다. 이후 새로운 왕이 등극할 때까지 그대로 침묵을 지키는 것이다. 법도 포고도 옥새 없이는 효력이 없다. 백치의 발이 이 옥새 대용으로 쓰인다.

육관과 여덟 명의 주후가 지켜보는 가운데 한 통의 서면에 백치 발을 날인했다.

가로되, 공주 손 쇼를 선적에서 제한다.

그로부터 삼 년의 세월이 흘렀다.

003

천상에 있는 운해雲海라 불리는 바다가 세상을 위와 아래, 둘로 나누었다. 하계에서 올려다보아도 그곳에 바다가 있다는 사실은 알 수 없다. 천하의 높은 곳에서 올려다보면 투명한 유리로 된 커다란 천장 같은 운해 바닥을 볼 수가 있지만, 그런 높은 곳에 오를 수 있는 자의 숫자는 정해져 있다. 그래서 사람들은 그저 하늘 높은 곳에 바다가 있어 운해라 부르고, 운해가 천상과 천하를 나눈다고 알고 있을 뿐이다.

그 운해에 한줄기 구름이 뻗어 간다. 옅은 무지갯빛으로 빛나는 가늘고 긴 구름이 동쪽을 향해 흘러갔다. 서운瑞雲이다.

완만한 구릉지에 펼쳐진 농지, 논두렁의 풀을 베던 여자애 하나가 서운을 알아보았다.

"게이케이桂桂, 봐. 서운이 지나가."

란교쿠蘭玉는 땀을 닦은 손으로 햇살을 가리며 눈부신 여름 하늘을 올려다보았다.

소녀 곁에서 베어낸 잡초를 모으던 아이는 누이의 시선을 좇아 멀뚱멀뚱 하늘을 쳐다보고 남쪽 하늘에 뻗은 예쁜 구름을 발견했다.

"서운이 뭐야?"

"새 임금님이 왕궁으로 들어가실 때 나타나는 경사스러운 구름이야."

와, 하고 게이케이는 하늘을 우러러보았다. 하늘을 올려다보는 남매에 이끌려 주변에서 마찬가지로 여름풀을 베던 사람들이 하나둘 고개를 들었다.

"새로운 임금님이 오셨어?"

"그래. 전에 있던 나쁜 왕이 죽고 다음 임금님이 탄생했지. 봉산蓬山에서 요천堯天에 있는 왕궁으로 향하고 계신 거야."

백성은 언제나 죽은 왕에 대해 용서가 없다. 왕은 백성에게 신이지만, 신으로 떠받드는 왕이란 자신들에게 어진 정치를 베푸는 군왕을 가리키는 것이기 때문이다.

"봉산은 여신님이 계신 산이지. 세상 한가운데에 있고."

"맞아. 잘 아는구나."

게이케이가 우쭐했다.

"알지 그럼. 봉산은 태보台輔께서 태어난 산이야. 태보는 말이지, 기린이야. 기린은 임금님을 고를 수 있는 유일한 분이야."

게이케이는 뒤로 젖히듯 다시 하늘을 올려다보았다.

"봉산의 여신님은 벽, 으음, 벽……."

"벽하현군碧霞玄君."

"그래, 그래. 벽하현군 교쿠요玉葉 님이라고 해. 그리고 봉산 안쪽 화산華山에는 가장 높은 여신님이 사시지. 서왕모라고 했지."

"응. 맞아."

"숭산崇山에 사시는 천제께서 세상일을 전부 지켜보고 계셔."

아이는 머리 위를 쳐다보았다. 서운은 길게 꼬리를 끌며 곧장 동쪽을 향하고 있다.

"그리고 임금님이 나라를 다스리는 거지. 나쁜 왕이 없어지고 새로운 왕이 나타났으니까 우리는 집으로 돌아갈 수 있는 거지?"

"맞아."

란교쿠는 농생을 끌어안았다. 논두렁에 서서 서운을 올려다보는 사람들과 마찬가지로 많은 것을 품속에 품었다.

경왕景王 조 가쿠舒覺. 나라를 엉망으로 만든 무능한 선왕. 특히 그 말세에 이르러서는 경의 모든 여자를 나라 밖으로 추방하라고 명령했다. 란교쿠 역시 남동생 손을 잡아끌고 나라 밖으로 향해야만 했다. 많은 여자아이들이 집안에 숨거나 남장한 채 관헌이나 병사에게 큰돈을 쥐여주며 이 재난을 피하려 했지만 란교쿠는 자신을 감싸줄 부모를 영주瑛州에 닥친 대한파로 잃고 말았다.

황폐해진 나라, 부모를 잃고 나라에서 쫓겨나 동생과 단둘이 바닷길을 통해 다른 나라로 도망치려 했다. 두 사람과 마찬가지로 나라에서 쫓겨나거나 망가질 대로 망가진 나라를 버리고 도망치려 길을 서두르던 사람들. 여정중에 고을 사당에 새로운 왕이 즉위했다는 깃발이 걸렸다. 검은 바탕에 힘차게 비상하는 용, 떠오른 일월성신, 왕기였다.

이제 나라가 평화로워지고 풍요로워질 거라고 가슴을 쓸어내리며 안도한 란교쿠는 다시 동생의 손을 끌고 살던 마을로 돌아갔다. 그런데 좀 이상했다. 새로운 왕을 선정하면 사당에 비룡을 그린 용기가 걸리고 정식으로 등극하면 왕기가 걸리는 법인데 용기를 본 기억이 없다. 다른 사람에게 물으니 역시 용기는 걸리지 않은데다가 어느 사당에는 왕기가 걸리고 또 어느 사당에는 걸리지 않았다고 한다.

노인들은 의심스러워했다. 새로운 왕이 등극하면 자연재해가 뚝 끊기는 법인데 아무리 지나도 재해가 그치지 않았다. 게다가 새로운 왕이네 위왕이네 하고 다투다 일어난 전란. 전쟁이 어떻게 흘러가는지 왕도에서 멀리 떨어져 사는 자는 자세히 알 길이 없다.

역시 위왕이었다는 소문이 퍼졌다. 정당한 왕이 나서서 위왕과 싸우고 있다고들 했다.

그리고 걸린 용기. 동쪽으로 뻗은 한줄기 서운.

—진짜 왕이 나신 거야.

란교쿠는 동쪽으로 사라지는 서운을 지켜보았다.

"……부디 새로운 임금님께서 저희에게 축복을 베풀어주시기를."

논두렁에 서 있는 사람들은 마찬가지로 고개를 숙이며 똑같이 서운을 경배했다.

경국 수도, 요천. 높은 구릉지에 층을 이루고 펼쳐진 도시, 그 도읍 서쪽에 접해 유달리 높이 솟은 산이 있다. 산꼭대기가 구름을 꿰뚫었다. 운해 높이를 넘기에 이를 능운산凌雲山이라 부른다. 요천의 능운산을 요천산이라 하고, 그 산꼭대기에는 궁궐이 있다. 경국 경왕景王의 거처인 금파궁金波宮이다.

운해 위로 시선을 돌리면 요천은 바다 한가운데에 떠 있는 섬이다. 높이 기립해 층을 이룬 봉우리의 비탈과 절벽에, 또는 허공에 내달듯이 세워진 누각. 이것이 금파궁의 전모다.

바로 그 요천산, 섬이라 불러도 될 그곳 서쪽 해안가에 거대한 거북이가 도착했다. 거북이는 봉산에서 왕을 싣고 오는 신수,

이름을 현무라 한다.

왕궁의 모든 관리가 항구에 엎드려 이를 맞이했다. 현무가 운해에 남긴 항적이 하계에서는 서운이라 불린다는 사실은 천상에 사는 이라면 누구나 알고 있다.

현무는 모든 관리가 지켜보는 가운데 바위 같은 머리를 물가에 댔다. 현무의 머리를 밟고 육지에 내려선 새 임금을 백관의 장인 총재가 맞는다.

그 모습을 눈을 치켜뜨고 훔쳐보던 몇 사람이 그 자리에서 슬며시 한숨을 내쉬었다.

—여자인가.

경국은 파란의 나라, 왕이 길게 옥좌에 있던 예가 없다. 특히 최근 삼 대 동안 계속해서 왕이 단명했고 그들은 모두 여왕이었다. 그 뒤에 나타난 위왕까지 여자였는데 그 후 등극한 새로운 왕마저 여자다.

경국에는 회달懷達이라는 말이 있다. 그 옛날, 삼백 년 이상 치세를 이룬 왕인 달왕을 그리워한다는 뜻이다. 달왕은 치세 말년에 백성을 몇 중고로 괴롭힌 왕이었지만 적어도 그렇게 되기까지 삼백 년 가까이 안정된 어진 정치를 베풀었다. 달왕처럼 장수하는 왕을 바라고 어진 정치를 기원한다는 의미지만, 그 뒤에는 한숨이 하나 숨어 있다.

—여왕은 그만 됐어. 남자가 왕이던 시절이 그립군.

다른 이에게는 들리지 않도록 은밀히 쉰 한숨의 숫자가 적지 않았던 터라, 한숨을 떨군 당사자를 흠칫 놀라게 할 정도로 적나라하게 들렸다.

어찌되었든 이날 경의 모든 사당에 왕기가 걸렸다.

경동국에 새로운 왕이 즉위했다. 경왕 세키시赤子의 시대. 적왕조赤王朝의 시작이다.

1 장

001

세상의 중앙에 봉산이라 불리는 산이 있다. 이 성지를 다스리는 여신의 이름을 교쿠요라 한다. 이 여신을 향한 경애로 여자아이의 자字 중에는 교쿠요라는 이름이 많다. 세상의 북서쪽 방국 동쪽 해안가에 있는 혜주 판현坂縣에도 교쿠요라 불리는 소녀가 있었다.

"교쿠요!"

가을바람을 타고 멀리서 들리는 목소리에 소녀는 마른풀 더미에서 고개를 들었다. 눈썹을 살짝 찡그린 까닭은 굽혔던 허리가 아프기도 하고, 교쿠요라는 이름도 마음에 들지 않은 탓이었다.

쇼케이.

한때는 아름다운 이름이 있었다. 교쿠요 같은 진부하기 짝이 없는 이름이 아니었다.

부모의 피로 물든 왕궁에서 판현 신도新道라는 마을로 옮겨온 지 삼 년 가까이, 옥처럼 하얀 피부는 볕에 그을려 주근깨가 박혔다. 백도 같던 볼은 살이 쏙 빠졌다. 손가락 마디가 굵어지고 팔다리도 알이 배고, 짙푸른 머리카락은 햇볕에 노출되어 색이 바래고 말았다. 남보랏빛 눈동자마저 생기를 잃고 탁한 색으로 바뀌어버린 것 같았다.

"교쿠요, 어디에 있니! 대답해!"

여자의 새된 목소리가 들리고 우두커니 서 있던 쇼케이는 "여기예요" 하고 소리쳤다. 발돋움해서 마른 억새 사이로 얼굴을 내민다.

얼굴을 볼 것도 없이 신경질적인 목소리로 알아챘다. 고보沍姆다.

"언제까지 억새를 벨 거야. 다른 아이는 벌써 모두 돌아왔는데."

"이제 다 했어요."

고보는 억새를 헤치고 다가오더니 쇼케이가 묶어놓은 억새 다발을 보고 코웃음을 쳤다.

"여섯 묶음이기는 여섯 묶음이네. 묶음이 아주 작아서 그렇지.”

“하지만…….”

입을 여는데 쇼케이를 가로막듯 목소리가 날아들었다.

“말대답하지 마. 언제까지고 네가 대단한 사람인 줄 아니?”

고보는 목소리를 낮추었다.

“여기는 궁궐이 아니야. 너는 이제 평범한 고아라는 사실을 잊지 마.”

쇼케이는 입술을 깨물었다.

단 한 번도 잊은 적이 없다. 하루에 몇 번이고 그런 말로 구박을 당하면 잊으려도 잊을 수가 없다.

“고마워할 줄을 알아야지. 내가 큰 소리를 내면 온 마을 사람들이 네 목을 따러 온다는 사실을 잊지 마.”

쇼케이는 잠자코 있었다. 그 순간 “대답은?” 하고 날카로운 목소리가 날아와서 “네” 하고 작게 대답했다.

“그 말뿐이야?”

“……감사합니다.”

고보는 입가에 빈정거리는 듯한 미소를 지었다.

“저녁밥 짓기 전까지 여섯 묶음 더 해놔. 늦으면 밥 없어.”

“……네.”

이미 중추의 해가 기울었다. 당연히 지금부터 저녁밥 때까지 억새 여섯 묶음을 베기란 거의 불가능했다.

고보는 코웃음을 치고는 억새를 헤치며 돌아갔다. 그 등을 잠시 지켜보던 쇼케이는 발치에 놓인 낫을 들었다. 쇼케이의 손은 억새에 베인 상처투성이고 손톱에는 진흙이 끼었다.

쇼케이는 혜주에 연행되어 혜주 변경 산촌에서 호적을 받았다. 부모를 잃은 것으로 하여 가까운 이가里家로 보내졌다. 이가란 고을마다 하나씩 있는 고아와 노인 들을 위한 시설이다. 그들을 돌보는 사람인 여서閭胥(장로)가 고보다.

고보 말고는 노인이 한 명, 아이가 아홉 명 있다. 고보와 다른 사람들도 처음에는 쇼케이에게 친절했다.

아이들은 그들이 어떻게 부모를 잃었는지, 승하한 왕을 향한 원망을 서로 이야기했다. 쇼케이는 이야기에 끼지 못하고 입술을 깨문 채 고개를 숙이고 있을 수밖에 없었다. 어째서 부모를 잃었는지 물어도 뭐라 대답해야 할지 몰랐다.

쇼케이는 부유한 관리 집에 태어나 농촌의 삶을 모른다. 하인이 없는 삶, 제 손으로 땅을 일구고 천을 짜는 삶을 가까이에서 보기도 처음인데 느닷없이 그곳에 내던져지는 바람에 아무것도 할 줄 몰랐다. 모든 것이 너무나 동떨어져 있는 탓에 자연히 이가의 삶에 적응하지 못했고, 이가 사람들은 어울리지 않는 쇼케이를 따돌렸다. 이가 아이들은 괭이질도 할 줄 모르는 멍청이라고 했다. 괭이를 본 적도 없거니와 만진 적도 없었다고 변명할 수는 없는 노릇이었다.

현재 쇼케이의 호적상 부모는 이곳 신도에서 가까운 산속에 외따로 살던 부민浮民 부부다. 부민이란 나라에서 주어진 토지를 떠나 어느 고을에도 속하지 않는 온갖 종류의 사람들을 가리킨다. 이를테면 협객, 범죄자, 쇼케이의 호적상 부모 같은 은둔자 등이다. 두 사람은 신도新道에서 그리 멀지 않는 산속에서 남의 눈에 띄지 않게 숯을 구워 살았다. 토지나 그곳 사람들과 아무 관계도 없는 진짜 부민이었다. 그리고 죽었다. 사형당했다.

쇼케이의 부친인 봉왕 주타쓰는 부민을 어떻게든 고향으로 돌려보내려고 몇 번이나 포고를 내리고 법을 마련했다. 법의 보호를 거부함은 곧 법에 대한 의무 또한 거부하는 것이다. 부민은 타락과 범죄의 온상이며 그들의 무질서한 생활은 성실하게 사는 사람들에게 타락을 부추기고 백성을 범죄의 길로 이끈다. 주타쓰는 고향으로 돌아가 성실하게 살라고 몇 번이나 촉구했다. 부민이 전혀 따르지 않았기에 이를 처벌할 수밖에 없었다.

쇼케이를 이런 꼴로 만든 남자, 겟케이는 쇼케이를 그렇게 죽은 부민 부부의 딸로 호적에 올렸다. 먼 마을의 이가에 맡겼던 아이를 죽기 직전에 거둔 것으로 했다.

그런데 어떻게 알았는지, 이가에 맡겨진 소녀가 주타쓰의 딸,

죽었어야 할 공주라는 사실을 고보가 눈치챘다.

“만약 그렇다면 말씀해주세요. 이곳 생활이 고단하시죠.”

어느 날 고보가 그런 말을 해서 쇼케이는 울음을 터뜨렸다. 실제로 땅을 일구고 가축을 기르는 생활은 쇼케이의 힘에 부쳤다.

“아무리 그래도 공주님이 이런 시골에서 누더기를 걸치고 계시다니요. 포소의 보석, 응준의 진주라는 말까지 듣던 분께서.”

얼굴을 묻은 쇼케이를 향해 고보는 달콤한 말을 덧붙였다.

“제가 아는 사람 중에 혜주 주도의 거상巨商이 있습니다. 지금은 돌아가신 봉왕을 아주 존경했었죠.”

쇼케이는 저항할 수 없었다. 이전처럼은 바라지 않으니, 혹시 흙바닥에서 뒹구는 이 생활에서 해방되어 지금보다 조금이라도 나은 생활을 할 수 있다면, 하는 생각에 현혹되고 말았다.

“아아, 고보, 도와주세요.”

쇼케이는 정신없이 흐느꼈다.

“혜후 겟케이가 아바마마 어마마마를 죽이고 저를 이런 꼴로 만들었어요. 겟케이는 제가 미운 거예요.”

“역시 그랬구나.”

고보의 목소리는 뼛속까지 시릴 정도로 나직해서 쇼케이는 화들짝 놀라 고개를 들었다.

“네가 그 짐승의 딸이었어.”

빠드득, 이를 가는 소리를 듣고 쇼케이는 자신의 어리석음을 깨달았다.

"백성을 벌레처럼 죽인, 그……."

기에 눌린 쇼케이는 사람들이 법을 어겼기 때문이라는 반발을 그냥 삼켰다.

"내 아들을 죽였지. 형장으로 끌려가는 어린아이가 가엾어서 형리에게 돌을 던진 죄로 처형한 그 금수만도 못한 왕의 딸."

"하지만 그건……."

"네가 죽인 거나 마찬가지야."

쇼케이는 허둥지둥 고개를 가로저었다.

"아니요, 저는 몰랐어요. 아바마마가 무슨 일을 했는지 몰랐어요."

실제로 쇼케이는 몰랐다. 아버지가 어떤 일을 하고 어머니가 무슨 짓을 했는시. 후궁 안쪽에 꼭꼭 숨겨져 행복에 둘러싸인 채 세상도 그러하리라 믿었다. 성 아래 병사가 집결해 불온한 분위기가 흐르고서야 비로소 부왕父王이 미움받고 있다는 사실을 알았다.

"몰랐다고? 뭐가 되었든 공주인데 조정에서 무슨 일이 일어나는지 몰랐다는 거야? 그토록 온 나라에 가득한 상엿소리와 원망의 목소리에 귀조차 기울이지 않았다는 거구나."

"저는 정말로……."

"낯짝도 두껍게 살아남아서. 네 그 더러운 입에 들어가는 식비가 어디에서 나오는지 아느냐. 그건 너희에게 쥐어짜이고 학대당하고도 나쁜 길로 들지 않고 제대로 정직하게 일한 이 마을 사람들이 얻은 결실이야."

"하지만 정말로 몰랐는걸요!"

"이런 계집애를 먹여 살리기 위해 일했다니!"

둔탁한 아픔에 쇼케이는 정신이 돌아왔다. 이 빠진 낫이 쇼케이의 손가락을 베어 작고 붉은 구슬이 맺혔다.

"……으윽……."

손가락의 통증일까, 아니면 가슴이 아픈 걸까.

"……정말로 아무것도 몰랐어……."

고보가 노골적으로 쇼케이를 미워하니까 이가의 다른 사람들과 마을 사람도 이유도 없이 쇼케이를 꺼린다. 다른 아이의 두세 배나 일을 시키고 남보다 느리다, 굼뜨다고 욕했다.

"내가 무슨 짓을 했다는 거야……."

정말로 몰랐다. 부모는 쇼케이가 조정을 들여다보지 못하게 했다. 궁성 바깥으로도 내보내주지 않았다. 나라가 어떤 상황인지 알 길이 없었다.

그림자가 길게 드리운 길을 세 번 왔다 갔다 해서 억새를 옮겼다. 간신히 끝냈을 때는 이미 이가에서는 식사를 마친 뒤였다.

"이런 시간까지 어디에 갔었어?"

키득키득. 이가에 사는 소녀들의 조소가 쏟아진다. 고보는 냉담한 눈으로 쇼케이를 보았다.

"말했지. 제때 못 왔으니 오늘 저녁은 없어."

쇼케이는 입술을 깨물었다. 이가에서 산 지 삼 년이 지났다. 가난한 생활과 초라한 옷은 어떻게든 참아내는 법을 배웠다. 그래도 여전히 입이 찢어져도 배가 고프다고 애원하지는 못한다.

"어쩔 수 없지. 교쿠요는 굼벵인걸."

"나, 알아. 이런 애를 식충이라고 하지?"

쇼케이는 조롱하는 말을 들으면서 다리를 끌며 안채를 나왔다.

중주의 날빛이 안뜰에 쏟아졌다. 안뜰 양쪽을 둘러싼 방, 좌우에 남녀가 나뉘어 살고 있다. 쇼케이는 마주보고 오른쪽 방에서 다른 소녀들과 뒤섞여 지내고 있다. 식사를 마치고 쉬고 있는 소녀들이 방으로 돌아오기 전 잠깐이 쇼케이에게 주어진 편히 한숨 돌릴 수 있는 시간이었다.

늘어서 있는 초라한 침상, 작은 탁자와 삐걱삐걱 기우는 의자. 가구들을 둘러보고서 쇼케이는 눈을 감았다.

—악몽 같다.

쇼케이는 작기는 해도 응준궁 한쪽에 있는 궁 하나를 썼다. 넓고 호화로운 침소, 방이 몇 개나 있고 꽃이 피고 새가 지저귀는 햇살 가득한 정원. 시중들던 여관들, 쇼케이를 위한 무희와 악단, 비단옷, 옥 장식. 여러 주후와 관리가 놀이 상대라며 보내온 명랑하고 아름다운 소녀들.

파고든 이불은 얇고 습기를 머금어 차가웠다. 북쪽 나라에 추운 계절이 다가오고 있었다.

함락당한 왕궁, 살해당한 부모, 데굴데굴 구르던 머리.

—겟케이, 그 남자. 그 살육자.

이런 처지로 전락시킬 바에야 어째서 단숨에 죽여주지 않았나. 혹시 영원히 괴로워하며 살라는 겟케이의 악의일까.

쇼케이는 눈을 감았다.

이대로 두 번 다시 눈을 뜨지 않으면 좋으련만.

002

세상의 남서쪽에 재주국才州國이라는 나라가 있다. 재주국의 한 지방, 보주保州 진현塵縣에 파산琶山이라는 능운산이 있다.

능운산은 왕이나 제후가 사는 궁, 그렇지 않으면 그 기슭까지 통틀어 금원禁苑, 다시 말해 왕의 소유지다. 그곳은 왕의 정원이거나 별궁이거나, 또는 능묘다. 그러나 이 파산은 이 대 전 왕이 한 여자에게 하사했다. 여자는 산꼭대기 근처 산허리에 거처를 지었다. 그 거처를 이르러 취미동翠微洞이라 한다.

취미동에는 신선이 산다. 시호가 부왕扶王인 이 대 전 왕의 허락으로 승선해 여기 파산 취미봉에 동부洞府를 마련했다. 따라서 통칭을 취미군이라 한다. 한때는 리요梨耀라는 이름으로 불리던 부왕의 애첩이었다.

새벽녘 리요는 자신의 동부 문 앞에 섰다. 몇몇 하인들이 함께할 뿐인 쓸쓸한 거처였다. 사람의 활기가 그리워 기슭 근처 마을에 걸음하기도 하지만 불로불사에 가까운 몸이 되니 교류할 사람도 없는 것이나 마찬가지다. 한 손으로 셀 수 있을 정도로 얼마 되지 않는 지인은 모두 신선, 그중 한 사람을 찾아가려고 동부를 출발하려던 참이었다.

아득히 하계를 내려다보는 취미봉, 동부의 문 앞은 사람 몸으로는 오르지 못할 천 길 낭떠러지다. 리요는 기수의 고삐를 잡았다. 그녀가 기수로 삼은 요수는 부왕에게 하사받은 적호赤虎. 그녀는 반드시 하늘을 나는 호랑이를 타고 정문으로 드나든다. 말이나 걸어서 하산할 수 있는 굴이 있기는 하지만 볕이 들지 않는

뒷길을 살금살금 지나다니는 것은 리요의 긍지에 상처를 입힌다.

"일찍 돌아오세요."

동주를 배웅하는 하인들이 문 안쪽에 나란히 서서 하나같이 깊이 평복했다. 맑은 늦가을 공기 속에 그들의 입김이 부옇게 퍼져 나갔다. 리요는 하인들을 둘러보고는 살짝 실눈을 짓는다. 그 숫자, 열 하고 두 명.

"배웅할 때는 기운이 넘치는구먼."

리요는 빈정거리는 듯한 미소를 지었다.

"내가 동부를 비우는 것이 그리 기쁜가. 까다로운 주인이 없어져서 두 다리 뻗고 자유를 만끽할 요량이겠지."

리요는 쿡쿡 웃었다. 하인들은 대답하지 않았다. 가만히 한풍을 견디는 새처럼 몸을 움츠리고 납죽 엎드려 있을 뿐이다.

리요는 평복한 하인들 가운데 한 소녀에게 시선을 멈추었다. 특출날 것도 없는 소녀다. 동부의 하인 가운데 가장 젊은 것 말고는 특별히 쓸 만한 점이나 특징도 없다. 자는 모쿠린木鈴이지만 그런 이름으로 부른 적은 없었다.

"돌아오지 않는 편이 낫다고 솔직히 말해도 좋다. 어떠하니, 혼마笨媽?"

리요는 조소를 머금은 붉은 입술로 어리석은 놈이라는 뜻을 담아 이름을 불렀다. 소녀가 쭈뼛쭈뼛 눈을 든다. 야윈 얼굴에 눈만 크다. 눈동자를 향해 리요는 미소 지었다.

"사실은 돌아오지 않았으면 좋겠지?"

소녀는 당치도 않다며 고개를 가로저었다.

"일동, 동주님의 귀환을 기다리고 있습니다. 저…… 무탈하게 다녀오십시오."

"네가 걱정하지 않아도 보름만 있으면 돌아온단다. 아니면 더 빨리 돌아오면 좋겠느냐?"

소녀는 어쩔 줄 몰라 하며 주위를 보더니 리요의 얼굴을 겁먹은 것처럼 올려다보고 나서 "네" 하고 대답했다. 리요가 큰 소리로 웃었다.

"그렇구먼. 그렇게까지 말한다면 하루라도 빨리 돌아와주지. 아주 극진하게 맞이해주겠지."

"예, 그야 당연히."

리요가 하인들을 돌리보았다.

"그럼 옥고玉膏를 빚어두겠니. 동부를 반짝반짝하게 닦고 정원을 정비해놔."

소녀의 낯빛이 달라졌다. 옥고는 세상의 중앙인 오산에서 나는 돌로, 이 돌을 주술로 빚으면 영주靈酒가 되지만 그리 간단히 얻을 수 있는 돌이 아니었다.

"왜 그러지? 극진하게 맞아줄 것이 아니었어? 잠어箴魚를 굽고, 요초瑤草를 삶아. 동부에는 먼지 하나 남겨서는 안 돼. 정원에 낙엽 하나라도 있으면 알아서들 해."

리요는 생트집인 걸 알면서 일거리를 읊고는 쿡쿡 웃는다.

"하는 김에 벽과 기둥을 다시 칠할까. 그게 좋겠어. 새로 칠한 건물만큼 가슴이 후련한 것은 없으니까. 혼마, 부탁한다."

소녀는 안절부절못하며 주위를 둘러보았지만 주위 하인들은 고개를 들지 않았다.

그 모습을 보고서 리요는 흰 담비로 만든 가죽옷을 여미고 적호의 고삐를 잡았다.

"느긋하게 하려무나. 나는 상냥한 주인이니까 할 일만 다 하면, 다소 도를 지나치더라도 야단치지 않는단다. 다들 내가 없는 동안 부탁해."

"예."

하인들은 이마를 땅에 붙였다. 울 것 같은 얼굴로 소녀도 따라서 고개를 조아렸다. 적호에 탄 리요는 한번 웃고서 기수를 타고 성문 앞에서 겨울의 스산한 하계로 날아갔다.

고개를 든 하인들은 북쪽으로 사라지는 적호를 지켜보고 나서 동시에 소녀를 돌아보았다.

"정말이지 쓸데없는 짓을 하네."

"좀 달리 말할 수 없었던 게야."

"하필이면 말도 안 되는 요구만 하시다니. 혼마가 뿌린 씨앗이니까 혼마가 거둬야지."

"하선下仙인 혼마가 오산까지 갔다 올 수나 있겠어. 갔다 올 즈음에는 동주님께서 벌써 돌아와 계실 거야."

신선에도 격이란 것이 있다. 리요조차 격은 삼 위三位, 그 하인이니 간신히 선적에 이름이 있을 뿐이지 변변한 능력 하나 갖추지 못했다. 혼마라 불리는 소녀는 하선 중에서도 최하위 신선이었다.

"폐를 끼쳐도 정도가 있지. 이 추운 날 옥고를 찾으러 오산에 갔다가 참어를 낚으러 허해로 가라는 건가. 게다가 요초라고? 곧 겨울인 이 계절에 어디 가면 요초를 볼 수 있다는 건지."

"모처럼 동주님께서 출타하셔서 한숨 돌릴 줄 알았는데."

"청소랑 건물 칠하는 건 혼마에게 시켜. 그 정도 도움은 되어야지."

나무라는 시선이 자신에게 쏠리자 소녀는 자리에서 도망쳐버렸다.

소녀는 마당 안쪽으로 달려갔다. 절벽을 이룬 마당 구석, 노송 밑동에서 울음을 터뜨렸다.

리요가 그렇게 묻는데 달리 무어라 대답하라는 것일까. 다른 하인들도 마찬가지로 대답했을 것이다. 자신이 실수한 것이 아니다. 애초에 리요는 자신이 없는 동안 하인들이 두 발 뻗고 있게 두고 싶지 않은 것이다. 그것은 지극히 리요다운 행동이고, 동부 사람이라면 누구나 그런 사실을 알고 있다.

뒤에서 왜 그러느냐고 묻는 소리가 들렸다. 정원지기 할아범 목소리다.

"신경쓰지 마. 다들 너에게 화풀이를 했을 뿐이야. 동주님께는 거스를 수 없으니까. 모쿠린, 네게 화내며 분풀이를 한 것뿐이지."

그녀는 고개를 가로저었다.

"나…… 그런 이름 아니에요……. 흑."

그리운 나라에서는 스즈라고 불렸다. 행각승이 가르쳐준 글자는 단 세 자, '大木鈴(오키 스즈)'. 그 이야기를 들은 사람이 그녀를 모쿠린이라 부르게 되었다. 혼마라는 노골적인 경멸을 담은 이름보다 훨씬 나은 이름이지만, 그래도 모쿠린은 그녀의 이름이 아니다.

둥그런 형태의 산줄기와 그곳에 살던 가족. 따뜻한 대화, 잃어버린 것이 너무나 많다.

스즈는 벌써 백 년도 전에 그 세계에서 떠내려왔다. 중개인 손에 이끌려 고갯길을 넘다가 절벽에서 떨어졌다. 떨어진 곳은 허해였다.

“왜 그렇게…… 흑.”

“동주님은 원래 그런 분이시니 신경쓰지 마. 성격이 너무 드세서 여기 동부를 받고 보기 좋게 쫓겨나신 분이니까.”

“나도 알아요. 하지만…….”

난데없이 헤매든 다른 세계. 말도 통하지 않고 어디에 뭐가 있는지도 몰랐다. 게다가 스즈는 아직 세는나이로 열네 살밖에 되지 않았다.

바닷가 작은 마을에서 그보다는 큰 마을로 옮겨가 무슨 일이 일어났는지 이해하지 못한 상태로 며칠 그곳에 갇혀 있었다. 이윽고 마을 사람 손에 이끌려 더욱 큰 마을로 끌려가 그곳에서 어떤 유랑 극단에 넘겨졌다.

스즈는 아무것도 모른 채 극단과 함께 삼 년 남짓을 떠돌았다. 여러 마을을 들르고 많은 사람을 만나며, 적어도 여기가 자신이 아는 세상과 멀리 떨어진 곳이라는 사실만은 이해했다. 하늘을 꿰뚫는 산, 높은 벽으로 둘러싸인 도시, 특이한 풍속, 특이한 언어, 모든 것이 스즈가 아는 것과는 달라서 다른 세상이라고 받아들일 수밖에 없었다.

어쩌면 다음에 가는 마을에야말로 스즈가 알아들을 수 있는 말을 하는 사람이 있고, 고향으로 통하는 길이 있을지도 모른다. 이렇게 기대했다가 낙담하기를 거듭했고 아무 기대도 하지 않게 되었을 무렵에 진현에 이르러 리요를 만났다. 스즈는 사 년 동안 재주 하나 익히지 못하고 잡일을 하고 있었다.

"……그렇지만 말을 모르는걸……."

어디로 가든 다들 무슨 말을 하는지 모르겠다. 많은 이야기를 듣고 스즈도 많은 이야기를 했지만 조금도 통하지 않았다. 돌아가는 길은 모르고, 어쩌면 좋을지 알 수 없어서 날마다 울기만 했다.

사람들은 의미를 알 수 없는 말을 건네고 모르겠다고 대답하면 비웃었다. 스즈는 점점 말수가 줄어들었다. 이야기하는 것도 누가 말을 거는 것도 두려웠다.

그래서 진현의 어느 도시에서 리요를 만났을 때에는 뛸 듯이 기뻤다. 그때부터 이미 리요는 스즈를 거리낌없이 멸시했지만 설령 욕설이라도 알아들을 수 있다는 사실이 어찌나 기쁘던지.

말이 통하는 까닭은 리요가 신선이니까, 신선이 되면 누구와도 이야기할 수 있다는 소리를 듣고 스즈는 리요에게 간절히 청했다. 몸종이라도 좋다, 아무리 힘든 노동이라도 하겠다. 부탁이니 승선시켜달라고.

—그리고 백 년, 이곳에 붙들려 있다…….

도망치려고 생각한 적은 셀 수도 없다. 하지만 동부를 뛰쳐나가면 리요는 가차없이 선적에서 스즈를 지우리라. 그러면 낯선 땅에서 스즈는 또다시 말이 통하지 않는 불행 속으로 되돌아가게 된다.

할아범이 스즈의 어깨를 두드렸다.

"어서 돌아가자. 쉴 틈이 없으니까."

스즈는 고개를 끄덕이며 곱은 손가락으로 깍지를 꼭 꼈다.

—아아, 누가 좀…….

누가 나를 이곳에서 구해주세요.

003

푸르던 하늘 색이 옅어졌다. 겨울하늘 빛깔이다. 낮아진 하늘 밑, 산비탈을 따라 구불거리듯 이어지는 거리는 시끌시끌 북적였다. 북적임은 도시를 짓누를 듯이 치솟은 능운산에 메아리친다.

도시 이름은 요천. 거리를 오가는 사람들 얼굴이 환하다. 여기저기 폐허 더미가 남은 시가지도 가난한 살림을 드러내는 차림새도 일단 염두에 두지 않는 것 같았다. 그 이유는 도시 여기저기에 펄럭이는 깃발을 보면 저절로 알 수 있다.

깃발에는 검은 바탕에 금색으로 가지가 하나 그려져 있다. 가지에 열린 열매는 세 개. 전설에 따르면 복숭아로, 한 마리 뱀이 끈처럼 가지를 감고 있다. 세상이 개벽할 때 천제가 왕에게 주었다는 전설의 가지다. 길 여기저기, 건물 모퉁이마다 걸린 깃발이 사람들을 이끌듯 언덕 위로 이어져 있었다. 왕궁에 경사스러운 일이 있음을 나타내는 것이다. 집집 대문마다 걸린 꽃 장식, 처마에 줄줄이 늘어선 등롱, 그것들이 이끄는 곳에는 국부國府 입구인 고문皐門의 푸른 지붕이 우뚝 솟아 있었다.

신왕 등극.

새로운 왕의 즉위를 나타내는 왕기가 오른 지 두 달, 드디어 즉위식 포고가 있었다. 깃발은 그 길일을 알리고 축하한다는 뜻이다.

대로를 걷는 사람들 무리가 고문 안으로 빨려들어간다. 국부와 예전에 마련된 정전 사이에 위치한 광대한 광장에는 이미 발 디딜 틈도 없었다. 금군禁軍, 국관의 검은 갑옷과 검은 관복, 그들이 질서정연하게 늘어서 있고 몇 겹이나 내세운 깃발이 펄럭이는 가운데 정전의 단상에 검은 옷을 입은 사람이 나타나자 광장에는 환호성이 가득찼다.

그 검은 옷을 대구大裘라 한다. 검은 곤룡포에 검은 관, 연붉은색 예복용 치마, 주홍색 무릎 덮개와 붉은 신발. 그리고 그에 맞춘 듯한 다홍색 머리카락.

"……정말로 왕이 되었구나."

호화로운 실내에 서 있는 사람을 확인하고 그는 작게 중얼거렸다. 앞장서서 입실한 크고 작은 두 사람도 감탄하는 듯한 목소리를 흘렸다.

대구는 왕의 으뜸가는 예장이다. 장식은 최고위를 가리키는 열두 개이며 여왕이니까 관은 작고 대신에 멋들어진 머리장식이 있다. 곤룡포의 용 자수도 훌륭했다.

즉위식을 막 마친 왕이 돌아본다. 입실한 그들을 보고서 환하게 미소를 지었다.

"라쿠슌樂俊."

그러고는 라쿠슌 옆의 크고 작은 두 사람을 보고 가볍게 인사했다.

"먼 길 오느라 수고하셨습니다. 연왕延王, 연 태보."

"여" 하고 작은 쪽이 손을 들었다.

"훌륭해, 요코. 구경꾼도 만족한 것 같았어. 왕이 돋보이지 않으면 그만큼 백성은 낙담하거든. 미인 왕이라는 인상을 백성에게 심어놓으면 여차할 때 살짝 도움이 되기도 하고."

"엔키延麒" 하고 나무라는 목소리가 들렸지만 소년은 조금도

개의치 않았다.

요시陽子(요코)는 키득키득 웃고서 손님에게 의자를 권했다. 경의 북쪽에 위치한 안국雁國의 왕, 연延과 재보 엔키. 그 이름을 연왕 쇼류尙隆라 하고, 엔키 로쿠타六太라 한다. 현재 안은 경과 국교를 맺은 유일한 나라다.

"오랜만입니다."

요시는 쇼류와 로쿠타에게 깊이 고개를 숙였다.

"정말 많은 도움을 받았습니다. 감사합니다."

그러고 나서 그 옆에 서 있는 회갈색 털의 쥐에게도 고개를 숙였다.

"라쿠슌도 고마워. 덕분에 즉위식까지 할 수 있었어."

"그러지 마."

라쿠슌이 꼬리를 흔든다.

"나는 일개 반수인걸. 왕이 고개를 숙이면 잠자리가 사나워져."

요시가 쿡 하고 웃었다.

요시는 바다 저편 왜국, 일본이라 부르던 나라에서 태어났다. 모든 것이 낯선 이 세계로 갑작스럽게 내던져져, 세 사람의 도움을 받아 등극했다. 왕이라 속이고 국권을 쥐어 병사를 일으킨 조에이舒榮의 난을 진압하는 데 힘을 빌려준 연왕과 엔키. 그들을 향한 감사의 마음이 깊은 것은 당연하지만, 위왕 일당에게 쫓겨 객사할 지경에 이르러 몸도 마음도 엉망이던 요시를 구해준 라쿠슌을 향한 마음은 한층 더 깊었다. 등극까지 긴 것 같으면서도 짧았던 여덟 달을 생각하면 자연스레 고개가 숙여진다.

"정말로 고마워."

안절부절못하며 꼬리를 가만두지 못하는 라쿠슌을 보고 로쿠타가 짓궂게 웃었다.

"대구 차림의 왕을 고개 숙이게 하다니 좀처럼 보기 드문 일이야."

"제발 그만해."

라쿠슌은 그렇게 애원하며 요시를 쳐다보았다. 반수인 라쿠슌은 쥐이기도 하고 사람이기도 하다. 쥐의 모습일 때에는 어린아이 키만 해서 요시를 올려다보게 된다.

"나야말로 고맙다는 인사를 해야지. 요시 덕분에 안국의 대학에도 들어갔고, 연왕께서도 잘해주셔. 고마워."

"그건 나한테 감사할 일이 아니야."

"그래도."

로쿠타가 다시 웃었다.

"곰곰이 생각하면 라쿠슌은 굉장해. 왕을 두 사람이나 알잖아. 대학 사람들이 알면 놀라 자빠질 거야."

"태보오."

"그나저나 꽤 느긋하게 준비했군."

쇼류가 웃음을 머금고 말했다.

"조 에이의 난이 정리된 지 벌써 두 달 넘게 흘렀잖아."

요시가 살짝 쓴웃음을 지었다.

"솔직히 말하면 더 연기하고 싶었는데, 동지冬至까지는 꼭 하라고 관리들이 성화라."

나라의 왕은 천지를 안정시키고 제신을 달랜다. 그중에 가장 핵심이 되는 제례가 동지다. 왕이 직접 교외로 행차해 하늘에 제사를 지내고 나라의 수호를 청한다. 이를 교사郊祀라 한다.

"연기하고 싶었다니, 왜?"

요시가 가볍게 한숨을 쉬었다.

"……초칙이 정해지지 않아서."

초칙이란 새로운 왕이 처음으로 빌포하는 칙령을 이른다. 모든 법은 왕의 이름으로 발포되지만 법이란 애초에 관리가 제안하고, 관계된 이들과 상의해 삼공육관의 찬성을 얻은 뒤 비로소 왕의 재가를 청하는 것이다. 왕의 책무는 스스로 법을 만들고 나라를 운영하는 것이 아니라 백관을 지도하고 감독하는 것이다. 왕 스스로 법령을 만들어 내리면 칙령이라 부른다.

"연왕은 어찌하셨죠?"

"나는 사분일령四分一令이란 놈이었지."

"사분일령?"

"공지公地 사 묘를 개간한 자에게는 그중 일 묘를 개인의 땅으로 준다. 아무래도 경작할 수 있는 땅이 적었으니까."

"그렇군요."

요시가 고개를 숙였다.

"관리들은 귀색貴色을 적색으로 하라고 하더군요. 선왕의 귀색이 푸른색이었기 때문이라는데."

로쿠타가 고개를 끄덕였다.

"괜찮은데? 이치에 합당하고."

"그런가?"

"목생화木生火니까. 선양받았다는 의미에서 말이야."

요시가 한숨을 내쉬었다.

"……이쪽에는 알 수 없는 풍습이 많구나."

"초조해하지 말래도. 조만간 익숙해질 거야."

요시는 어중간하게 미소를 지으며 고개를 갸웃거렸다.

"하지만 그건 좀 아닌 것 같아. 초칙은 왕이 앞으로 어떤 나라를 만들지 단적으로 가리키기 위한 것이라 들었어."

"음, 어느 색이 제일 좋다고 결정하는 것으로는 납득이 가지 않는 마음은 확실히 알겠지만."

“그렇지.” 요시가 고개를 숙이고 슬며시 쓴웃음을 지었다.

“……나는 나라를 움직이는 것이 어떤 일인지 아직 잘 몰라. 좋은 나라를 만들고 싶을 뿐이야. 그런데 좋은 나라는 어떤 나라지?”

“골치 아픈 질문이군.”

“풍요로운 나라였으면 좋겠어. 경의 백성이 굶지 않기를 바라. 하지만 풍요로우면 그것으로 된 걸까. 내가 태어난 나라는 풍족했지만 좋은 나라였냐고 물으면 그렇다고는 대답하지 못하겠어. 풍요로운 만큼 많은 일이 비틀려 있었지.”

어째서 국가 구조에 좀더 흥미를 갖지 않았을까. 솔직히 말하면 왜국의 정치 구조조차 알지 못한다.

“일국一國이라는 이렇게 무거운 것을 떠맡았으면서 그것을 어디에 안착시키면 좋을지 모르겠어. 이런 왕이 정말로 도움이 될까.”

요코, 하고 입을 연 사람은 쇼류였다.

“요코, 나라를 다스리는 일은 솔직히 괴롭지.”

“네.”

“하지만 고뇌를 절대로 백성에게 드러내서는 안 돼.”

“그렇습니까.”

“네가 무슨 고생을 하고 무슨 고민을 하든 백성으로서는 제 살

림살이가 나아지지 않으면 일말의 가치도 없어."

"……그야 그렇죠……."

"그렇다면 괴로워하는 표정을 밖으로 드러내도 좋을 것 하나도 없어. 오히려 아무리 망설여져도, 망설임 따위 없다는 얼굴을 하고 있으라고. 그러는 편이 백성도 기뻐하지."

"그래도……."

"망설이는 군주를 백성이 믿을 것 같아? 통치 때문에 괴로워하는 왕에게 삶을 맡길 수 있나?"

"……그러네요."

"망설일 때는 음미하고 있다고 해둬. 서두를 것 없어. 살날은 기니까."

로쿠타가 요시 앞으로 얼굴을 내밀었다.

"하지만 일에는 정도란 게 있으니까. 쇼류처럼 정말로 고민하지 않으면 것도 문제야."

"로쿠타."

로쿠타는 떨떠름한 얼굴을 한 쇼류를 무시했다.

"초칙을 고민하는 건 좋은 일이야. 경솔하게 칙령을 발포하는 왕은 신뢰가 가지 않지. 칙령은 적을수록 좋아. 원래 칙령은 나라의 처음과 마지막에 많은 법이야. 황폐한 나라를 다시 세울 때, 평온한 나라를 무너뜨릴 때."

"그렇군."

"참고로 쇼류는 칙령이 엄청나게 많아. 절대로 보고 배우지 마."

요시가 웃음을 꾹 참았다.

"……기억해두지."

"뭐, 찬찬히 해나가라고. 그래서 어때? 나라가 조금은 안정이 됐어?"

요시는 "일단은" 하고 대답했다.

"마음 편히 해. 나라를 어디로 끌고 갈지는 사실 간단한 문제야. 요코라면 어떤 삶을 살고 싶은지, 그러기 위해 어떤 나라라면 좋을지를 진득하게 생각하면 되지 않을까?"

"문제는 초칙이로군……."

"그딴 것쯤이야."

로쿠타가 웃었다.

"끝내 초칙을 발포하지 않은 왕도 있어. 초칙이 '만민은 건강하게 살 것'인 용사도 있고."

요시가 웃음을 터뜨렸다.

"……설마 진짜로?"

"지금의 염왕廉王은 그게 초칙이었다던데."

"굉장하구나."

요시가 쾌활하게 웃자 마침 재보가 들어왔다. 재보는 벌써 예장을 평복으로 갈아입었다. 요시는 미소 지으며 그를 돌아보았다.

"게이키景麒, 연왕께서 오셨어."

2 장

001

빈객을 맞이한 금파궁이 들썩였다. 한 달 뒤로 다가온 동지 제례 준비와 더불어 제관의 걸음도 하관의 걸음도 마찬가지로 분주해졌다.

의복을 준비하는 여관들까지 들떠 있다. 그것을 보고 요시는 슬며시 쓴웃음을 지었다.

“오늘 머리는 어떻게 할까요?”

여어女御라는 여관들이 시중을 들어준다.

“……묶기만 하면 돼.”

그 말에 여어들은 일제히 요시를 쏘아보았다.

“손님이 계시는데 그런 모습으로 보내드릴 수 없습니다.”

"맞아요. 특별히 바라시는 형태가 없다면 저희에게 맡겨주세요."

그녀들은 저마다 나무라고는 요시를 뒷전으로 돌리고 의상을 고심하기 시작했다.

"녹옥으로 된 저 꽃 장식을 꽂아드려요."

"그럼 그 장식에 맞춰 홍옥 비녀를."

"어머나, 머리카락이 붉은색이시잖아. 홍옥보다 진주가 나아."

"옥패도 진주로 할까요."

요시는 진저리를 치며 한숨을 쉬었다. 예쁜 차림이 싫지는 않지만 머리를 땋아 올려 비녀를 잔뜩 꽂으면 무겁다. 떨어뜨리지는 않을지 신경쓰이고, 그렇지 않아도 긴 옷자락 탓에 움직이기 어려운데 더욱 제약을 주니 못살겠다.

"그냥 묶어줘. ……옷도 포袍로 충분해."

"당치도 않아요!"

여어들이 눈을 부릅뜬다. 요시는 또다시 한숨을 내쉬었다.

다른 나라에서 자란 요시에게는 이쪽 옷이 움직이기 불편했다. 등극하기 전까지는 부랑아같이 살았던 터라 입은 옷가지라고는 싸구려 천으로 만든 포와 반바지가 고작이었다. 가장 간소한 복장이다. 그런 옷에 길들여져버렸으니 옷자락을 질질 끄는 여자 옷에 아무래도 익숙해지지 않았다.

—일본에서 입던 예복도 이렇게 심하지는 않았는데.

요시는 한숨을 쉬었다.

일반적으로 이쪽에서 남자가 착용하는 옷은 포삼袍衫, 여자가 착용하는 옷은 유군襦裙이다. 삼은 포 안에 입는 얇은 옷으로, 이 차림으로는 웬만해서 돌아다니지 않는다. 위에 반드시 포를 겹쳐 입는다. 유군은 왜국식으로 말하면 블라우스와 두르는 치마에 해당할까. 유가 블라우스, 군이 스커트로 이대로 외출하는 일 역시 드물다. 반드시 위에 조끼 같은 짧은 덧옷이나 기모노 같은 겉옷을 걸친다.

어느 옷이나 갖가지 형태가 있고 저마다 호칭이 있지만, 통틀어 말할 수 있는 점은 부유한 사람이 입는 옷일수록 기장과 소매 길이가 길고 넉넉하다는 사실이었다. 이쪽 세상에서 천은 결코 싼 물건이 아니다. 가난한 사람은 천을 아껴야 하니까 필연적으로 길이가 짧고 품이 줄어든다. 다른 세상에서 자란 요시는 한눈에 상대방의 경제 상황을 간파할 수 있다는 사실이 당혹스러웠다.

이쪽에는 신분제도가 있다. 특히 작위가 있고 없고에 따라 생활수준이 전혀 달랐다. 국관 같은 작위가 있는 사람들 사이에서는 포라고 하면 기장과 소매 길이가 긴 웃옷을 일컫고, 작위가 없는 사람들이 입는 옷을 포자袍子라 불러 구별한다. 반대로 작위가 없는 사람들은 평소 자신들이 입는 옷을 포라 부르고 관리들이 입는 길이가 긴 포를 장포長袍라 불러 구별한다. 그 정도로 생활에 뚜렷한 격차가 있었다.

요시의 옷에는 나라의 위엄인지 뭔지가 걸려 있는 탓에 군은 장군이라 어이없을 정도로 길어서 치맛자락이 끌리고, 유의 소매도 크고 넓다. 겹쳐 입은 옷은 부유와 고위층이라는 증거이므로 그 위에 온갖 옷을 몇 겹이나 포개어 입히니 숨이 막힌다. 그것만으로도 무겁고 넌더리가 나는데 하피霞披를 걸치고 옥패며 목걸이 같은 장신구를 걸고 머리에는 산처럼 비녀를 꽂는다. 여기에 만족하지 못하고 여관이 귀고리를 달기 위해 귀에 구멍을 뚫으려고 해서, 그런 짓은 고향인 왜에서는 범죄자의 풍습이라고 새빨간 거짓말을 늘어놓아 간신히 면제받았다.

"……소박해도 돼. 손님이래봤자 연왕이니까."

여어가 요시를 쏘아보았다.

"연왕이시기 때문에 그런 차림은 안 됩니다. 그렇게 훌륭한 나라의 분이신걸요. 주상께서도 그에 모자라지 않는 차림을 하셔야지요."

"연왕은 호전적인 분이시잖아."

요시가 씁쓸한 미소를 지었다.

"지나치게 치렁치렁한 차림은 좋아하지 않으셔. 무슨 호들갑이냐고 진저리를 내실 거야."

—그런 것으로 해두자.

하오나, 하고 아쉬운 듯이 요시와 장식 빗을 번갈아 보던 여어를 향해 요시는 더 밝게 웃어 보였다.

"포를 입겠다고는 안 할 테니까 되도록 간소하게 해주지 않겠어?"

이 이야기를 듣고 당사자인 연왕 쇼류가 폭소했다.

"요코도 고생이 많군."

"……현영궁은 너그러워서 부러워요."

왕이 되면 아무리 남자라도 포를 입지는 못하는 모양이다. 그런데 쇼류의 차림은 대부분 경국의 고관보다 간소했다.

당치도 않다며 성사 난간에 앉은 엔키 로쿠타가 얼굴을 찌푸렸다.

"삼백 년을 싸워서 간신히 이 정도에서 타협한 거야."

"싸웠다니, 그런 거야?"

요시가 쓴웃음을 지었다.

"왜는 좋겠다. 양장이라고 하나? 그거는 확실히 움직이기 편할 텐데."

"잘 아네. 그 정도로 자주 왜에 드나드는 건가?"

"그렇지, 뭐."

로쿠타가 빙그레 웃는다.

"이건 기린의 몇 안 되는 특권이니까. 음, 그래도 일 년에 한 번 정도야."

로쿠타가 말하고서 팔짱을 끼었다.

"저쪽에서 옷을 가지고 와서 이런 의복을 만들어달라고 해도 절대로 만들어주지 않아. 비렁뱅이가 입는 누더기 같다면서."

"확실히 저쪽 옷은 천이 많이 들지 않지."

요시가 맞장구치고는 로쿠타를 흘끔 보았다.

"……그런데 어떻게 옷을 손에 넣었어? 통화가 전혀 다를 텐데."

"그건 그러니까…… 음, 이렇게 저렇게 손을 썼지."

씩 웃는 로쿠타를 요시는 어이없는 심정으로 바라보았다.

"기린은 인도주의의 생물 아니었나?"

"깊이 따지고 들지 마."

로쿠타는 그렇게 내뱉고 나서 난간에서 정원으로 뛰어내렸다.

"라쿠슌, 뭔가 있어?"

회랑 근처 연못가에 서서 물속을 들여다보는 라쿠슌 곁으로 달려간다.

금파궁 남쪽에 있는 파리궁玻璃宮이었다. 몇 대 전 왕이 세웠다는 유리로 만든 온실이다. 하얀 돌기둥이 줄지어 있고 벽과 교창도 유리, 급경사진 지붕 또한 유리로 되어 있다. 햇살이 비쳐든 정원에는 인공적으로 판 맑은 물의 연못이 있고, 골짜기를 본뜬 시내가 흘렀다. 아름다운 깃을 지닌 새와 연못에는 물고기를 풀어놓았다. 회랑은 상당히 넓은 정원을 둘러싸고 있었다. 꽃이 핀 정원에는 사방이 뚫린 작은 정자 몇 개가 설치되어 있었다.

"여기는 낮잠 자기 좋은 곳이로군."

쇼류의 말에 요시가 웃음을 터뜨렸다.

"연왕께서는 낮잠 주무실 시간이 있습니까?"

"안국은 관리가 멋대로 하니까, 나는 그다지 할 일이 없어."

"아하."

"정사는 믿음직한 관리를 발견하기까지가 고생스럽지."

속닥이는 말에 요시가 연왕을 바라보았다. 연왕은 쓴웃음을 지었다.

"막 등극한 왕조에는 인정과 도리가 먹히지 않아. 그럴 때 기린은 거의 쓸모가 없지. 얼마만큼의 시간 동안 얼마만큼의 신하를 모을지에 모든 것이 걸려 있다고 해야겠지."

"……그렇군요."

"맥후麥侯는 어땠는데?"

요시가 한숨을 쉬며 고개를 저었다.

맥주후 고칸浩瀚. 그는 한때 경국 서해안, 청해에 면한 맥주를 다스렸다. 경이 위왕으로 혼란스러울 때, 마지막까지 위왕 편에 서지 않고 저항한 주후였다. 요시가 연왕 쇼류에게 조력을 청해 위왕을 토벌하고자 봉기했을 때, 쇼류가 권한 것은 고칸에게 연락해 맥주군의 원호를 받는 것이었으나, 연락하기 전에 맥후가 위왕군에 사로잡히고 말았다.

"……맥후는 옥좌가 탐났던 모양이에요."

"그래?"

새로운 왕이 진짜인지 가짜인지 궁중에 있는 자가 아니면 판단이 어려운 법인가 보다. 궁성에서 꽤 떨어져 있는 제후 대부분은 위왕을 진짜 왕이라 믿고 위왕 밑에 결집했으나, 고칸은 이를 거스르고 위왕에게 계속 저항했다. 그런데 대체 어찌된 일인지, 관리의 비난은 위왕을 따른 제후보다 오히려 고칸에게 쏠렸다.

스스로 옥좌에 서려고 일부러 위왕에게 굴복하지 않았다. 어떤 관료들은 고칸을 그렇게 규탄하고 다른 일파는 고칸을 옹호하며 조정이 둘로 갈라졌는데, 실제로 전자를 뒷받침할 증언이 다수 나와 결론이 났다. 결국 고칸은 맥주후 자리 박탈당하고 맥주에서 신병이 구속된 채 처분을 기다리고 있다.

"그랬군."

요시의 이야기를 듣고 연왕은 씁쓸한 표정으로 웃었다.

"관리는 단호한 처분을 내리라고 하지만 게이키가 반대해서 결론이 나지 않아요. 아마도 어딘가의 한직을 맡기게 되겠죠."

"남 일처럼 말하는군."

요시는 살짝 웃고서 이 말에는 대답하지 않았다.

"새로운 조정이란 다루기 까다롭지. 힘을 조금 빼봐. 왕이 똑 부러지게 하려고 하면 간신은 의표를 찌를 생각만 하니까. 얕잡아 보이는 정도가 해나가기 쉬워."

"그럴까요."

"왕이 눈을 번뜩이는 정도로 위축되는 간신이라면 눈에 불을 켤 필요가 없어. 어차피 대단한 짓은 못 하니까."

"연왕도 막 즉위했을 때는 정신없었습니까?"

"그야 그랬지. 안달할 필요 없어. 옥좌에 왕이 있으면 천재지변이 줄어든다. 그것만으로도 너는 뭔가를 하고 있는 거야."

"그것만으로는 안 돼요."

"왕의 수명이 긴 까닭이 무어라 생각하지? 오십 년 정도로는 하지 못할 일을 해야만 하기 때문이야. 어차피 끝 따위 없어. 느긋하게 해."

요시는 고개를 갸웃거렸다.

"연왕께서도 고민거리가 있습니까?"

"골치 아픈 일이라면 얼마든지 있지. 절대로 끊이지 않아."

"큰일이네요."

"뭘, 문제가 사라져버리면 할 일이 없으니 질리기밖에 더하겠어."

그렇게 말하고 오백 년이란 긴 세월 동안 일국을 지탱해온 왕은 정원을 바라보았다. 빈정거림인지 자조인지 모를 미소를 짓고 있었다.

"그렇게 되면 나는 분명히 안을 몰락시켜보고 싶겠지……."

002

"어이……. 요코, 혹시 의기소침해 있는 거 아냐?"

파리궁의 물은 따뜻하다. 신발을 벗고 물가에 앉아 발끝을 못에 담그고 물을 휘젓는 로쿠타 옆에 마찬가지로 라쿠슌도 앉아 있었다.

"……역시 그렇게 생각하세요?"

라쿠슌은 로쿠타의 옆모습을 보았다. 자신만 그런 느낌을 받았나 싶었는데.

"응. 게이키와 삐걱대는 건가."

"설마요."

"같이 있는 모습을 좀처럼 볼 수 없잖아."

"확실히 그렇기는 하네요……."

으음, 하고 로쿠타는 무릎 위에 팔꿈치를 대고 턱을 괴었다.

"게이키가 나오지 않는 건 우리가 거북한 탓도 있겠지만. 나도 쇼류도 이 모양이다 보니 고지식한 게이키는 쉽게 어울릴 수 없겠지. ……하지만 그걸 차치하더라도 게이키와 요시는 위태위태하단 말이지."

"그렇습니까?"

"게이키는 너무 성실해. 요코가 쇼류처럼 실없는 인간이라면 나름대로 잘 맞을 텐데, 요코도 성실한 녀석이니까 게이키가 융통성 없이 굴면 스스로 내몰리고 말 거야. ……게다가 게이키에게는 요코가 두 번째 왕이잖아."

"그거, 역시 관계가 있나요?"

"당연히 있지. 두 왕을 섬기면 아무래도 왕을 비교하게 되니까. 첫 왕에게는 기린도 애착을 품으니 아무리 애써도 그 뒤에 섬기는 왕에게 점수가 박해지게 마련이야. 설령 전왕이 글러먹은 왕이었거나 단명으로 끝났다 하더라도, 기린으로서 회한이 남아서 잊기 어려운 법이고. 하다못해 요코가 남자라면 좋았을 테지만."

라쿠슌은 가볍게 한숨을 내쉬었다.

"그렇겠지요."

"요코도 선왕을 의식할 수밖에 없을 거야. 그런데다 게이키가 저렇게 무뚝뚝한 얼굴에 말주변 없는 성격이니까 아무래도 억측하게 되지. ……이것만큼은 시간이 필요해."

라쿠슌은 게이키의 쌀쌀맞은 말투를 떠올렸다. 표정 없는 얼굴과 밝디밝은 금발. 금색 머리카락은 기린의 고유 빛깔이지만 로쿠타와 게이키를 비교해보면 같은 금색이라도 개성이 있었다. 로쿠타의 금색은 노란빛이 강해 밝은 데에 비해 게이키의 금색은 조금 옅어서 왠지 모르게 차가운 빛깔을 띠었다. 본인 성격을 잘 드러내고 있다.

"뭐, 요코라면 어떻게든 하겠지."

로쿠타가 씩 웃고 라쿠슌도 고개를 끄덕였다.

"……맞아요."

"왠지 좀……."

요시는 호숫가에서 이야기에 빠져 있는 라쿠슌과 로쿠타를 보았다.

"……이쪽을 모르겠어요."

나직하게 한 말에 쾌활한 대답 소리가 들렸다.

"그야 당연하지. 이쪽은 특이하잖아."

쇼류는 호쾌하게 웃었다.

"아이가 나무에서 난다는 이야기를 듣고 어이가 없었지."

요시 역시 살짝 웃었지만 미소는 이내 힘을 잃었다.

"……이쪽 사람에게는 제가 모른다는 사실이 무척 답답한 모양이지만."

"게이키 말인가?"

쇼류의 물음에 요시는 순간적으로 쇼류를 돌아보더니 고개를 가로저었다.

"관리도요. 정말로 아무것도 모르니까 다들 어처구니가 없는 모양인지. ……어쩔 수 없다고도 생각하지만."

요시가 모른다고 할 때마다 게이키도 관리도 한숨을 쉰다.

"……게다가 내가 여자니까. 그게 불만이 아닐까."

'이러니 여왕은'이라는 말이 암암리에 서린 이야기를 몇 번이고 들었다.

"그건 아닌데."

쇼류가 딱 잘라 말해서 요시가 그를 바라보았다.

"아니라고요?"

"내가 이쪽에 와서 가장 당혹스러웠던 건 여자가 관리가 되고, 부모 자식 관계가 묘한 점이었어."

"……그래요?"

"왜에서는 여자는 집안에 있는 존재지, 바깥일은 하지 않았어. 그런데 이쪽에서는 아이를 남편에게 맡기고 일하러 가는 여자가 있어. 경국은 여왕予王이 여자를 내쫓아서 관리 중에 여자 숫자가 적겠지만, 안국은 절반 가까이 여자일걸. 아무래도 무관은 남자가 상당히 많지만 그래도 삼 할 남짓이 여자야."

"그렇구나……."

"생각해보면 무리도 아니지. 왕은 기린이 고르는데, 조신의 필두인 기린부터가 절반이 여자야. 시대에 따라 늘기도 하고 줄기도 하지만 평균을 내면 자웅이 거의 반반이지. 기린이 고른 왕도 남녀가 반반, 기록을 보고 대충 계산해보더라도 특별히 어느 쪽이 많다고 할 수 없어."

"그래요?"

요시는 눈을 동그랗게 떴다.

"왕이나 기린이 여자라도 괜찮다면 관리가 여자여서 문제 될 리가 없지. 심지어 이쪽 여자는 아이를 낳을 필요가 없어. 기르는 것도 특별히 여자가 아니어도 상관없으니까 여자를 집에 묶어둘 필요가 없지. 당연히 남자만큼 힘이 세지는 않으니까 무관과 병사로서는 아무래도 뒤처지지만, 세세한 부분까지 신경을 쓰고 번잡한 실무도 아주 꼼꼼하게 처리하니까 관리로서는 쓸모가 있지. 실제로 사서史胥(서기관)는 여자가 많아."

요시가 웃었다.

"그렇군요."

"그러니까 경의 관리가 여왕이라고 떨떠름한 얼굴을 하는 이유는 꼭 여자가 왕이면 안 된다는 말은 아니지. 경은 여왕 운이 없으니까 하는 소리지."

요시가 쇼류의 얼굴을 빤히 보았다.

"최근 삼 대에 걸쳐 무능한 왕이 이어졌지. 그게 우연히 전부 여자였어. 게이키가 고른 선왕은 여자인데다 유난히 재위가 짧았지. 그런 게이키가 또다시 여왕을 골랐다. 관리로서는 아무래도 선왕의 전철을 밟는 느낌이겠지."

"……그래서인가."

"그게 다야. 북서쪽 나라, 공국恭國의 공왕供王은 여자지만 재위는 구십 년 가까이 되지. 그전에도 엄청나게 긴 치세를 펼친 여왕이 있었으니 공에서는 왕이 남자면 백성이 아쉬운 얼굴을 해. 그 정도 일이야. 마음에 두지 마."

요시는 가볍게 한숨을 쉬고 웃었다.

"신경쓰지 않도록 하죠. 고맙습니다."

무슨, 하고 쇼류도 미소 지었다.

"내가 도울 일이 있으면 말해. 할 수 있는 한 거들어주지."

요시는 고개를 깊이 숙였다.

"정말로 감사합니다."

003

예고한 대로 떠난 지 보름 뒤에 재국 취미동의 주인인 리요가 자신의 동부로 돌아왔다. 리요는 파산 취미봉에 우뚝 솟은 누각에 기수를 세웠다. 하계, 취미봉 기슭에 작고 푸른 지붕이 보였다. 취미동에서 봉우리 안쪽을 지나는 굴을 통해 하계로 나가는 곳이 그곳이었다. 그 지붕을 둘러싼 장벽, 문 앞에는 또 다른 푸른 기와지붕이 늘어서 있다. 취미봉에 사는 선인을 모시는 사당이다.

리요는 적호의 등에서 사당을 내려다보고 살짝 일그러진 미소를 지었다. 그저 여기서 나이만 먹어갈 뿐, 특별히 무슨 일을 하지도 않는데 하계 사람은 동주라는 것만으로 황공해한다. 언젠가 큰일이 닥치면 리요가 구제해주리라고 믿는 것이다. 과거에 저명한 비선飛仙이 있었고 그들은 분명히 백성을 구제했다. 그렇다고 모든 비선이 선의에 가득차 있다고 기대하다니 참으로 어리석지 않은가.

"다녀오셨습니까."

적호가 문 앞에 내려서자 곧장 달려온 하인은 다섯 명 정도. 리요는 적호에서 내려 하인의 면면을 둘러보았다.

"내가 없는 사이 별고는?"

있으면 좋을 텐데, 라는 말은 리요도 마음속으로 묵살했다. 어쨌거나 오래 살다 보니 삶에 질렸다. 게다가 나이가 삼백쯤 되면 이미 세간에서는 잊힌 지 오래다. 적어도 리요라는 이름의 한 여자가 있었다는 사실을 기억하는 자가 몇이나 있을까.

남자 하인 하나가 고개를 깊이 숙였다.

"없습니다."

"그렇겠지."

동부를 둘러보았다. 나가기 전에 뱉은 말을 리요는 당연히 기억하고 있다. 적어도 동부는 깨끗하게 청소되어 있고, 곳곳의 기둥과 늘보노 새로 붉세 칠했고, 벽도 다시 하얗게 회칠을 했다.

"게으름은 피우지 않은 것 같구나."

리요는 웃으며 적호를 하인에게 맡기고 정전으로 걸음을 옮겼다. 자신의 방으로 돌아가니 벌써 아랫것 중 누군가 재빨리 알렸는지 하녀 세 사람이 고개를 숙이고 기다리고 있었다.

"다녀오셨습니까."

리요는 무뚝뚝하게 고개를 끄덕이고는 우뚝 섰다. 세 사람이 잰걸음으로 다가와 리요의 의복을 벗겼다. 방도 깨끗하게 정돈했고 기둥과 벽도 새로 칠했다. 고작 보름 만에 할 수 있는 일이 아니다. 리요의 눈이 닿는 장소만 간신히 다 칠했으리라.

"혼마."

이름을 불린 스즈가 움찔하며 고개를 들었다. 이 계집애는 시도 때도 없이 리요를 겁낸다. 그걸 알면서 리요는 무릎을 꿇고 의복을 정리하는 여자아이를 악의를 드러내며 내려다보았다.

"경의 새로운 왕을 봤어. 나이가 네 또래쯤 될까. 여왕이시더군."

여왕, 스즈는 쭈뼛쭈뼛 리요를 바라본 채 작게 되뇌었다.

"또래 여자애인데 너와는 전혀 다르지. 정말 나무랄 데 없는 소녀였어. 아주 당차더군."

스즈는 고개를 숙였다. 리요는 실내복을 갈아입으며 소리 없이 웃었다.

"와산臥山의 개첨동芥沾洞에서 만났는데 말이지. 마침 즉위식을 막 마치고 인사하러 오셨어. 개첨동의 주인은 이 대 전 경왕의 모친이니까. 제법 예의를 잘 아시는 분이야. 너랑은 아주 달라."

리요는 천천히 실내복을 입고는 의자에 앉았다. 리요가 현재 스즈에게만 흥미를 가지고 있다는 사실을 알아채고 두 하녀는 말없이 인사를 올리고 방을 나갔다.

"봉래 출신이라더구나."

스즈는 흠칫 놀라 고개를 들었다. 눈만이 인상에 남는 얼굴이 어렴풋이 일그러진다.

"맞아, 네가 태어난 허해 동쪽 왜국 말이야. 우습지? 같은 봉래에서 태어나 한쪽은 쓸모없는 몸종, 한쪽은 경동국 경왕. 검소하게 꾸몄지만 역시나 왕이야. 입은 옷도 비녀도 어찌나 값진 물건이던지."

리요는 그렇게 말하고 큭큭 웃었다.

"네까짓 것은 다시 태어나도 구슬 하나 손에 넣을 수 없을 것들이야. 왕궁에 돌아가면 어디 그뿐이겠어. 필시 산더미처럼 보물이 있겠지. 안 그러니?"

스즈는 다시 고개를 숙였다. 비웃음당해도 쏘아보지도 않고 반박하지도 않는 비굴함이 리요의 속을 마구 긁어댔다. 이 계집애를 괴롭히는 것은 사냥과 비슷하다.

"여러 이야기를 들었어. 경왕도 이쪽으로 흘러왔다더구나. 처음에는 아무것도 몰랐다고 하시더군. 그래도 참으로 훌륭하시지 않으냐. 아무것도 모르는데도 여정에 올라 연왕께 보호를 요청하셨다던가."

리요는 꼰 다리 끝으로 여자아이의 목 아랫부분을 툭툭 쳤다.

“유랑 극단에 있던 누구랑은 정말 다르지. 게다가 그 안에서 재주라도 부렸다면 또 모를까, 그럴 능력도 없어 허드렛일을 하던 녀석이랑은 말이야. 울면서 납죽 엎드려 몸종으로 삼아달라고 빌던 어디의 누구 씨랑은 말이야.”

여자아이를 발끝으로 더 건드리자 스즈의 축 늘어진 고개가 흔들려 눈물이 뚝 떨어졌다.

“이런, 경왕에게 동정이라도 했니? 그러면 큰 실례지. 너 따위가 동정한 줄 알면 경왕은 모욕적이라고 분노하실 테니까.”

숨죽인 오열이 들렸다. 리요는 눈썹을 살짝 치켜세웠다. 사냥감이 굴복했다. 흥이 깨졌다.

“물러가.”

리요가 거칠게 말했다.

“그 음침한 얼굴을 보이지 않는 곳으로 어서 치워.”

스즈는 마당으로 뛰쳐나왔다. 인적 없는 가장 으슥한 곳으로 달려가 구부러진 소나무 줄기에 매달려 울었다.

봉래. 그리운 나라.

“왜 그러니, 모쿠린. 또 동주님께 무슨 소리를 들은 게야?”

정원지기 할아범이 달려왔다. 스즈는 고개만 내저었다.

리요는 늘 그런다. 저렇게 스즈를 괴롭히며 기뻐한다. 그토록 스즈가 미운 것일까. 스즈에게 리요가 미워할 만한 점이 있다고 생각되지 않는데.

"무슨 말을 들었는지 모르지만 마음에 두지 마라. 동주님을 섬기려면 계속 참는 수밖에 없어."

"그런 건 알아요."

알고는 있다. 하지만 남에게 비웃음당한다면 고통스러울 수밖에 없다.

"하지만 어째서 그런…… 흑."

흐느껴 우는 스즈 뒤에서 할아범은 한숨을 내쉬었다.

"……경왕."

스즈는 중얼거렸다. 봉래 출신이라고 했다. 그렇다면 고향은 어디일까. 지금쯤 그 나라는 어떻게 되었을까.

"저기요."

스즈는 눈물범벅인 얼굴로 뒤에서 어쩔 줄 몰라 하며 한숨짓는 할아범을 돌아보았다.

"……경왕은 어디에 있죠."

"그야 당연히 경국이겠지. 경의 왕궁에 계시지 않겠니."

"……그래요."

스즈와 마찬가지로 봉래에서 온 여자아이. 스즈처럼 역시 경으로 흘러든 것일까. 그리고 그녀는 왕이 되었다. 이 땅에서 견

줄 자 없는 지위다.

……보고 싶어.

어떤 애일까. 어쩌면.

그녀라면 진심으로 스즈를 가여워해주지 않을까. 그녀라면 이해해주겠지. 고향에서 멀리 떨어진 타지로 떠내려온 괴로움, 말이 통하지 않는 고통, 스즈가 처한 이 처지의 서글픔.

"경왕이 재국에 올 일이 있을까요?"

할아범에게 물으니 그는 고개를 내저었다.

"없지 않을까. 다른 나라 왕은 웬만해서는 오지 않아."

"그래요……."

스즈는 경왕을 만나고 싶다고 다시 한번 마음속으로 중얼거렸다.

어떻게 하면 만날 수 있을까. 경에 가서 만나고 싶다고 하면 만나게 해줄까. 어떻게 경에 가지. 리요에게 말하면 또 비웃음만 사겠지. 이유를 말하지 않고 여행하고 싶다고 청하면, 과연 리요가 순순히 스즈를 보내줄까.

스즈는 리요의 조소와 욕설을 떠올리고 부르르 떨었다. 설령 백 년이 지났더라도 남의 야유에 상처받는 아픔이 사라질 리가 없다.

만나고 싶다. 만나러 갈 방법이 없다.

어떤 여자애일까. 옥좌에 올랐으니 인품이 자애롭겠지. 절대로 리요 같은 잔혹한 성격은 아닐 것이다.

물어보고 싶은 것이 잔뜩 있다. 아니, 그보다 호소하고 싶은 일이 훨씬 많다.

와줘.

스즈는 동쪽 하늘을 보았다.

제발 재국에 와줘.

……이리 와서 나를 찾아줘.

004

하얀 언덕에 바람이 분다. 가랑눈이 나부낀다.

쇼케이는 썰매를 끌던 손을 쉬고 허리를 폈다. 멀리 시도 마을의 곽벽이 보였다. 드디어 마을 근처까지 왔다. 눈 속에 잠긴 듯한 마을, 해질녘이 다 된 탓에 주위는 이미 어두운 기운이 감돌았다. 그곳에 쇼케이의 입김이 흘러간다.

북쪽 나라의 겨울은 혹독하다. 특히 눈이 많이 내리는 방국의 겨울은 추위보다 삶 자체가 고단하다. 눈에 파묻힌 길, 고립된 채 폐쇄된 마을. 숨을 죽이고 눈이 녹기를 기다리는 사람들. 짐이 운반되지 않기 때문에 마을에 얼마 없는 가게들은 문을 닫는다. 가을에 비축한 것이 바닥을 드러내면 말 썰매를 타고 찾아오는 행상만 믿고 기다려야 한다. 기다려도 행상이 오지 않으면 무릎 위까지 쌓인 눈을 헤치고 인근 마을까지 가야만 한다. 지금의 쇼케이처럼 말이다.

쇼케이는 숨을 헐떡이며 다시 썰매를 잡아끄는 밧줄을 어깨에 고쳐 멨다. 문이 닫히기 전까지 마을로 돌아가야 한다. 마을 문이 닫혀 들어가지 못한다는 것은 얼어죽는다는 것을 뜻한다.

길과 주변 농지의 높이 차이가 사라져 어디까지 길인지 분명치 않았다. 주위에 펼쳐진 농지도 가까이 이어지는 완만한 언덕도 새하얗다. 언덕 비탈에는 방목하는 양과 산양, 소가 다른 마을로 도망치지 않도록 돌을 쌓아 만든 낮은 울타리를 둘렀지만, 그것도 지금은 눈 속에 파묻혔다. 동지 전인데 올해는 전에 없이 눈이 많이 쌓였다.

밧줄을 멘 어깨가 아프다. 발끝에는 감각이 없다. 열 균鈞이나 되는 숯을 얹은 썰매는 지지부진 나아가지 않았다. 열 균이면 성인 남성 몸무게에 맞먹는다.

—이런 생활을 언제까지 계속해야 할까.

지쳐서 마비된 쇼케이의 머릿속에는 그 생각뿐이었다.

길을 잃고 몇 번이나 눈더미에 빠졌다. 그때마다 썰매를 일으켜 숯을 끌어안았다. 서두르지 않으면 문이 닫힌다. 쇼케이는 그런 일념으로 덜덜 떨리는 다리에 힘을 주고, 목이고 옆구리고 찢어질 듯이 아픈 것을 참으며 썰매를 끌었다.

—다른 아이들은 오늘 모두 놀았는데.

겨울의 마을을 찾아오는 이는 행상과 주정朱旌 집단뿐이었다. 주정이란 재주를 부리며 여러 나라를 돌아다니는 광대를 말한다. 주정이 마을에 왔다. 겨울에는 즐거운 일이 정말로 아무것도 없어서 주정이 오면 작은 잔치가 벌어진다. 그런데 쇼케이만 그날 마을에서 쫓겨나 숯을 사러 나갔다. 겨울에는 숯이 떨어지면 안 되니까 당연히 잔뜩 비축해두었다. 그런데 봄까지 버티지 못할지도 모른다면서 마을에서 쫓아내버렸다. 말 썰매조차 빌려주지 않았다.

—그토록 미운가.

쇼케이는 마음속으로 고보를 향해 욕설을 퍼부었다

혼자서 썰매를 끌고 열 균의 숯을 옆 마을까지 사러 가는 것은 자칫하면 죽음으로 이어질 수도 있다는 사실을 모를 고보가 아니다. 고보는 직접 표현하지 않았지만 쇼케이가 죽어도 상관없다고 말한 것이다.

—언제까지 이렇게 살아야 하지.

스무 살이 되면 농지를 받아 이가를 나올 수 있다. 이때 스무 살은 세는나이로 치는 것이 예부터 내려온 관례지만, 쇼케이의 호적상 나이로 치면 아직 이 년을 기다려야만 한다.

—앞으로 이 년이나 이런 생활을.

게다가 이 년이 지난다고 정말로 농지를 받을 수 있다는 보증은 어디에도 없다. 쇼케이의 부모를 죽인 그 남자가 간단히 쇼케이를 자유롭게 해주리라 생각할 수 없었다.

포기하고 싶었지만 자신을 격려하며 간신히 문까지 도착했다. 폐문 전에 겨우겨우 마을 안으로 들어가자 마을 안에는 아직 들뜬 분위기가 남아 있었다. 비틀비틀 이가로 돌아가 한동안 눈 위에 주저앉아 있었다. 이가 안에서는 아이들의 흥분한 목소리가 흘러나왔다.

—이 년이나.

영겁의 시간으로 느껴졌다. 왕궁에서 지낸 삼십 년은 그리도 짧았건만.

비참한 심정으로 일어나 짚으로 싼 숯을 하나씩 부렸다. 헛간 안에 집어넣고 나서야 쇼케이는 이가로 들어갔다.

"다녀왔습니다."

뒷문을 열고 부엌으로 들어가자 고보가 빈정거리는 미소를 슬쩍 보였다.

"숯은 제대로 사 온 게야? 한 균이라도 빼 먹었으면 다시 사오게 할 거야."

"사 왔어요. 틀림없이 열 균."

흥, 하고 고보가 콧방귀를 뀌며 손을 내밀었다. 쇼케이는 손 위에 얼어붙은 지갑을 얹었다. 고보는 지갑 속을 살피고 쇼케이를 냉담하게 바라보았다.

"거스름돈이 너무 적지 않아?"

"숯이 비쌌어요. 올해는 숯이 적대요."

여름에 사나운 바람이 불어 근교 산에 자라는 나무가 쓰러졌다. 그 탓에 올해 숯은 상당히 비싸다.

"글쎄."

고보는 중얼거리고서 쇼케이를 향해 쌀쌀맞게 웃었다.

"거짓말이면 때가 되면 들통나겠지. 그때까지는 그런 것으로 해두마."

쇼케이는 부루퉁해서 고개를 숙였다. 이런 푼돈을 슬쩍할까 봐, 하고 마음속으로 내뱉었다.

"어서 저녁 일을 해."

고보의 말에 쇼케이는 고개만 끄덕였다. 여서를 거스를 권리 따위 쇼케이에게는 없고, 아무리 피곤하다고 호소해보았자 소용없음을 알고 있었다.

안채에서 나온 아이들과 함께 가축에게 물과 먹이를 주고 깔짚을 정리해서 새로 깐다. 소와 산양 젖을 짠다. 저녁에 할 일을 하는 동안에도 아이들은 신이 나서 떠들었다.

"늦었네. 얼른 돌아오지 그랬어."

여자아이 하나가 쇼케이에게 말했다.

"벌써 유랑 극단 사람들은 마을을 떠났어."

쇼케이는 부루퉁하게 입을 다물고 묵묵히 사료를 섞은 여물을 잘랐다.

"눈이 내렸으면 좋았을 텐데."

남자아이가 진심으로 안타까워하며 말했다. 썰매와 말이 있다고는 하지만 눈길 여행은 쉽지 않다. 눈이 내리면 그칠 때까지 주정들은 마을에 머무른다. 솔직히 말해서 쇼케이도 그걸 기대하기는 했지만, 눈이 내렸으면 쇼케이 역시 오늘 안에 돌아올 수 없었을 것이다.

주정은 여행이 익숙하지만 그래도 겨울 여행이 고되기는 마찬가지다. 본래 주정은 봄부터 가을에 걸쳐 각지 마을을 순회하고, 겨울에는 커다란 도시에 상설 극장을 빌려 그곳에 정착하는 법이다. 그런데 이 눈 속에 위험을 무릅쓰고 겨울에 여행하는 까닭은 쇼케이의 아버지 주타쓰가 상설 극장에서 공연판을 벌이는 것과 농한기 이외의 순회를 금지했기 때문이다. 주타쓰가 서거

하자 많은 주정은 위험한 겨울 순회를 그만두었지만 여전히 겨울철에 마을을 도는 주정도 있다. 겨울의 마을에는 즐거움이 없다. 주정이 오면 마을 전체가 환대한다. 그걸 목적으로 아직도 무리해서 눈길을 헤치며 오는 주정도 결코 적지 않았다.

"잡극(연극)이 재미있었어."

"나는 상색上索(곡예)이 좋았어."

즐거웠던 하루 이야기를 고개를 숙인 채 들었다. 그딴 것 궁중에서 실컷 봤다고는 죽어도 말할 수 없는 분통함.

"그러고 보니……."

여자애 하나가 말했다.

"소설•에서 멋진 이야기를 들었어. 경국에 새로운 왕이 즉위하셨대. 아직 열여섯인가 일곱쯤 먹은 여왕이래."

"뭐?"

쇼케이가 고개를 들었다.

"굉장하지 않니? 왕은 신에 필적하는 분이잖아? 천하에 오직 열두 분밖에 없는 지위에 오르다니 어떤 기분일까."

맞아, 다른 소녀가 맞장구쳤다.

• 주정의 공연 중 다른 지역의 소식을 들려주는 공연.

"입는 옷도 비단이겠지. 자수에 예쁜 새털 장식. 금은도 진주도 갖고 싶은 만큼 있을 거야."

"나라를 멋대로 휘두른 위왕을 해치웠다지. 대단하다."

"어머, 그건 안국의 연왕이 도와주셨기 때문이야."

"연왕이랑 친분이 있다니 굉장하네."

"도와줄 정도면 분명히 아주 친한 사이겠지."

"즉위식은 어땠을까. 어여쁜 모습이셨을 텐데."

쇼케이는 발치를 응시했다. 요란스러운 목소리가 멀어진다.

열여섯일곱 살 먹은 여자애. 그런 소녀가 왕이 되었다.

쇼케이는 알고 있다. 왕궁의 삶이 어떤 것인지. 이 한촌의 삶과 얼마나 차이가 나는지.

—너무해.

쇼케이는 입속으로 중얼거렸다.

자신은 여기에서 이렇게 살고 있는데. 같은 또래 여자애가 쇼케이가 잃어버린 모든 것을 얻었다. 쇼케이에게는 두 번 다시 왕궁으로 돌아갈 방도가 없다. 자상했던 부모를 남의 손에 잃고, 변경 한촌으로 내쫓겨 평생 이렇게 살아갈 것이다.

쇼케이는 괭이를 든 자신의 손을 보았다.

뙤약볕 아래에서 일하느라 볕에 그을고, 무거운 물건을 드는 데 길든 탓에 마디진 손. 손질해주는 이도 없어서 손톱 모양이 일그러져버렸다. 이렇게 쇼케이는 나이들어간다. 한촌의 삶에 익숙해지도록 몸도 마음도 피폐해져 결국에는 고보처럼 추접하게 늙을 것이다.

그 왕이 눈부신 열여섯 살인 채 왕궁에서 사는 동안에.

……너무해.

가슴 깊은 곳에서 더욱 작은 목소리가 들렸다.

……용서 못 해…….

3 장

001

그 달이 끝나갈 무렵에야 경국 요천 거리에 들뜬 분위기가 사라졌다.

즉위식에 빈객을 접대하느라 분주했던 왕궁에 여느 때의 정숙함이 돌아왔다. 그래도 여전히 어딘지 들뜬 공기가 감도는 까닭은 교사郊祀가 다가오고 있기 때문이었다.

요시는 창밖을 슬쩍 보고 한숨지었다. 창유리 너머 으스스한 겨울 정원이 보인다.

왕은 오전에는 외전에 나갔다가 오후에는 내전으로 돌아온다. 왕궁의 중추를 이루는 이 두 건물이 왕이 정무를 보는 장소다. 외전은 기본적으로 조의를 하는 공간, 내전은 왕이 집무를 행하는 공간으로 정해져 있다. 동시에 내전은 외궁의 끝이며, 외전은 내궁의 끝이다. 관리가 일하는 곳이 외궁, 기본적으로 내전보다 안쪽으로는 들어갈 수가 없다. 반대로 왕이 사는 곳은 기본적으로 내궁, 이 또한 본디 왕은 외전 바깥으로는 나오지 않는 것으로 되어 있다.

그 내전을 찾은 자가 있었다. 시관侍官의 인도로 들어온 인물을 보고 요시는 눈살을 살짝 찌푸렸다.

총재冢宰 세이쿄靖共. 총재는 육관의 수장, 육관이란 천관, 지관, 춘관, 하관, 추관, 동관의 육관을 말하며 저마다 궁중의 제반사, 토지 호적, 제사, 군사, 법령, 토건을 관장한다. 오래전에는 천관장 태재太宰가 총재로 취임해 육관부를 총괄했지만 근래에는 따로 총재를 세우는 것이 관례라고 한다.

요시는 위엄이 넘쳐 보이는 총재가 거북했다.

"외람되오나, 주상."

세이쿄가 어전에 평복했다.

"왜 그러지."

"부역 말입니다만."

또다. 요시는 입술을 깨물었다. 오후 정무 시간에는 재보로서 요시를 보좌하는 게이키가 곁에 없다. 그에게는 영주후瑛州侯의 정무가 있다. 하지만 요시는 게이키가 없으면 정치의 구조도 이쪽 상식도 모른다. 그 점을 노리는 것인지 세이쿄는 오후에만 찾아온다.

국토는 선왕의 실태와 뒤이어 일어난 천재天災와 전란, 요마의 습격으로 황폐해져 있다. 이것을 원상태로 돌리려면 대형 토목공사가 필요하다. 근래 며칠 동안 조의 의제는 항상 이것이었는데, 어디서부터 공사를 시작해 어떤 기준으로 부역을 징발할지로 시끄러웠다.

아무래도 관리에게는 파벌이 있는 듯하다. 그 점은 요시도 알 수 있었다. 최대 파벌이 총재인 세이쿄가 이끄는 일파인데, 그들의 꿍꿍이와 다른 당파의 꿍꿍이가 정면으로 대립하고 있었다. 세이쿄 일파는 봄까지 치수를 서두르라고 하고, 다른 파벌은 일단 올겨울을 넘길 수 있도록 도시 정비를 우선하라고 한다.

세이쿄는 오늘 아침 조의에서 되풀이한 말을 또 하고는 무릎을 꿇은 채 요시의 안색을 살피듯 올려다보았다.

"어떠하십니까."

요시는 순간 대답이 막혔다. 치수와 도시의 정비가 둘 다 중요한 사항임은 이해가 갔다. 하지만 한쪽을 우선해야만 한다. 쌍방을 동시에 할 수 있을 정도로 경국은 아직 풍족하지 않다. 요시로서는 어느 쪽을 우선해야 할지 판단이 서지 않았다.

한 걸음 더 나아가 어디의 치수나 도시 정비를 우선할지는 도

무지 판단할 수 없었다. 하관이 편찬한 지지地誌를 읽은 정도로는 어디가 어떠한 땅이고 어떠한 특색이 있으며 어떠한 구제가 필요한지 알 수 없다.

"미안하지만 나로서는 판단할 수 없어."

요시의 목소리를 자연스레 가라앉았다. 이 사실을 고백하는 것은 몹시 괴로웠다.

세이쿄가 한숨을 내쉬었다.

"주상. 주상께서 판단을 내리셔야만 합니다."

"미안하군……."

"주상이 왜국 분이신 것은 잘 알고 있습니다만, 이쪽 사정을 조금 더 이해해주실 수 없겠습니까."

"공부는 하고 있지만 따라잡을 수가 없어. 정말로 미안하군."

"어느 쪽을 우선할지 그것만이라도 말씀해주십시오."

"게이키와 의논하여 정하겠다."

세이쿄는 더욱 깊은 한숨을 내쉬었다.

"외람되오나, 주상께서는 태보께 정사를 보라고 하실 작정이십니까. 태보는 인도를 아는 분이니 결코 백성을 괴롭히는 일은 없으시겠지만, 그렇다고 모든 지휘를 태보께 맡기셨다가는 연민만 앞서 나라가 간단히 기울게 될 겁니다."

"알아……."

기린에게는 무엇보다 먼저 백성을 향한 연민이 우선이다.

"하지만 정말로 나로서는 판단이 서지 않아."

세이쿄는 잠시 고개를 숙였다. 얼굴에 떠오른 것은 조소일까, 낙담일까. 어느 쪽이든 세이쿄가 넌더리를 내고 있다는 것만은 잘 알겠다.

"주제넘은 줄은 잘 압니다만."

세이쿄는 한숨 섞인 목소리로 말했다.

"이 건은 소관에게 맡겨주시겠습니까."

화급을 다투는 일이라고 말하면 요시는 응하는 길밖에 없다.

"……알았어. 총재에게 맡기지."

세이쿄는 깊이 평복했다.

물러나는 세이쿄를 지켜보고 요시는 한숨을 푹 쉬었다.

문제가 두드러졌던 국관의 정리가 끝나고 일단 구멍도 메웠다. 여왕이 남긴 악법을 폐지하고 여왕이 폐지한 법을 다시 발포했다. 난민 구제를 위해 국고에서 예산을 크게 잡고, 올해 조세는 낮추었다.

어떻게든 나라는 앞으로 나아가고 있다. 전부 관리가 시키는 대로.

새로운 왕이 등극했다고 다들 기뻐한다. 대체 무엇이 경사스러운지 요시는 고민했다. 요시는 이쪽 상식을 모른다. 판단을 요구받아도 판단이 서지 않는 일이 많고, 하물며 스스로 무언가를 명령하는 것은 한층 더 어려웠다.

설령 무언가를 제안해도 제관의 실소를 살 뿐이고, 칙령이 아닌 한 삼공육관의 승인이 필요하다. 초칙은 다분히 의례적인 것이니 초칙 없이 칙령을 내서는 안 되는 것도 아닌 듯하지만 단호하게 칙령을 내릴 용기가 요시에게는 없었다. 결국 선왕이 남긴 육관의 꼭두각시가 될 수밖에 없었다.

—이것이 경왕의 실체.

요시는 자조하듯이 혼자 웃었다.

새로운 왕이 등극했다고 기뻐하는 목소리가 왕궁까지 들린다. 라쿠슌에게도 연왕과 엔키에게도 축하받은 그 일의 내실이 이럴 줄이야 누가 상상했을까.

"주상."

오후의 정무를 마친 게이키가 집무 공간에 들어왔다.

"조금 전까지 총재가 와 있었다고요."

"맞아, 왔었지. 예의 부역 건으로. ……총재에게 일임하기로 했어."

게이키가 눈살을 살짝 찌푸렸다.

"일임하신 겁니까."

"안 돼?"

요시의 물음에 게이키는 말없이 뚱한 표정을 지었다.

"나로서는 어느 쪽을 우선해야 할지 몰랐어. 모르는 건 국정을 알지 못하기 때문이지. 나라를 잘 아는 자에게 맡겼다. ……안 되는 일인가?"

"딱히 그리하셔도 상관없습니다만."

게이키는 한숨지으며 대답했다. 요시 역시 한숨을 내쉬었다.

등극하고 게이키의 이런 한숨을 대체 몇 번이나 들었을까.

"그래서는 안 되는 거였다면 말해주지 않겠어?"

"여러 관리의 말에 귀를 기울이는 것은 잘하신 일입니다. 주상이 맡긴다고 결정하셨다면 그것으로 충분합니다."

그럼 어째서 그렇게 떨떠름한 얼굴을 하느냐는 무언의 질문을 던지며 요시는 표정이 얼마 없는 얼굴을 쳐다보았다. 좀처럼 표정 변화가 없는 주제에 불만만은 얼굴에 나타난다.

"불만이 있으면 있다고 말해. 어쩌라는 건지 말해봐."

자연히 요시의 말투가 매서워졌다. 다들 요시를 보며 한숨을 쉰다. 솔직히 말해서 지긋지긋했다.

게이키가 여전히 언짢은 표정으로 입을 열었다.

"그럼 말씀드리겠습니다. 나라를 다스리는 분은 주상입니다. 그런데 어찌하여 일일이 관리가 말하는 대로 하십니까. 관리의 말을 너른 마음으로 들으시는 것이라면 제관의 말을 평등하게 들으셔야만 하지 않겠습니까."

"듣고 있잖아."

게이키의 얼굴이 더욱 부루퉁해진다.

"듣고 나서 총재에게 맡기셨다면 불만은 없습니다."

요시가 크게 한숨지었다.

"……너도 내가 불만인가?"

"주상."

요시는 눈을 부릅뜬 심복을 바라보았다.

"여왕이라 불만인가? 내가 한심한가?"

관리들은 늘 의심하는 눈으로 요시를 본다. 회달回達이라는 말을 들었다. 그들은 여왕을 옥좌에 앉혀두는 자체가 불안한 것이다.

"그런 것이 아닙니다."

요시는 눈을 돌렸다. 서탁에 팔꿈치를 괸다.

"……네가 나를 옥좌에 앉혔잖아. 너까지 그런 눈으로 보지 마."

"주상, 저는……."

요시는 그 목소리를 차단했다.

"물러가."

002

—어쩜, 너도 봉래 출신이니?

맞아요. 스즈는 고개를 끄덕였다.

—흘러와버렸구나. 가엾어라.

스즈는 너무나 힘들었노라고 호소했다.

—그래, 잘 알아. 떠내려온 해객이 얼마나 고생이 많은지 이 세계 사람은 모르겠지. 하지만 나는 잘 알아.

네, 정말로, 정말로 힘들었어요. 스즈가 대답한다.

하지만 당신을 만나 기뻐, 경왕. 무척 기뻐.

—나도야. 더는 걱정할 필요 없어. 같은 해객인걸. 내가 스즈를 도와줄게. 힘든 일이 있으면 뭐든 말하렴.

고마워, 경왕.

그리고…….

스즈는 이불 안에서 몸을 뒤척였다. 그 뒤는 상상이 잘 가지 않는다.

리요에게 경왕 이야기를 들은 이후 몇 날 밤이고 되풀이한 대화.

분명히 진심으로 가엾게 여겨줄 것이다. 둘이서 봉래 이야기를 나누거나 서로의 처지며 고생한 일들을 말할 수 있다. 스즈와는 달리 상대는 왕, 권력이나 부에도 부족함이 없는 사람이니 틀림없이 스즈를 도와주리라.

—하지만 어떻게?

경으로 불러 궁궐에 살게 해줄까. 취미동과는 비할 바가 아닐 호화로운 궁궐, 점잖은 나인들. 그곳에서 경왕과 이야기를 나누거나 정원을 거닐며 살 수 있을까. 리요를 응징해줄까.

—이 아이는 내 동포입니다. 함부로 대한다면 용서하지 않겠어요.

경왕이 그렇게 말하면 리요가 발치에 납죽 엎드린다. 리요는 무척 분하겠지. 하지만 아무리 원망스러워도 왕의 위광 앞에는 따를 수밖에 없을 터.

—아예 스즈를 취미동의 주인으로 만들어줄까. 리요를 스즈의 종으로 삼고.

아니요. 스즈는 고개를 가로저었다.

그런 것은 바라지 않습니다. 동주님이 저에게 조금만 친절하게 대해주신다면 그것으로 충분합니다.

—어쩜, 스즈는 상냥하구나.

경왕의 미소와 감사하는 리요의 눈빛.

"……아니야."

스즈가 중얼거렸다.

"동주님은 감사 같은 걸 하는 사람이 아냐……."

그래도……. 스즈는 이불을 끌어안았다. 경왕을 만나면 모든 것이 좋아진다. 만나면 좋을 텐데. 만나러 갈 수 있으면 좋을 텐데.

눈을 꼭 감은 스즈는 날카로운 종소리를 들었다. 바깥에는 겨울바람이 휘몰아쳤다. 벌거벗은 관목 가지를 뒤흔드는 소리, 복잡한 기복을 그리는 봉우리에 부딪친 바람은 땅을 기듯이 불온한 소리를 자아냈다. 그에 뒤섞여 날카로운 소리가 들렸다.

허둥지둥 일어나 귀를 기울였다. 뎅, 하고 날카로운 종소리가 다시 들린다. 리요가 하인들을 부르는 소리다.

스즈는 허겁지겁 일어나 침상에서 내려왔다. 잠옷 위에 대충 옷을 걸치고 부리나케 허리띠를 두르며 방을 뛰쳐나갔다.

—이렇게 늦은 시각에.

리요는 하인들이 일어나 있든 자고 있든 개의치 않았다. 스즈가 쓰는 방에는 세 사람이 지낼 수 있도록 침상이 세 개 있지만, 두 사람은 오래전에 그만두었다. 선적을 잃더라도 리요에게서 도망치고 싶다는 바람을 실행할 수 있는 축복받은 사람들이었다. 어쨌거나 그녀들은 말이 통하니까.

스즈는 날카롭게 이어지는 종소리의 재촉을 받으며 회랑을 달려 리요의 방으로 뛰어들었다. 방에는 이미 하인 두 사람이 달려와 있었다. 들어서자마자 리요의 질타가 날아왔다.

"늦었잖아. 너는 왜 이리 굼뜬 거야."

"죄송합니다. ……잠들었던 터라……."

"다들 자고 있기는 마찬가지야. 마구간지기가 달려오는 것보다 곁에서 시중드는 네가 달려오는 것이 늦다니 어찌된 게야."

이미 달려온 남녀는 눈을 피했다. 섣불리 스즈를 감싸면 자신이 리요가 퍼붓는 욕설의 먹잇감이 될 것을 알고 있었다.

"죄송합니다……."

"몸종은 잘 때도 주인을 위해 신경을 곤두세워야 하는 법이야. 그 때문에 나는 너를 먹여 살리고 있는 거니까."

"네."

스즈가 고개를 숙였다. 산에서 나는 진귀한 과실과 골짜기에 있는 작은 땅에서 거두는 수확, 국고에서 지급된 소액의 급부금, 그리고 산기슭에 있는 밭을 백성에게 빌려준 소작료, 기슭에 지은 사당 문전 마을에서 거둔 세금. 이것들이 리요의 수입 전부다. 그 돈으로 하인들을 먹여 살리고 있다.

"정말이지 열두 명 있는 종놈 중에 뛰어온 놈이 셋뿐이라니 어떻게 된 게야, 너."

리요가 중년 여자를 보았다.

"너무 춥구나. 발을 문질러. 혼마."

리요는 꼭 노골적으로 조롱이 섞인 이 별명으로 스즈를 부른다.

"늦게 온 벌이야. 공기가 나쁘니까 환기해. 다른 사람을 깨워서 취미동을 전부 청소해. 먼지 탓일 테니까."

스즈는 '지금요?' 하고 되물으려던 말을 삼켰다. 리요가 하라고 하면 해야만 한다.

"정말 청소 하나 제대로 못 하는 종에 둘러싸인 나는 불행해. 조심조심 조용히 닦아. 나는 잘 테니까."

스즈는 하는 수 없이 하인들을 깨우러 돌아다녔다. 리요의 명령이라지만 한밤중에 억지로 일어난 사람들은 울분을 풀 길이 없으니 자신을 깨운 스즈에게 욕지거리를 퍼부었다. 목을 움츠리며 모두를 깨우고 추운 밤에 청소를 한다. 모든 물건의 먼지를 털고 깨끗이 닦은 뒤 돌을 깐 회랑에 물을 뿌려 청소하고서 천으로 닦아 말렸다. 동지가 코앞으로 다가왔다. 한밤중의 물은 차갑다.

—경왕.

스즈는 바닥을 닦으면서 눈물을 글썽였다.

같은 봉래인이 왕에 올랐다는 이야기를 듣고 진심으로 기뻤다. 언젠가 어디에선가 만날 수 있을까. 만나면 얼마나 기쁠까. 그때를 상상하는 것은 즐겁지만 몽상에서 깨면 이리도 비참하다.
—경왕, 저를 구해주세요.

새벽에야 청소를 마치고 잠시 눈을 붙였다가 일어나니 아침 일거리가 기다리고 있다. 점심이 다 되어 일어난 리요가 청소 상태를 점검하더니 마음에 들지 않았는지, 하인들에게 다시 대청소를 시켰다. 쓸고 닦는 와중에 스즈가 항아리를 하나 깼다.

"너란 아이는 정말 쓸모가 없구나."

리요는 항아리 조각을 스즈에게 던졌다.

"항아리값만큼 식사는 없어. 뭘, 너는 선인이잖아. 굶는 정도로는 안 죽어. 자비심 많은 내가 신선으로 만들어주어 다행인 줄 알거라."

스즈는 저도 모르게 리요를 올려다보았다.

—경왕을 만난다면. 그러면 이런 여자 따위.

리요는 눈썹을 치켜세웠다.

"불만 있어? 그러면 나가면 되지 않니?"

동부를 나간다는 것은 다시 말해 선적에서 지워짐을 뜻한다. 스즈가 절대로 그러지 못한다는 것을 알면서 리요는 툭하면 이 말을 꺼낸다.

"아뇨……."

흥, 리요가 코웃음을 쳤다.

"너는 정말로 시시한 계집애야. 너처럼 쓸모없는 녀석을 놔두다니 나도 참 사람이 무르다니까."

스즈는 고개를 숙이고 입술을 깨물었다.

정말로 나가줄까. 그렇게 생각하고는 이내 그 말을 삼킨다.

"대우가 지나치게 좋았나. 그렇지, 너, 침상 필요 없지?"

스즈가 리요를 올려다보았다.

"따뜻한 침상에서 자도 될 만큼 일하지 않잖아. 스스로도 그렇게 생각하지?"

리요는 악의를 드러내며 웃는다.

"한동안 마구간에서 자려무나. 그곳이라면 넓고, 춥지도 않으니까. 그게 좋겠어."

적호와 함께 자라는 말에 스즈는 핏기가 가셨다. 적호는 사람에게 쉽게 길들지 않는다. 보살피는 남자가 정해져 있을 정도로 사나운 생물이다.

"용서해주세요……. 동주님."

진심으로 몸이 떨렸다. 리요가 노골적으로 경멸을 드러내며 스즈를 바라보았다.

"이것 참, 정말로 바라는 게 많은 몸종이구나. 자신을 뭐라고 생각하는 겐가."

리요는 과장되게 한숨을 쉬고는 웃었다.

"그럼 대신 감심甘蕈을 따 와."

"동주님—."

감심은 이 능운산 절벽에 자라는 관목에 붙은 이끼 같은 버섯이다. 감심을 따려면 줄로 몸을 묶고 절벽을 내려가야 한다.

"내일 아침으로 먹겠다. 캐 오면 용서해주마."

003

리요가 명을 내리면 스즈는 거부할 길이 없다. 어둡고 추운 밤, 스즈는 고작 등불 하나에 의지해 취미봉을 올랐다. 밧줄을 걸기에 좋은 바위나 나무를 찾으며 걷는다. 바람은 거세게 휘몰아친다. 취미봉을 이루는 절벽 위의 좁은 길에 서면 바람에 떠밀려 몸이 기울어질 정도였다.

감심이 나는 절벽은 취미봉에서도 가장 험준한 곳에 있다. 암반에 뿌리내린 소나무 가지에 줄 끝을 잇고 다른 한쪽 끝을 자신의 허리에 묶었다. 밧줄에 매달려 조심조심 절벽을 내려가려 했지만 치부는 바람에 주춤하게 된다.

능운산 절벽은 높이가 범상치 않다. 스즈가 지금 내려가려 하는 절벽 역시 등불을 드리워도 바닥이 보이지 않았다. 캄캄한 구멍에서 찌르듯이 치불어오는 바람, 밧줄 하나에 의지해 내려갈 것을 생각하니 무서워서 눈물이 났다.

리요는 어째서 이토록 스즈를 미워할까. 차라리 리요를 만나지 않았더라면 좋았을 것을. 말이 통하지 않는 이국은 너무나 괴로웠겠지만 말이 통하는 행복을 몰랐다면 견딜 수 있지 않았을까.

—어째서 이런 일을 시키지, 너무해.

내려가지 않으면 더욱 심하게 질책을 받는다. 알아도 오금이 얼어붙어 절벽에서 몸을 내밀 수가 없다.

—경왕을 만나고 싶어. 만난다면…….

하지만 어떤 몽상이라도 눈앞에 가로놓인 시커먼 절벽을 보면 그 이상 끓어오르지는 않았다.

—도망칠까. 여기에서 도망쳐버릴까.

하다못해 봉래로 돌아갈 수 있다면 스즈는 망설임 없이 그렇게 했으리라. 신선은 건너갈 수 있다지만, 신선에도 격이 있어 스즈 따위는 허해를 넘지 못한다.

절벽 끝에 매달려 흐느껴 울고 있는데 느닷없이 절벽 너머에서 무슨 소리가 들렸다.

고양이가 으르렁거리는 듯한 소리에 스즈는 고개를 들고 등불

을 비추었다. 절벽 너머 허공에 적호가 떠 있었다.

스즈는 힉, 하고 작게 소리를 지르며 뒷걸음질쳤다. 경계하듯 떠 있던 적호의 보석 같은 눈이 등불에 빛났다.

"……너."

호랑이는 계속해서 으르렁거렸다. 신선은 그 소리의 뜻을 헤아릴 수 있지만, 스즈처럼 하급 선인은 짐승 목소리를 알아들을 수 없었다.

"동주…… 님……."

리요는 스즈를 이 요수의 먹잇감으로 내줄 생각일까. 잡아먹히라고 스즈를 이런 한적한 봉우리로 보낸 것일까. 그토록 미워하고 있었던 것일까. 도대체 왜?

호랑이는 스즈를 재촉하듯 고개를 저었다. 얼른 내려가라고 채근하고 있다.

파수꾼일까. 스즈가 제대로 멍덩을 지기도록 리요가 저호를 보낸 것일까.

"알았어."

스즈는 떨리는 목소리로 대답했다.

"알았어, ……내려갈게."

떨리는 손으로 밧줄을 잡고 조심조심 벼랑 끝으로 갔다. 밧줄을 풀어내면서 벼랑 끝에 발을 걸치고 허공에서 몸을 지탱한다.

그러고 나서 움직임이 뚝 멈추었다.

—못 하겠어.

더는 무서워서 내려갈 수 없다.

"못…… 하겠어. ……제발 봐줘."

구명줄을 잡은 손은 학질에 걸린 것처럼 떨렸다. 이대로는 떨어진다. 틀림없이 손이 미끄러져 밧줄을 놓쳐버릴 것이다.

"제발, 부탁이야."

말한 순간 정말로 손이 미끄러졌다. 스즈는 등부터 허공으로 내던져졌다. 떨어진다고 생각했다. 허리에 줄이 감겨 있다는 사실은 스즈의 머릿속에 떠오르지 않았다.

정신이 들고 보니 스즈는 허공에 떠 있었다. 눈앞에 절벽의 바위가 보였지만 몸 아래에는 부드러운 지면이 느껴졌다.

바로 아래에 땅이 있었구나 싶어 한숨을 쉬고는 이내 사실을 깨달았다. 부드러운 털 감촉—적호.

자신이 적호의 등 위에 있음을 알고 스즈는 비명을 질렀다.

"싫어! 내려줘!"

느닷없이 털 감촉이 사라졌다. 내던져진 몸과 떨어지는 감각. 정신없이 허공에 허우적거렸다. 이내 목덜미를 덥석 붙들렸다. 적호라는 사실을 깨닫고 비명을 지를 틈도 주지 않고 적호는 목을 흔들며 스즈를 허공에 내던졌다. 적호의 등에 얹어진 스즈는 필사적으로 털을 붙잡았다.

—너무해, 너무해, 너무해.

그제야 허리에 감은 줄을 떠올리고 그것에 매달려 오르기로 마음먹었다. 떨리는 손으로 줄을 끌어당기자 이내 그 감촉이 쓱 사라졌다.

"끊어졌어."

스즈는 적호의 바위 같은 목을 보았다.

적호에게 매달려 돌아가는 수밖에 없다. 하지만 리요 말고는 절대로 길들지 않는 적호가 이유도 없이 스즈를 동부에 데려다줄까.

"……도, 돌아가."

스즈는 적호에게 애원했다.

"부탁이니까 하다못해 절벽 위로 돌려보내줘."

등줄기에 주르륵 흐르는 미적지근한 감촉이 느껴졌다. 피다. 아찔했다. 적호의 엄니에 찔린 것이다. 둔탁한 아픔이 느껴졌다.

"응? 부탁이야. 살려줘……!"

적호가 움직였다. 절벽에 다가가 그곳에 난 관목에 섰다. 크르릉 하고 사나운 소리가 스즈를 채근했다. 할 일을 다하라고 명령하고 있다.

스즈는 한 손으로 적호에 매달린 채 머뭇머뭇 다른 한 손을 뻗었지만 손가락이 닿지 않았다. 휘몰아치는 바람에 스즈의 몸이 기울었다. 거센 바람, 큰 불안, 이가 덜덜 떨리고 무릎도 후들거리는 스즈에게 이 작업은 지극히 어려운 일이었다.

벌벌 떨며 적호의 털을 붙잡고 있던 손을 뗐다. 몸을 내민 순간 적호의 등에서 굴러떨어졌다. 바위에 부딪혀 피부가 긁혔지만 적호의 발톱이 스즈의 허리띠를 잡아채 멈추었다. 다시 등으로 던져지기를 여러 차례 되풀이한 끝에 스즈는 적호의 등에 엎드려 울음을 터뜨렸다.

"어째서……. 어째서."

너무 가혹하다.

"어째서 네 주인은 이런 짓을 시키는 거야! 어째서 그렇게까지 나를 미워하는 거야!"

스즈는 적호를 때렸다.

"내던져버려! 죽이면 되잖아! 이제 지긋지긋해!"

적호는 나직하게 으르렁거릴 따름이다.

—도망쳐주마.

순간적으로 떠오른 생각. 하지만 어디로? 심약한 스즈가 묻는다. 도망치면 선적이 지워진다. 그러면 너는 끝장이야.

"……경."

경왕에게 가면……. 하지만 어떻게…….

경왕을 만나면 고발하겠다. 비참한 처지, 리요의 폭거. 하지만…….

스즈는 고개를 홱 들었다.

"맞아……. 고발하는 거면 굳이 경왕이 아니어도 돼……."

스즈는 적호의 털을 쥐어뜯듯이 세게 붙들었다.

"채왕采王께 부탁하겠어. 재국의 왕에게. 리요 님을 응징해달라고, 내 선적을 지우지 말아달라고!"

스즈는 있는 힘껏 적호를 때렸다.

"가자! 읍녕揖寧의 장한궁長閑宮으로 가는 거야!"

느닷없이 얻어맞은 적호가 몸을 젖혔다. 허공에서 몸을 비트는 적호의 털에 스즈는 있는 힘껏 매달렸다.

흘러가는 대로 묵묵히 참으며 살아남은 스즈가 처음으로 한 투쟁은 적호를 다루는 일이었다. 적호는 스즈를 떨어뜨리려고 몸부림치다 마침내 포기한 듯이 곧장 북동쪽을 향해 바람을 가르며 달렸다. 파산의 북동쪽, 재국의 도읍 읍녕을 목표로.

재국 도읍 읍녕. 국부의 문을 두드리는 자가 있었다. 동틀 때가 다 된 이른 새벽. 이런 밤중에 무슨 일인가 하고 뛰어나온 문졸은 적호를 뒤에 두고 문에 매달리듯 무릎을 꿇은 소녀를 발견했다.

"너는……."

"저는 파산 취미동 사람입니다. 아아, 제발 살려주세요!"

문졸들은 창을 겨누고 적호를 위협했다. 소녀가 이 요수에게 공격받은 것이라 보았기 때문이다. 적호는 잠시 문졸들을 흘겨보더니 등을 홱 돌리고 날아올랐다. 문졸 몇 명이 안도의 한숨을 내쉬었다.

"아가씨, 괜찮아?"

빛을 비추어보니 소녀의 몰골은 처참했다. 흐트러진 옷은 찢기고 피로 얼룩져 있었다. 마찬가지로 엉망으로 흐트러진 머리카락도 피에 젖어 있었다.

"공격당한 건가. 괜찮아?"

스즈는 자신을 부축해 일으키는 문졸에게 매달렸다.

—아아, 기적이다. 읍녕에 도착하다니.

"살려주세요……! 동주님이 저를 죽일 거예요!"

문지기들은 얼굴을 마주보았다.

"제발 이렇게 빌게요. 살려주세요!"

004

사람에게는 지위가 있다. 왕王, 공公, 후候, 백伯, 경卿, 대부大夫, 사士 일곱 가지가 그것이다. 백에는 백과 경백卿伯 두 작위가 있고, 대부와 사에는 각각 상중하 삼 위가 있다. 작위가 있는 사람은 모두 열두 위에 따라 나뉘어 있다. 백은 경백보다 높지만 왕의 핏줄로 한정되어 있어, 국부에서 백이라 하면 대부분 경백, 리요처럼 왕의 칙명으로 승선한 비선도 경백이다. 비선을 섬기는 하선들은 작위로 말하면 상사 이상 경 이하, 대부분 국부의 하관보다 지위가 높다.

작위는 실제로 예절의 기준일 뿐 그 이상은 아니다. 하위인 사람이 상위의 사람을 길에서 만나면 앞길을 비켜준다. 그처럼 예의로 대우받을 것을 요구하는 권리일 뿐이지만, 어찌되었든 그 때문에 국부에서 쓰러진 스즈는 더없이 정중한 시중을 받았다. 빈객을 위한 장객전掌客殿에 모셔져 의원을 부르고 간호하기 위해 여관이 불려왔다.

법도에 따라 대접받고 정중한 대우를 받았다. 따지고 보면 단순히 예의를 지켰을 뿐이지만 스즈는 이런 대우를 처음 받아보았다. 가난했던 생가, 지주에게 머리를 조아리며 살던 가족, 리요의 발치에 납작 엎드리듯 살아온 자신, 그런 것과 비교하면 정말로 꿈같았다.

—꿈일지도 몰라.

잠에 빠져들며 그렇게 생각하고, 따사로운 햇살이 가득한 침소 안에서 눈을 뜨고 또다시 그렇게 생각했다.

"정신이 드셨습니까? 몸은 어떠세요?"

침소 바깥에서 대기하던 여관이 스즈가 정신을 차린 것을 알아채고 상냥하게 말을 걸었다.

"아아, 네. 괜찮아요."

스즈는 몸을 일으켰다. 마디마디가 쑤셔서 얼굴을 찌푸렸다.

"쉬고 계세요. 아침은 드실 수 있겠습니까?"

"네, 먹을 수 있어요."

여관은 상냥하게 웃었다.

"잘되었네요. 상처가 깊지 않아 다행입니다. 아무튼 지금 아침을 준비하고 의원을 불러오겠습니다. 그때까지 쉬고 계세요."

나가는 여관에게 고맙다고 인사하며 스즈는 양팔로 자신을 끌어안았다.

"쉬고 계시라니. 저렇게 훌륭한 옷을 차려입은 여관이 나한테."

—믿기지 않아. 현실일까.

침소의 휘장은 걷고 접문을 접어서 활짝 열어두었다. 침소란 대부분 작은 방 같은 구조의 침상을 겸비한 공간을 이르는데, 스즈는 그곳을 둘러보고는 자신을 더욱 꼭 끌어안았다.

"리요 님의 침소보다 훌륭해."

비단 금침은 따뜻하고 가볍다. 더러운 소삼小衫(속옷)을 입은 채 누워 있기가 미안할 지경이었다. 휘장은 예쁜 무늬의 얇은 명주와 두꺼운 비단이 이중으로 되어 있다. 넓은 침상 옆에는 섬세하게 모양을 새겨넣은 흑단 탁자와 똑같은 재질의 흑단 선반이 있었다. 오르락내리락할 때 발을 잠깐 내려놓는 발판까지 흑단이었다. 옷을 거는 횃대는 은이다.

스즈는 넋을 잃고 침소 안을 둘러보고 이어서 밝은 햇살이 가득 비쳐든 침소 밖 방을 둘러보았다.

"……리요 님 방보다 몇 배나 훌륭해."

스즈는 몰랐지만 실제로 이 방은 장객전의 이 건물 안에서도 최상급 방이었다. 스즈가 농무에서 어떤 지위에 있는지 모르므로 비선의 하인 중에서는 최고위인 경과 동격으로 대우했다.

스즈가 넋을 놓고 침소 안에서 방을 둘러보는 사이에 의원이 왔다. 그는 스즈의 상처를 꼼꼼하게 살피고 새로 처치를 하고는 정중하게 인사하고 물러갔다. 의원과 교대로 여관이 식사를 준비했다.

식기는 은, 갈아입으라고 준 옷은 고운 빛깔의 비단.

—정말로 꿈만 같다.

"아픈 곳은 없으세요?"

여관의 물음에 스즈는 고개를 끄덕였다.

"괜찮아요, 고마워요."

"혹시 상태가 괜찮으시다면 모셔 오라는 명을 받았습니다."

스즈는 생긋 미소 지었다.

"알겠어요. 그런데 어떤 분을 뵙는 거죠?"

여관은 고개를 깊이 숙였다.

"주상을 뵙게 되실 겁니다."

스즈는 눈을 동그랗게 떴다.

—믿을 수 없다.

스즈는 하관의 안내로 왕궁 깊은 곳으로 걸어가면서 몇 번이고 마음속으로 중얼거렸다.

—정말로 왕을 뵐 수 있다니.

재국의 국주, 호는 채왕. 즉위하여 아직 열두 해가 채 되지 않았으나 선정을 베풀어 백성에게 사랑받고 있다. 그것 말고는 스즈도 일절 모른다.

문을 하나 지나 계단을 오르고 건물을 하나 지나칠 때마다 건물이 점점 호화로워진다. 붉게 칠한 기둥에 하얀 벽, 빛깔이 고운 회랑 난간, 창문에는 투명한 유리판이 끼어 있고 문고리는 모두 금이다. 바닥은 무늬를 조각한 돌을 깔았는데 군데군데 예쁜 빛깔의 도기로 된 장식 바닥이 박혀 있었다.

하관이 멈추어 서서 훌륭한 조각이 새겨진 커다란 문을 열었다. 한 걸음 들어가자마자 무릎을 꿇고 그대로 나아가 평복하며 깊이 머리를 조아렸다. 어안이 벙벙해져 주위를 둘러본 스즈는 허둥지둥 따라 했다.

"실례합니다. 예의 선녀를 모셔 왔습니다."

평복한 스즈에게는 상대의 모습이 보이지 않는다. 무서운 것이라도 기다리는 심정으로 집중하고 있던 귀에 부드러운 여자 목소리가 들렸다.

"고맙다. 아주 젊은 아가씨구나."

나이든 여자 목소리다. 경멸하는 기색도 업신여기는 기색도 없는 목소리가 스즈를 재촉했다.

"고개를 들어요. 이쪽에 와서 앉아요."

스즈는 머뭇머뭇 고개를 들었다. 넓고 호화로운 실내와 검고 커다란 탁자, 그 옆에 조용히 서 있는 나이든 여자를 발견했다.

"……저어……."

이 사람이 채왕일까. 미처 묻지 못하고 우물거리는 스즈에게 나이든 여자는 부드럽고 따스한 미소를 지었다.

“일어나요. 다친 곳이 있다면 몸을 아껴야지요. 차를 낼 테니 이쪽으로 와요.”

나이든 여자는 스즈를 보며 의자 하나를 가리켰다. 주위 여관에게 고갯짓을 하자 여관들이 탁자 위에 다기를 준비했다.

스즈는 흠칫하며 일어났다. 자연스레 손이 올라가 가슴 앞에서 손깍지를 꼈다.

“저…… 채왕…… 아니, 주상이십니까.”

“맞아요.”

미소 지은 얼굴은 상냥하기 그지없다.

재국의 국주, 채왕의 본성은 주中, 이름은 긴瑾, 자는 고코黃姑라 한다.

“나…… 저는…….”

“긴장할 것 없어요. 편히 있어요. 취미동의 분이라고?”

고코는 의자를 끌어당기며 스즈를 재촉했다. 스즈는 쭈뼛거리며 의자에 걸터앉았다.

“이름은?”

“스즈라 하옵니다.”

“스즈?”

“저기, 저는 해객입니다.”

고코가 눈을 크게 떴다.

"저런, 참으로 드문 일이로고. 해객인 당신이 어찌하여 선적에?"

아아, 스즈가 탄식했다. 얼마나 오랫동안 이 이야기를 친절한 누군가에게 호소하고 싶었던가. 느닷없이 다른 세상으로 흘러들어온 일, 말이 통하지 않아 울기만 했던 나날, 리요를 만나 처음으로 사람과 이야기할 수 있었던 일, 간청하여 승선한 것.

가볍게 말장구를 치던 고코는 뒷말을 재촉하면서 스즈의 이야기에 귀를 기울였다.

취미군이라면 이 대 전 왕이 임명한 비선이다. 비선이란 나라의 정사에 참여하는 지선과 대조되는 이를 일컫는다. 나랏일에는 관여하지 않고 그저 오래 살 뿐인 사람들. 신을 섬기는 비선도 있지만, 일반적으로 비선은 그저 은둔한 자들이다.

왕이 비선을 임명하는 예는 적고, 많은 비선은 이내 사는 데 질려서 선석을 반납한다. 현재 재곡에 있는 비선은 거우 세 사람, 그중 두 사람은 행방을 알 수 없다. 선적을 반납하지 않은 신선은 자취를 감추는 경우가 대부분이라 그 뒤 소식을 아는 자가 거의 없다. 마침내 느닷없이 선적에서 이름이 지워졌기에 죽었으리라고 추측할 뿐이다.

"취미군은 리요 님이라 했던가요……."

"예."

스즈가 대답했다.

"그런데 어쩌다 그렇게 다쳤지요? 정말로 리요 님이 그랬나요?"

고코의 물음에 스즈는 간밤에 있었던 일을 처음부터 끝까지 털어놓았다. 리요의 명령으로 감심을 따러 갔다가 낭떠러지 끝에서 리요의 적호를 만났고, 적호의 감시가 무서워서 절벽을 내려가다 떨어졌다.

"참으로 큰일이었군요. ……한데 이 시기에, 게다가 한밤중에 버섯을 따 오라고 했다고요?"

"동주님은 그런 부분을 개의치 않으세요. 먹여주고 있으니 어떤 생트집이라도 잡아야 한다고 생각하고 계시죠. 게다가 동주님은 저를 싫어하세요."

돌이키는 것만으로 눈물이 나온다.

"입만 열었다 하면 쫓아낸다 선적을 지운다하면서. 제가 말이 통하지 않으니까 그렇게 말하면 무슨 일이 있어도 명령을 들을 것을 아는 거예요……!"

고코는 울음을 터뜨린 소녀를 바라보았다. 비선은 국정에 관여하지 않으니까 고코도 리요를 만난 적이 없다. 선적만 계승하여 국고에서 세비가 주어진다. 비선은 나랏일에 관여하지 않고 조정 또한 비선에게는 관여하지 않는다. 그것이 관례였다.

"어쨌거나 취미군을 한번 만나도록 하지요. 그대는 그때까지 국부에서 쉬고 있어요."

스즈는 고코를 올려다보았다.

"당장에라도 선적이 지워질지도 몰라요."

"괜찮아요. 그것은 선인에게 의뢰를 받아 제가 하는 일. 만약 취미군에게 그 같은 의뢰가 있더라도 삭제하지 않겠다고 약속하지요."

"……정말로요?"

스즈는 고코의 얼굴을 빤히 쳐다보았다. 고코는 그에 미소로 응답했다.

한숨을 내쉰다. 오랫동안, 정말로 오랫동안 자신을 위축시켜 온 위협에서 간신히 해방되었음을 깨달았다.

"감사합니다. 정말로 감사합니다."

스즈는 의사에서 스르륵 내려와 그대로 그 자리에 평복했다.

이것으로 더는 어떤 일에도 겁먹을 필요가 없어졌다.

005

이가 뒤쪽, 축사와 작은 채소밭이 눈 속에 묻혔다.

가축이 내쉬는 입김으로 따뜻해야 할 축사 안마저 매섭게 추워서 쇼케이는 발가락이 곱은 발을 동동 굴러서 어떻게든 몸을 데우려고 애썼다.

눈은 날이 갈수록 깊게 쌓였다. 여廬에서 이里로 사람들이 막 모여든 지금은 일 년의 보고가 오가서 떠들썩하지만 해를 넘겨 일월도 막바지가 되면 서서히 서로 따분해하는 분위기가 흐르기 시작한다. 고립되어 지내는 겨울은 괴롭다. 다들 거북해하며 작은 다툼이 일어나곤 한다. 험악해졌을 무렵에 봄이 오고 사람들은 신바람이 나서 여로 돌아간다. 쇼케이를 남겨두고.

—이런 내 기분 따위 모르겠지.

쇼케이는 여물을 나르면서 마음속으로 아득히 먼 동쪽 나라 왕에게 욕설을 퍼부었다.

지푸라기에 뒤범벅된 삶, 가축 냄새가 밴 옷, 온통 튼 손과 동상으로 갈라져 피가 나는 발. 차디찬 이부자리와 외풍이 드는 다 쓰러져가는 집, 아침에 일어나면 방안에도 서리가 내려 있다.

나는 알아. 지금 네가 어떤 삶을 누리고 있을지.

비단 휘장, 향이 밴 침소, 외풍이 들어올 일 없는 햇살이 비쳐 드는 방. 비단 옷자락을 끌고 걸을 때마다 옥패며 비녀가 딸랑딸랑 소리를 낸다. 시중드는 하관, 평복한 고관, 바닥에 옥을 깐 옥좌, 더할 나위 없이 정밀하게 조각을 새기고 옥을 상감 세공한

자리와 병풍, 금박한 번幡과 은으로 된 주렴으로 가장자리를 두른다. 아아, 그곳에 있던 부친은 얼마나 존엄했던가.

쇼케이가 잃어버린 모든 것을 가진 소녀.

굶주리거나 손발이 곱은 적도 없었을 테고, 앞으로도 그럴 일은 결코 없을 것이다. 만민의 숭배를 한몸에 받고 백관의 머리 위에 군림하는 왕.

몸을 움직이면 머릿속은 텅 빈다. 그곳에 소용돌이치는 것은 저주의 말이었다. 쇼케이는 어느새 자신이 잃어버린 것을 경국의 새로운 왕에게 빼앗긴 것처럼 느끼고 있었다.

……용서 못 해.

"교쿠요!"

날카로운 욕설이 날아오는 통에 쇼케이는 퍼뜩 정신을 차렸다. 순간 멍청히 눈을 깜빡이고는 그제야 그것이 자신을 향한 목소리임을 깨달았다.

쇼케이는 허둥지둥 돌아보았다. 고보가 등뒤에 서서 날카로운 눈빛으로 쇼케이를 노려보고 있었다.

"여물을 자르기만 하는데 얼마나 걸리는 거야, 응? 나 참, 아침 준비할 시간이 다 되었는데 코빼기도 비추지 않아서 보니 여기서 넋 놓고 게으름 피우고 있었구나."

"……죄송합니다. 잠깐 정신을 팔았어요……."

"이러쿵저러쿵 변명하지 마!"

고보는 가까이 있던 몽둥이를 잡고 쇼케이의 발치를 내려쳤다.

"……너는 남의 세 배고 다섯 배고 일해야 해. 마을 사람들이 먹여줄 의무 따위 없어. 네 생활비만큼 그 더러운 손으로 벌어야 마땅하지."

죄송합니다, 쇼케이는 다시 작은 목소리로 대답했다.

아무튼 참아야 한다. 고개를 늘어뜨리고 있으면 조만간 지나간다. 쇼케이가 할 수 있는 일은 없노라고 그것밖에 학습해왔다.

고보가 막말을 남기고 사라지기만을 기다리고 있던 터라 쇼케이는 난데없는 몽둥이질에 경악했다.

"한 번쯤은 진심으로 사과해보지 그러니!"

쇼케이는 그 자리에 무릎을 꿇으며 짚더미 위로 쓰러지고서야 어깨에 쏟아지는 격렬한 통증을 자각했다.

"잔소리 많은 할멈에게 괴롭힘당한다고 생각하고 있겠지! 입만으로 사과하면 그걸로 내가 납득할 거라고 얕보고 있었겠지?"

"나는……."

또다시 막대기를 내리쳤다. 쇼케이는 순간적으로 몸을 감쌌다. 웅크린 등에 격렬히 매질을 당했다.

"어째서 내가 너를 보살펴야 하는 거야! 어째서 이 마을 사람이 너를 먹여 살려야 하는데! 이가 아이들이 어째서 부모를 잃었는지 진짜로 알기는 하는 거야, 응?"

그렇다고 때릴 필요는 없지 않느냐고 말하려다가 쇼케이는 입술을 깨물었다.

"모조리 주타쓰 탓이야. 네 아비 탓이라고!"

그 일은 내 탓이 아니라고 쇼케이는 고개를 숙인 채 마음속으로 외쳤다.

—아아, 경왕. 너는 모르겠지. 이런 삶을!

입술을 깨문 쇼케이의 귀에 작은 목소리가 들렸다.

"……그 말이 사실이야?"

쇼케이가 고개를 들었고 고보 또한 돌아보았다. 이가에 사는 소녀 하나가 축사 입구에 얼어붙은 듯이 서 있었다.

"너……."

"교쿠요의 아버지가 주타쓰야? …… 교쿠요는 공주님……."

소녀는 매달리는 듯한 눈으로 쇼케이를 바라보았다.

"……쇼케이 님이야……?"

대답하지 못하는 고보와 쇼케이가 지켜보는 가운데 소녀가 몸을 홱 돌려 뒤뜰로 달려나가서는 이가를 향해 소리쳤다.

"공주가 여기에 있어! 살인자의 딸이!"

이가의 아이들이 달려나왔다. 아무 말도 하지 못하는 쇼케이를 놀라서 바라보던 아이 중 한두 명이 바깥으로 뛰쳐나갔다.

쇼케이의 얼굴빛이 백지장처럼 하얘졌다. 이가의 바깥에서 아이가 외치는 소리가 들렸다. 금세 바깥이 술렁거리고 달려오는 사람들의 발소리가 가까워졌다.

"공주라고?"

"진짜야?"

어느 때보다 한껏 경악한 표정을 지은 사람들에게 둘러싸여 쇼케이는 축사 구석으로 내몰렸다.

"정말이야! 고보가 그렇게 말했어!"

"고보, 사실이야?"

사람들의 시선이 고보에게 집중되었다. 쇼케이는 매달리듯 그 얼굴을 보았다. 고보는 그런 쇼케이를 슬쩍 보고는 이내 모여든 사람들을 둘러보았다.

"맞아."

잠시 동안 침묵이 흐른 뒤 축사 안에 욕설이 들끓었다.

쇼케이는 오두막집에서 끌려 나와 눈 위에 내동댕이쳐졌다.

"……잠깐만, 제발……."

말할 새도 없이 매가 날아왔다. 쇼케이는 비명을 지르며 엎어졌다.

"그만둬!"

새된 목소리가 끼어들었다. 고보다. 쇼케이는 아찔한 머리로 생각했다.

"왜 막는 거야!"

"이 아이가 어째서 여기에 있는지 생각해봐."

"어째서라니."

"호적도 있었어. 수상한 점은 조금도 없었다고. 누가 이 아이를 감싸고 도와준 거야. 그렇게 생각할 수밖에 없잖아."

"누가 그런 짓을!"

몇 사람이 부르짖고 몇 사람이 앗 하고 소리쳤다.

"……설마 혜후가……."

제후를 한데 모아 왕을 친 혜주후.

"혜후께서 두둔하고 계신데 우리가 때려죽여도 되겠어? 혜후는 우리를 혼군으로부터 구해주셨어. 더는 형리의 모습에 겁먹을 일도 없어. 가족이 형장에 끌려가는 모습을 볼 일도 없어. 끔찍한 법도 폐지되었어. 혜후가 우리에게 평온한 삶을 베풀어주신 거야."

"하지만……."

"나라고 공주가 밉지 않겠어? 하나, 혜후께서 구하신 목숨을 죽여서야 면목이 서지 않아. 그거야말로 은혜를 원수로 갚는 것이지. 다들 분노하는 건 이해하지만 지금은 화를 식혀줄 수 없겠어?"

이제 와서, 하고 쇼케이는 눈을 움켜쥐었다.

"이제 와서 당신이 그런 말을 해? 지금까지 실컷 나를 괴롭히며 속 시원해한 주제에!"

퍽, 하고 눈뭉치가 날아왔다. 쇼케이는 콧등을 맞고 얼굴을 가렸다.

"왜"냐고 아이가 울부짖는 소리가 들렸다.

"왜 얘를 싸고도는 거야! 고보, 이 녀석을 해치워줘!"

"맞아! 우리의 원한을 풀어줘!"

"너희……."

"이 녀석이 왕궁에서 으스대며 아빠랑 엄마를 죽였어!"

"벌을 받은 건 법을 어겼기 때문이잖아!"

쇼케이는 부르짖었다. 늘 그렇다. 사람들은 쇼케이의 아버지를 나무란다. 하지만 아버지 주타쓰는 즐기기 위해 사람을 죽인 것이 아니다.

"조금이라도 좋은 나라를 만들려고 법을 만들었는데 그런 법을 지키지 않고 멋대로 행동했기 때문이야! 당연히 벌을 내려야지! 법을 만든 사람을 원망하는 건 곡해야! 벌이 무서우면 법을 제대로 지키면 되었을 것 아니야!"

또다시 눈뭉치가 날아왔다. 웅크린 쇼케이를 향해 잇따라 단단한 눈덩어리를 던졌다.

"죽어 마땅하다고?"

"몸이 아파서 부역에 가지 못한 게 죽을 만한 일인가!"

"쓰러진 부모를 병구완하기 위해 수확 전에 밭을 비웠어! 그게 참수당할 만한 일이야?"

"그딴 거 난 몰라!"

쇼케이가 외쳤다.

"내 탓이 아니야! 아바마마가 무슨 짓을 했는지 몰랐어! 바깥일은 알려주시지 않았단 말이야!"

쇼케이는 포박당해 이부里府의 옥방에 투옥되었다. 그대로 방치된 채 해가 저물고 밤이 되어서야 고보가 옥방으로 찾아왔다.

"숯이야. ……얼어죽고 싶지는 않을 테니까."

쇼케이는 차디찬 벽에 기대 고보를 보았다.

"얼어죽는 편이 나아."

"……곧 그렇게 되겠지. 지금 마을 사람들이 너를 어떻게 할지 의논하고 있어."

"이제 와서 동정하는 거야? 정말로 새삼스럽네."

고보는 쇼케이를 냉담하게 바라보았다.

"나는 동정 따위 하지 않아. ……그저 혜후께 면목이 없을 뿐이야."

쇼케이가 웃으며 내뱉었다.

"겟케이! 찬탈자!"

"그만두지 못해."

딱 자르는 목소리에 쇼케이는 오만하게 고개를 들었다.

"왕을 쓰러뜨리고 천명 없이 옥좌에 앉으면 찬탈이지. 어떤 대의명분을 들더라도 말이야."

머릿속에 되살아나는 후궁에서 일어난 참극.

"그 남자는 아바마마를 죽였어. 그뿐만 아니라 내 눈앞에서 어마마마를 해치고, 심지어 호린까지 손댔어. 겟케이는 찬탈자야. 왕과 기린을 죽이고 옥좌를 훔쳤어."

고보가 나직하게 중얼거렸다.

"그래……. 네 눈앞에서 왕후를 베었구나……."

"겟케이는 역적이야. 알겠어?"

고보는 쇼케이를 냉랭하게 바라보았다.

"알고말고. 네가 뼛속까지 쓰레기라는 사실을 아주 잘 알겠다."

"무슨……."

“혜후는 옥좌에 오르지 않았어. 혜주성에 계시지. 자신이 철면피라고 다른 사람까지 철면피라 생각지 마. 거기서 그렇게 실컷 원망이나 늘어놔. ……곧 그것조차 못 하게 될 테니까.”

“가타부타 떠들어놓고 역시 나를 죽일 작정이구나.”

쇼케이는 등을 돌린 고보의 뒷모습을 노려보았다.

—바라는 바다. 이제 지긋지긋해.

“마을 사람들은 그러지 않고선 진정할 수 없다는 모양이니까. 너를 거열하겠다더군.”

쇼케이가 주춤 일어났다.

“잠깐만 기다려. 지금 뭐라고 했어?”

고보가 닫은 문이 냉담하게 기척을 단절시켰다.

“……거열……?”

양손을 말뚝에 묶고 두 다리를 소달구지 두 대에 매달아 몸을 찢는 가장 잔인한 형벌.

쇼케이는 뒤늦게 비명을 질렀지만 그 소리를 듣는 이는 아무도 없었다.

차갑고 어두운 옥방에는 화로의 숯불만이 빨갰다.

006

이 무슨 끔찍한 꿈일까. 쇼케이는 옥방에서 끌려 나가며 생각했다.

틀림없이 거짓말이야, 고보의 심술이 분명해. 어제 종일 그렇게 외쳤다. 쇼케이는 같은 말을 되풀이하며 자신을 진정시키려 애썼지만 이사里祠 앞에 있는 큰길에 이르자 얼어붙었다.

"……아니야……."

광장을 메운 사람들. 마을 사람이 아닌 얼굴도 보인다. 사람들이 빙 둘러싼 중심에 눈을 치워 말뚝 두 개를 박고 소달구지 두 대를 준비해놓았다.

"농담이지? 설마 저걸 쓰지는 않겠지?"

쇼케이는 양팔을 붙잡은 남자들을 쳐다보았다. 한쪽 남자가 빈정거리듯이 웃었다.

"무섭지는 않지? 네 아비가 자주 하던 짓이잖아."

다른 쪽 남자도 일그러진 미소를 지었다.

"반갑겠지. 아버지가 좋아하던 처형법이니까. 주상도 기뻐하실 거야. 이번에는 자기 딸이 주인공인걸."

"……싫어……."

쇼케이는 어떻게든 그 자리에서 버티려고 했다. 그 자리에 떡 버티고 끄는 힘에 저항하며 주저앉듯이 몸을 비틀어도 포박한 힘은 꿈쩍도 하지 않았다.

"그만둬……. 부탁이야……."

"종알대지 마!"

남자가 소리질렀다.

"내 아내도 바로 저놈으로 살해당했어!"

고작 머리 장식을 하고 옆 마을에 갔을 뿐인데, 남자는 신음하듯 말했다. 쇼케이의 팔을 어깨가 빠질 정도로 거칠게 잡아끈다.

"마누라랑 같은 꼴을 당하게 하는 걸로는 속이 풀리지 않지만 이보다 더한 형벌이 생각나지 않으니 어쩔 수 없지."

"싫어! 제발!"

쇼케이를 지켜보는 마을 사람들의 얼굴에 연민의 감정은 없었다. 도와주려는 사람은 하나도 없었다. 쇼케이를 땅바닥에 쓰러뜨리더니 짓눌렀다. 비명을 지르고 울부짖었지만 남자들은 일절 자비를 베풀지 않았다. 가슴을 껴안듯이 웅크린 팔을 억지로 펴고 손목에 가죽끈을 감았다. 구부린 몸을 펴고 똑바로 뉘어 팔을 말뚝에 묶는다.

도움을 요청하며 눈을 부릅뜬 쇼케이의 눈동자에 잔뜩 찌푸린 하늘이 허망하게 비추었다.

땅을 차며 도망치던 다리가 붙잡혔다. 발목에 가죽 감촉이 느껴져 쇼케이는 비명을 지른 채 얼어붙었다.

—거짓말이야.

이런 무시무시한 일이 나에게 일어나다니.

다리는 가죽끈으로 묶였고 그 끈을 잡아당겨 두 다리가 무방비하게 벌어졌다. 부릅뜬 채 얼어붙은 쇼케이의 시야에 검은 얼룩이 떠올랐다.

—아아, 이것이 죽음의 전주곡이라면. 몸이 찢기기 전에 죽어버리고 싶다.

턱을 억지로 벌려 입에 천을 쑤셔넣었다. 이제 쇼케이에게는 혀를 깨무는 길조차 사라졌다. 시야 속에 검은 얼룩이 퍼진다.

다리에 감긴 끈이 달구지에 묶였다. 하늘에 펼쳐진 얼룩이 또 한층 커진다. 불현듯 웅크리고 앉아 있던 남자가 머리 위를 올려다보았다.

쇼케이는 하늘의 얼룩 안에 붉은 것을 보았다. 붉은, 진홍빛 저 물건은 깃발이 아닐까.

—깃발?

그제야 쇼케이는 얼룩이 새 그림자임을 깨달았다. 거대한 새다. 게다가 세 마리. 내려오는 새와 그 등에 탄 사람, 그 손에 들린 진홍빛 깃발. 그 깃발에 성신星辰과 두 마리 호랑이를 발견하고 쇼케이는 눈을 감았다. 눈꼬리에서 눈물이 넘쳐 관자놀이에서 얼어붙었다.

—혜주 주사의 깃발이다.

그 깃발을 보고 큰길에 서 있던 사람들은 씁쓸한 한숨을 내쉬었다.

조금만 더 있으면 오랜 원한을 풀 수 있는 참이었건만. 눈앞에서 죽은 가족, 내걸린 가족의 머리, 구해주고 싶어도 구할 길이 없고 하다못해 저자에 널브러진 송장의 장례를 치러주고 싶어도 기일이 지나기 전까지는 유체를 넘겨주지 않았다. 그 분통함과 원한.

요조妖鳥 한 마리가 광장으로 내려와 사람들은 고개를 떨구었다.

"멈추어라!"

많은 사람이 어째서 주사가 왔는지 의아해하며 한숨을 내쉬었다. 이내 고보를 찾았다. 처형에 마지막까지 반대한 여서. 그녀가 알린 것이다. 달리 생각할 수 없다. 고보의 모습은 광장에 보이지 않았다.

새의 등에서 갑옷과 모피를 몸에 두른 병사가 내렸다.

"사사롭게 벌을 내리는 것은 용납할 수 없다!"

이유가 뭐냐며 낙담하는 목소리가 광장에 소용돌이친다. 병사는 그들을 둘러보았다. 인장은 소장小章이 일곱 개, 주사 장군이다. 그는 가볍게 손을 들고 모인 사람들에게 조용히 하라고 지시했다. 뒤이어 내려온 두 마리에서 내린 병사들이 광장에 묶인 소녀를 풀어주기 위해 달려갔다.

"너희의 원한은 알지만 혜후께서는 이것을 바라지 않으신다."

낙담하는 목소리가 크게 흘러넘쳤다. 광장을 둘러본 남자는 낙담하는 목소리를 가슴 아파하며 들었다. 선왕 주타쓰는 백성에게 앙심밖에 남기지 않았다.

청렴결백하기로 유명한 관리였다. 뇌물을 요구하는 고관이 있으면 이를 탄핵하고 뇌물을 내미는 하관이 있으면 가차없이 따지고 들었다. 주타쓰는 그런 관리였다. 그가 왕으로 선택되었을 때 많은 관료가 반겼다. 이전 왕 때문에 부패한 국가가 주타쓰의 손으로 되살아나리라고 기대했다.

그러나 부패를 다스리기 위해 포고한 법은 주타쓰의 기대만큼 효과를 거두지 못했다. 조항을 더욱 늘려 눈 깜짝할 사이에 법전은 두툼해졌고, 어느덧 정신이 들고 보니 관리고 백성이고 입는 옷가지부터 쓰는 식기에 이르기까지 지정되어 이를 거스르면 엄히 처벌되었다.

법을 다루는 데 동정을 끌어들여서는 안 된다는 주타쓰의 말은 어떤 점에서는 옳다. 정이나 자비로 법을 일그러뜨리고, 그런 선례가 늘면 법은 무력화된다. 처벌받는 자가 급속도로 늘고 주타쓰는 이를 염려해 형벌을 더욱 무겁게 했다. 지나치게 가혹한 법에 불만의 목소리가 들리면 법을 마련해 불평을 막는다. 순식간에 거리의 광장은 내걸린 죄인의 송장으로 채워지기 시작했다.

주타쓰가 서거한 그해 일 년 동안 삼십만 명의 백성이 처형당했다. 주타쓰의 즉위 이후 처벌된 자의 숫자는 육십만 명에 이른다. 인구의 오분의 일에 해당하는 숫자다.

"너희의 원한은 잘 안다. 혜후도 아시기에 굳이 오명을 쓰면서 주타쓰를 치신 게야."

제후와 시해를 도모한 혜주후 겟케이는 주성으로 돌아가 국정에서 물러났다. 제후와 여러 관료는 중앙에서 정권을 잡으라고 권했으나 겟케이는 그에 응하지 않았다.

"백성이 멋대로 죄를 심판하고 개인적인 감정으로 이를 처벌하면 나라의 섭리가 기운다. 아무리 깊은 원한이 있더라도 권리 없이 법을 농락하고 죄를 정하여 벌을 내려서는 안 된다."

하지만, 하고 소리치는 것을 남자는 더 강하게 가로막았다.

"공주는 이미 제후와 제관의 합의로 심판받았다. 나라의 결정에 불만이 있다고 해서 백성이 멋대로 재판해도 되는 것이 아니야. 일례라도 이 같은 일이 있다면 소문은 다른 현과 향까지 퍼지겠지. 심판을 내리고 싶다고 청하는 백성은 너희뿐만이 아니고, 그토록 미움받는 자도 공주만이 아니다. 형리 대부분이 사적인 제재가 두려워 숨어 있다는 사실을 알고 있을 것이다. 사적인 제재는 가혹한 형벌보다도 나라를 엉망으로 만들지. 나라를 위한다고 생각하고 자중하라."

그는 고개를 떨어뜨린 사람들을 둘러보았다.

"우리는 나라를 지키고 부끄러움 없이 새로운 주상께 이를 넘겨야만 한다. 사사로운 제재로 황폐해진 나라를 내밀면서 왕에게 어떻게 어진 정치를 바라겠는가. 제후와 제관은 그를 위해 노력하고 있다. 백성들도 힘을 빌려주기를 바란다."

소녀는 요조의 등에 실렸다. 광장에 침묵이 내리고, 이윽고 흐느끼는 소리가 가득찼다.

4
장

001

눈을 뜨자 아름답게 정돈된 침소 안이었다.

—아……. 전부 꿈이었어…….

쇼케이는 안도의 한숨을 쉬었다.

부모가 살해당한 것도, 자신이 궁에서 쫓겨나 이가로 간 것도, 그곳에서 원망을 사서 참혹한 형벌을 받을 뻔한 것도 꿈이었다.

“기침하셨습니까.”

냉랭한 목소리가 들렸다. 쇼케이는 뒤척이다 침소 안을 들여다보는 여관을 보았다.

—후궁에 이런 여관이 있었나.

의아해하는 사이에 침소 바깥에 대기하던 여관이 일어나 방을 나갔다.

그제야 쇼케이는 이 방과 응준궁에 있던 자신의 방이 다르다는 사실을 깨달았다. 일으킨 몸을 감싼 것은 면으로 된 소삼, 옷단이나 소매가 짧아진 것을 다른 천을 덧대어 늘렸다.

불안이 가슴속을 침식한다. 둘러보니 침소 안 탁자 위에는 갠 옷이 놓여 있다. 거친 모직물로 지은 뻣뻣한 유군(치마저고리), 솜을 둔 배자背子(덧옷)와 양가죽으로 된 비갑比甲(겉옷).

"여기가…… 어디지?"

쇼케이는 침상을 내려와 소삼을 입은 채 방으로 나왔다.

—꿈이 아니다. 달려온 주사가 자신을 구했다.

쇼케이는 그 사실을 기뻐해야 할지 슬퍼해야 할지 알 수 없었다.

멍청히 서 있는데 방문이 열렸다. 여관의 안내로 들어온 남자를 보고 쇼케이는 그 자리에 얼어붙었다.

"……겟케이……."

남자는 쇼케이를 보고 입가에 쓴웃음을 지었다.

"옷을 입으시오."

쇼케이는 허겁지겁 침소로 뛰어들어갔다. 다른 천으로 기운 소삼을 겟케이에게 보이다니. 그곳에 준비되어 있는 유군을 서둘러 입고 나서, 새삼스레 얼마나 변변찮은 옷인지 깨닫고 치욕으로 얼굴을 붉혔다.

"여서에게 감사하게. 주후성까지 눈을 헤치고 하루 밤낮을 달려 알리러 와주었으니."

겟케이의 목소리가 침소 바깥에서 들렸다. 쇼케이는 최대한 차림새를 정돈했다.

—고보가……?

쇼케이는 얼굴을 일그러뜨렸다. 당치도 않은 여자다. 실컷 쇼케이를 못살게 굴어놓고, 자신은 더없이 착한 얼굴을 하고 겟케이에게 알랑거렸다. 감사 따위 할까 보냐.

쇼케이는 한껏 의연하게 고개를 들고 침소를 나왔다. 겟케이는 팔짱을 끼고 커다란 탁자에 살짝 기댄 채 쇼케이를 바라보았다.

"두 번 다시 만날 일은 없으리라 생각했다만…… 유감스럽게도 만나고 말았군."

"만족해? 내가 이렇게 더욱 비참한 몰골이 되어 나타나서 기뻐?"

겟케이의 목소리에는 일말의 연민도 없었다.

"정말이지, 참으로 보기 흉하군."

쇼케이는 볼을 붉혔다. 가난한 차림새의 자신과 비단 장포를 입은 겟케이. 힘든 노동으로 볕에 그을리고 마디가 굵어진 자신의 몸. 겨울이라서 제대로 씻지도 못했다.

"……네놈이 이렇게 만들었잖아……."

원망을 담은 쇼케이의 목소리는 날카로웠다.

"넝마를 입고 흙투성이가 되어 살도록 보내놓고 그런 말을 해?"

겟케이는 쓴웃음을 지었다.

"비단과 보석으로 꾸며 겉보기에 아름답다고 칭찬받기란 참으로 쉬운 일이지. 하관의 시중을 받으며 여름에는 나무 그늘에서 놀고 지낸다면 참으로 우아하게 살 수 있을 게야. 하나, 백성 대부분은 네가 지금 넝마라 부른 옷을 입는다. 흙을 묻히며 살아가지. 그것을 업신여기는 마음씨가 추악해."

"겟케이, 그렇게 말하는 자신은 어떻지."

쇼케이가 말을 내뱉었다.

"넌 성 안쪽에서 비단을 입고 국권을 농락하며 도를 벗어난 즐거움에 젖어 있지. 왕 놀이는 즐거운가?"

겟케이는 더욱 씁쓸하게 웃었다.

"그렇게 말하면 대꾸할 말이 없군."

"왕을 시해하고 옥좌를 빼앗은 찬탈자."

"그것도 달갑게 들어두지. 한편으로는 옳은 말이다."

겟케이는 그렇게 말하고 쇼케이를 응시했다.

"아무래도 공주를 방국에 두면 공연히 나라를 어지럽히게 될

듯하군. 방국을 나가는 것이 좋겠지."

"추방하려고? 선적을 박탈하고 한촌의 다 쓰러져가는 집에 집어넣더니 이번에는 부민이 되라고 지껄이는 거야?"

"나라의 중대사이건만 그깟 것에 구애되는가."

노골적으로 경멸을 드러내며 하는 말에 쇼케이는 양손을 꽉 쥐었다.

"그깟 것, 그깟 것이라고……!"

"자신의 나라가 기울어가는 것도 모르는가. 방국은 앞으로 점점 더 기운다. 넝마라 부르고 다 쓰러져가는 집이라 부른 것들마저 점차 사라질 게야."

"네가 왕을 죽였잖아, 겟케이!"

"그 일을 후회한 적은 없다."

겟케이는 태연히 단언했다.

"그대로 주타쓰의 전제를 허용했다면 백성 대부분을 잃었겠지. 언젠가 쓰러질 명운의 왕, 그러나 하늘의 허가를 기다렸다가는 나라가 두 번 다시 부흥하지 못할 정도로 황폐해질지도 모른다. 재앙을 최소한으로 막기 위해서는 하는 수 없었다."

"승산해서 천의를 물어보지그래. 과연 네가 왕이 될 수 있을지. 적어도 너는 천의를 얻어 옥좌에 오른 왕을 시해했어. 벼락이나 맞지 않도록 조심하고 또 조심해."

“그 말도 대꾸할 수가 없군.”

겟케이가 쓴웃음을 지었다.

“공국으로 보내드리지. 공왕이 공주의 신병을 받아주시겠다고 한다.”

말을 마치고 뒤돌아선 겟케이를 향해 쇼케이가 외쳤다.

“왜 죽이지 않지! 왕을 죽인 그 검으로 내 목을 베어버려!”

겟케이는 그러지는 않겠다고 말하고는 방을 나갔다.

“사실은 너가 왕이 되고 싶었을 뿐이잖아! 왕을 시기했던 거잖아! 모두 나를 미워하는 이유도 공주인 내가 부럽기 때문이잖아!”

겟케이는 대답하지 않았다. 돌아보지도 않고 방을 나간 뒤 문이 닫혔다. 쇼케이는 한동안 닫힌 문을 노려보다 참지 못하고 두 손에 얼굴을 묻었다.

겟케이는 주성 안쪽에서 외전으로 돌아갔다. 쇼케이는 성안 깊은 곳에 숨겨두었다. 관리들 중에서도 원한을 품고 쇼케이를 공격하려는 자가 있으리라는 것을 알기 때문이다.

—승산해서 천의를 물어보지그래.

쇼케이의 목소리가 가슴에 꽂힌다. 겟케이도 자신이 하늘의 뜻을 저버렸음을 충분히 자각하고 있었다. 그러나 후회는 하지 않는다.

외전 근처 일실一室에 들르기 전에 창문 너머 운해 남동쪽을 바라보았다.

세상의 중앙 오산. 그곳에는 이미 다음 왕을 고를 기린이 태어났으리라. 이삼 년만 있으면 봉산에서 통지가 오고, 사당마다 황기(기린기)가 걸릴 것이다. 봉산에 기린이 있다, 왕의 선정에 들어가니 자각 있는 자는 승산하여 옥좌에 도전하라고. 그러나 겟케이는 자신이 절대로 승산하지 않을 것을 알고 있었다.

가혹한 법으로 백성을 줄줄이 도륙했다. 기린이 몸져누웠다는 소식이 전해졌다. 실도인가 싶어 초조해진 주타쓰는 더욱 가혹한 법을 마련했다. 만약 실도라 하더라도 기린이 죽을 때까지는 몇 달에서 일 년의 시간이 걸리고, 기린이 쓰러진 뒤 왕이 쓰러지기까지는 또다시 몇 달에서 일 년의 유예가 있다. 그동안 대체 얼마나 많은 백성을 잃을까. 이 왕을 쓰러뜨려야 한다고 생각했다. 그것이야말로 하늘의 뜻이라 믿었다.

정당한 왕에게 나라를 넘겨준다. 그날까지 황폐와 싸우는 것이 자신에게 내려진 천명이 아닌가.

겟케이는 봉산이 있는 남동쪽을 향해 꾸벅 고개를 숙였다.

겟케이의 행차를 알리는 여관의 소리에 고보가 고개를 들었다. 눈을 헤치고 관아의 말을 빌려 달리기를 꼬박 하루, 간신히 늦지 않게 주사가 쇼케이를 구했다고 들었다. 고보는 주성에 갇혀 판결을 기다리고 있다. 벌을 받을 것이다. 자신이 맡은 소녀가 공주임을 알아채고 소녀를 학대한 탓에 마을 사람이 쇼케이를 붙잡았다는 이야기를 털어놓았다.

입실한 겟케이를 향해 고보는 넙죽 엎드렸다.

"고개를 들어라."

그 목소리에 고보는 고개를 들었다. 겟케이의 평온하기만 한 얼굴을 올려다본다.

"공주는 이 나라에서 내보낸다. 행선지는 말할 수 없지만 두 번 다시 방국으로 돌아오지 못하겠지."

고보는 알아듣고 고개를 떨어뜨렸다. 역시 그 계집애는 용서받았다. 솔직히 말하면 겟케이가 자신이 내린 판결이 너무 가벼웠다는 사실을 후회하고 처벌해주기를 바랐다.

"그대를 여서에서 파면해야만 한다."

"각오하고 있습니다."

"한동안 사람들이 모질게 대하겠지. 마을을 떠날 수 있도록 손을 써주마."

"아니요, 괜찮습니다."

겟케이는 의연하게 고개를 든 노파를 바라보았다.

"훌륭한 마음가짐이다만 어찌하여 그런 그대가 공주를 학대하는 짓을 했지."

"용서할 수 없었어요."

고보는 담담히 눈을 내리깔았다.

"주타쓰는 내 아들을 죽였습니다. 원망해봤자 소용없는 줄 알면서도 실제로 그 계집애가 눈앞에 있으면 분풀이를 하지 않을 수 없었죠. 분하고 화가 치밀었어요. 게다가 그 계집애는 뻔뻔하게 털어놓더군요. 자신이 공주라고. 주타쓰가 무슨 짓을 했는지 몰랐다고. ……저는 그걸 용서할 수 없었어요."

"그랬나."

겟케이가 고개를 끄덕였다.

"공주에게는 공주의 책임이 있지 않습니까. 그런데 전부 내팽개치고 동정을 구하는 천박함을 용서할 수 없었어요. 그 계집애는 해야 할 일을 하지 않았어요. 가축 돌보기를 께뻑하면 사람은 밥술 뜨기 곤란해지는 게 인지상정입니다. 돌보지 않았다고 뻔뻔하게 말하면서 처지가 어려워져서 괴로우니 동정해달라는 거예요. ……용서하지 않겠다고 마음먹었습니다."

"……그랬군."

"그 계집애는 아직도 자신의 죄를 몰라요. 그러니까 속죄를 해야 한다는 생각 또한 없죠. 눈앞에서 부모를 살해당한 아픔이 자신만의 것이라고 생각하고 있어요. 많은 사람이 똑같이 괴로워했고, 그것이 책무를 게을리한 제 탓임을 손톱만큼도 이해하지 못한다고요."

"심정은 아나, 원한은 사람에게 무엇 하나 주지 않는다. 우리는 이제 주타쓰를 잊어도 되지 않겠는가. 그렇지 않나."

"그렇습니다."

고보가 고개를 숙였다.

"알려주어 고맙다. 네 노력으로 마을 사람들이 죄를 짓지 않았다. 본인들은 한동안 너를 원망하겠지만, 그들을 대신해서 내가 감사 인사를 하지."

고보는 평복했다. 아들을 잃은 날에 말랐을 눈물이 바닥을 짚은 손 위로 떨어졌다.

002

"처음 뵙겠습니다."

채왕 고코는 입실한 여자에게 가볍게 눈인사했다. 국부의 문 앞에 쓰러져 있는 소녀를 발견한 지 열흘, 그동안 고코는 자주 소녀를 만나고, 동시에 관리에게 명령해 그 주인에게도 알렸다.

취미동 동주, 리요.

리요는 오만하게 고개를 들고 제대로 인사조차 하지 않은 채 탁자 쪽으로 성큼성큼 걸어가 멋대로 의자 하나에 앉았다.

"왕궁에 오기는 아주 오랜만이구려."

겉보기에 노파인 고코와 묘령의 여자인 리요. 그러나 실제로 살아온 세월은 리요가 배 이상 길다.

"……그립군. 여기는 조금도 변하지 않았어."

"취미군의 동부에서 일하던 스즈라는 여자아이를 보호하고 있습니다."

리요는 생긋 미소 지었다.

"고맙구려. 쓸모없는 몸종이지만 그것도 일단 내 식구이니."

고코는 한숨을 내쉬었다.

"그것이 무슨 말이라도 했나? 채왕은 그 말을 믿으셨나? 주인은 몸종에게는 어려운 존재. 그러니 곧이곧대로 들어서는 안 되지."

"스즈는 취미군에게 살해당할 것이라 호소했어요."

"그럴 리가 있나."

리요가 웃었다.

"굳이 죽일 필요도 없지. 눈에 거슬리면 동부에서 내쫓으면 그만인 일. 실제로 내쫓을까 몇 번이나 생각했는지 몰라. 그런데 그것이 간곡하게 그러지 말아달라고 애원하는 통에 말이야."

"이렇게 추운 날 한밤중에 감심을 따 오라고 내보냈다고요."

"나는 온정 있는 주인이니까."

리요는 재차 웃었다.

"그 계집애는 내가 주상께 받은 항아리를 깼어. 그 정도로 용서해준 나를 칭찬해주었으면 싶군."

고코는 눈살을 찌푸렸다. 리요가 말하는 주상은 이 대 전 왕, 부왕이리라. 실제로 리요는 부왕의 애첩이었다.

"……적호에게 공격하도록 부추겼다고요."

리요는 어깨를 으쓱했다.

"무시무시한 말을 하는구먼. 그것이 그렇게 말하던가? 늦은 밤 절벽은 위험하지 않은가. 그래서 만일의 사태가 없도록 적호를 보냈을 따름이네."

"하인들에게 아주 모질게 대하신다고요."

"그걸 감안하면서 종살이를 하는 것들 때문에 남한테 여러 소리 들을 이유 따위 없지. 내가 싫거든 도망치면 그만이야. 간단한 일 아닌가."

"도망치고 싶지만 도망칠 수 없는 사람도 있을 텐데요."

리요는 후, 하고 비웃는 듯한 미소를 지었다.

"선적에서 지워지면 말이 통하지 않아서? 그게 괴로우니까?

평범한 사람으로 돌아가기보다 나를 참는 편이 낫다고 생각하니까 남아 있겠지. 정말로 참지 못할 정도로 싫었다면 말려도 나갔을 거야. 그렇지 않아?"

"스즈는 해객이에요. 말이 통하지 않으면 당연히 괴롭겠지요."

리요는 고코를 깔보듯이 쳐다보고서 작게 소리 내서 웃었다.

"같은 말을 해도 말이 통한다는 법은 없지."

리요가 하려는 말을 깨닫고 고코는 한숨을 내쉬었다.

"어찌하여 그처럼 행동하십니까. 취미군이라는 분께서."

리요는 부왕의 후궁에서 왕을 열심히 보좌했다. 왕의 온화한 성품을 틈타 전횡을 일삼는 간신을 왕을 대신해 나무라고 적대했고, 왕이 도를 잃자 왕을 꾸짖었다가 미움을 샀다. 그 결과가 취미동이다. 역신들이 그녀를 적시했으나 선적을 박탈하거나 처벌할 수는 없었다. 공이 너무나 컸던 탓이다. 리요를 멀리한 뒤 부왕의 옥좌는 빠르게 기울었다.

"……어찌하여 그토록 고집스러우십니까. 리요 님이 그러시면 저는 리요 님을 처벌해야만 합니다."

"왕이 비선의 위신을 깎아내리는 겐가."

"왕에게는 그럴 권한이 있습니다. 아무도 쓰지 않을 뿐이지요."

리요는 사나운 표정으로 웃고는 일어났다.

"마음대로 하시게."

"사이린采麟 님은 경왕을 아세요?"

왕궁 정원에서 스즈는 양지에 앉아 있었다.

"아, 태보라 불러야 하지요."

스즈 앞에 앉아 있는 앳된 소녀의 금빛 머리카락이 햇살에 반짝였다. 실제로는 두 왕을 섬긴 사이린이지만 그녀의 겉모습은 스즈 또래거나 그보다 어려 보였다. 선이 아주 가늘고 섬세해 보이는 얼굴. 그 본성은 기린이라는 짐승이라고 들었는데, 그렇다면 이 얼마나 우아하고 아름다운 짐승인가.

"……부르고 싶은 대로 불러도 괜찮아."

사이린은 얌전히 미소 지었다. 고코도 점잖은 인물이지만 사이린은 한층 조용했고 시종 부드럽게 미소 지었다.

리요의 호통을 듣던 날들을 생각하면 꿈만 같다.

"태보께서는 경왕을 아세요?"

사이린은 모른다며 고개를 가로저었다.

"만난 적이 없어요? 사이린 님인데도요?"

"옆 나라거나 어느 정도 교류가 없으면 따로 만나지 않으니까."

흐음, 하고 스즈는 중얼거렸다. 열두 나라에 열두 왕과 기린. 동포가 그만큼밖에 없는데 쓸쓸하지는 않을까.

“경왕께 흥미가 있니?”

사이린이 고개를 갸웃거렸다. 어깨에 흘러내린 금빛 머리카락이 햇살을 받아 백금 빛깔로 반짝였다.

“같은 봉래 출신이래요. 비슷한 또래 여왕님이에요.”

“정말?”

사이린이 미소 지었다. 고코가 지어준 자는 요란搖籃이라고 들었다. 정말로 요람처럼 상냥한 소녀였다.

“나는 외톨이었으니까……. 딱 한 번이어도 좋으니까 뵙고 싶어요. 봉래 이야기를 듣고 싶어요.”

“스즈는 봉래가 그립구나?”

“고향인데 당연하죠. 돌아가고 싶어서 얼마나 울었는지 몰라요.”

“이쪽은…… 싫어?”

안타까운 듯한 질문에 스즈는 당황하며 고개를 내저었다.

“싫다는 게 아니라……. 그저 저는 이쪽을 잘 모르고 말도 안 통하고. 그동안 그다지 좋은 일도 겪지 못했기에 저에게는 괴로운 곳이었어요…….”

“그래…….”

"틀림없이 경왕도 그러실 거라고 생각해요. 같은 해객인걸요. 그러니까 서로 위로할 수 있겠죠. 분명히 서로의 심정을 잘 알 테니까요."

스즈는 그렇게 말하고서 얼굴을 살짝 붉혔다.

"친구가 될 수 있을까 싶어서……."

"글쎄……. 그건 어떨는지."

스즈는 고개를 휙 들었다.

"경왕은 봉래를 그리워하지 않을지도 몰라. ……그렇지 않을까?"

"그건, 이쪽 사람이니까 그렇게 생각하는 거예요."

스즈의 말투가 자연스럽게 거칠어졌다. 이 말에 사이린은 고개를 갸웃했다.

"이쪽에도 고향을 떠나 사는 사람이 많이 있어. 부민처럼 어디에도 정착할 마음이 들지 않아 떠돌아다니며 사는 사람도 있고……."

가느다란 목을 떨어뜨렸다.

"그리고 같은 봉래 출신이라고 서로 이해할 수 있을까……. 이 세상에도 같은 나라에서 태어나 서로 미워하는 사람이 있는걸……."

스즈는 애가 타서 사이린을 쏘아보았다.

“이쪽 사람은 모를 뿐이에요. 그저 고향이 같은 거랑 두 번 다시 돌아가지 못할 고향이 같은 것은 의미가 달라요.”

“그럴까…….”

사이린이 작게 한숨을 내쉬었다. 그 모습을 더욱 답답해하며 쳐다보는데 고코가 정면 건물에서 나왔다.

“아아, 여기에 있었구나.”

고코가 사이린에게 눈짓했다.

“스즈와 잠시 이야기를 나누게 해주겠니.”

사이린은 “네” 하고 대답하고는 예의 바르게 인사하고 나서 건물로 돌아갔다. 앉음새를 바로 한 스즈 옆에 고코가 앉았다.

“리요 님을 뵈었습니다.”

스즈는 몸을 움찔 떨었다. 평온한 왕궁의 아름다운 정원. 그곳에서 리요의 이름을 들으니 역겨운 것이라도 본 듯한 기분이 들었다.

“취미동 사람들을 왕궁의 일꾼으로 불러들일까 합니다.”

스즈는 뺨이 붉어지는 것을 느꼈다. 그러면 다시는 취미동으로 돌아가지 않아도 된다. 이 아름다운 왕궁에서 살며 고코와 사이린(조금 전에 화나는 소리를 들은 것은 일단 잊어버리기로 했다), 그런 상냥한 사람들에게 둘러싸여 지낼 수 있다.

그렇게 하늘에라도 오를 듯한 기분이었기에 고코의 다음 한마디는 스즈를 얼어붙게 했다.

"하지만 스즈는 그 안에 들어가지 않습니다."

스즈의 몸이 다리부터 떨려오기 시작했다.

"그게…… 무슨……."

"선적을 지우지는 않겠습니다. 잠시 하계에서 살아보세요. 호적을 준비해드리지요."

"어째서 저만 안 되는 거죠?"

고코의 표정에는 아무 감정도 드러나지 않았다. 그저 아주 살짝 쓸쓸해 보였다.

"당신은 말을 모르는 것이 괴로웠죠? 이제 말을 아니까 어디에서든 살아갈 수 있을 겁니다."

"동주님께서…… 무슨 말씀을 하셨나요?"

온몸이 떨렸다. 슬퍼서인지 화가 나서인지 스즈도 알 수 없었다.

"아니요. 리요 님은 저에게 모든 것을 맡겨주셨습니다."

"그럼…… 어째서……."

고코가 눈을 내리떴다.

"당신은 좀더 어른이 되는 편이 좋을 것 같아요."

"어른이라니……."

리요의 곁에 매여 있은 지 백 년. 그런데 뭐가 부족하다는 소리일까.

고코는 조용히 스즈를 바라보았다.

"느닷없이 낯선 땅에 내던져지면 괴롭겠지요. 말이 통하지 않으면 더욱 그렇겠군요. 하지만 스즈, 말이 통한다고 해도 서로 무슨 생각을 하는지는 알 수 없는 법이에요."

스즈는 그저 멍하니 고코의 얼굴을 응시했다.

"오히려 말이 통하면 서로 이해하지 못할 때 한층 허탈해지죠. 상대의 뜻을 존중하기 위해 노력하고, 이럴 거라고 지레짐작해 단정짓지 않고 상대를 받아들이는 것이 필요합니다."

"너무하세요. 그런……."

"정말로 괴롭다면 그때는 돌아오세요. 일단 한번, 마을로 내려가봐요. 그러고 나서라도 늦지 않겠지요."

"그럴 수가. 나만…… 이제 와서…… 흑."

스즈가 털썩 엎드렸다. 기대한 만큼 상심이 컸다.

좋은 사람이라고 생각했다. 상냥한 사람이라고 믿었다. 이 사람을 섬기며 살아간다면 얼마나 행복할까 하고, 그렇게…….

모르는 거다. 고향에서 떠내려와 아무것도 모르는 타국에 내던져진 고통이 얼마나 큰지. 어차피 이 나라에서 나고 자란 사람은 스즈의 슬픔을 이해하지 못한다.

"해보고 싶은 일이 있으면 말해요. 내가 힘이 될 수 있는 일이면 도와드리지요."

이제 와 무슨. 스즈는 입술을 깨물며 눈물에 젖은 얼굴을 홱 들었다.

"경왕을…… 만나고 싶어요."

고코가 고개를 갸우뚱했다.

"경왕?"

"저는…… 뵙고 싶어요. 같은 봉래 출신이니까……."

아아, 하고 중얼거리며 고코는 눈살을 살짝 찌푸렸다.

"같은 나라 사람인걸요. 경왕이라면 분명히 제 심정을 알아주실 거예요. 채왕께서는 몰라요. 사이린도 몰라요. 내가 얼마나 괴로운지, 이 나라에서 태어난 사람은 절대로 이해 못 해요."

마음에서 우러난 위로와 연민. 경왕이라면 이렇게 심하게 말하는 법 없이 반드시 스즈를 구해줄 것이다.

고코는 잠시 생각에 잠긴 듯 보였다.

"경왕도 적적하실 거예요. 틀림없이 고향이 그립고 서글프겠죠. 이쪽에 대해 전혀 모르니까 무척 힘들 거예요. 이쪽 사람은 위로해줄 수 없어요. 같은 봉래인이 아니면 절대로 모를 괴로움인걸요."

"경왕과는 면식이 없으니 편의는 봐드릴 수 없지만, 정 그러하면 경까지 여행할 수 있도록 노잣돈과 정권旌券(여권)을 드리지요.”

고코의 말에 스즈의 얼굴이 확 빛났다. 그 천진난만한 표정을 고코는 애처롭게 보았다.

“가보세요. ……결코 무익한 일은 아닐 터이니.”

“감사합니다!”

“다만 이것만은 기억하세요.”

고코는 눈물에 젖은 뺨을 붉히며 웃는 소녀를 본다.

“산다는 것은 기쁜 일이 절반, 괴로운 일이 절반인 법입니다.”

“네?”

“인간이 행복한 까닭은 복을 타고났기 때문이 아니라, 그 사람이 마음을 넉넉하게 가졌기 때문이에요.”

스즈는 고코가 어째서 이런 말을 꺼내는지 이해할 수 없어서 어리둥절했다.

“고통을 잊는 노력, 행복해지려는 노력, 그것만이 진실로 사람을 행복하게 하는 거랍니다, 봉래에서 온 아이여…….”

“……네.”

스즈는 고개를 끄덕였다.

분명히 그렇다. 행복해지기 위해 스즈가 했던 투쟁, 그 결과 적어도 리요에게서 해방되어 경왕을 만나러 갈 수 있게 되었다.

“네, 저는 어떤 역경에도 지지 않을 거예요.”

스즈가 대답하고서 웃었다.

"고생은 익숙한걸요. 참는 거라면 자신 있어요."

무슨 영문인지 고코는 걱정스러운 표정으로 눈을 내리떴다.

003

동지冬至, 교사郊祀와 뒤이은 제례로 금파궁에는 다시금 들뜬 분위기가 퍼졌다.

그러던 와중에 금파궁을 떠들썩하게 한 사건이 일어났다. 천관장 태재의 자택에서 대량의 무기가 발견된 것이다.

"무기……."

밤늦은 시각에 내궁을 찾은 추관장 대사구의 진언에 요시는 어안이 벙벙해져 그 자리에 못 박혔다.

"아무래도 역모의 준비가 있었던 듯하옵니다."

무기를 모아 왕인 요시의 시해 음모를 획책했다고 한다.

"태재의 수족 가운데 추관부에 급히 알려온 자가 있었습니다. 반신반의하며 덮쳐보니 진짜 대량의 무기가 발견되었습니다. 요천 왕궁 아래에 있는 태재의 별가에는 험상궂은 부민이 십수 명 모여 있었습니다."

분명히 태재는 서슴없이 요시에게 불만을 드러냈었다. 총재 세이쿄와도 충돌이 많았고, 일이 있을 때마다 요시가 세이쿄만 아낀다며 들으란 듯이 불평한 적도 많았다. 그러나 시해를 도모했다고 하니 제아무리 요시라도 소름이 끼쳤다. 관료 대부분이 자신을 받아들이지 못한 것은 잘 알고 있었지만 죽이겠노라 무기를 모을 정도로 미움받는 줄은 몰랐다.

"그런가……."

"사전에 붙잡아서 다행입니다. 태재라 하면 궁중의 제반사를 관장하는 관리, 특히 내궁에서 주상을 섬기는 하관 대부분을 장악하고 있습니다. 그들에게 무기를 들리거나 그 안에 자객이 숨어들었다면 어떻게 되었겠습니까."

요시는 한숨밖에 나오지 않았다.

"현재 계속해서 신문하고 있습니다만, 가신을 취조하니 아무래도 태재가 삼공과 공모한 모양입니다. 게다가 배후에는 매주후, 아니, 고칸이 있는 듯합니다."

요시는 또다시 깊은 한숨은 내쉬었다.

삼공은 태사太師, 태부太傅, 태보太保를 일컫는다. 관리 중 유일하게 재보 게이키의 신하로 재보를 보좌하고 천자인 요시에게 조언이나 간언하는 직책이다. 왕의 교육 또한 삼공의 역할이었다. 작위로 말하면 육관의 장長인 총재, 제후와 동위인 후候지만 정치에는 실질적으로 참여할 수 없다. 때문에 총재와 충돌하는 일이 잦고, 태재와 마찬가지로 세이쿄를 너무 중히 여긴다며 요시를 나무란 적이 많았으나, 요시는 심적으로 세이쿄 등의 육관보다 삼공을 훨씬 가까이 두고 있었다.

—그런 삼공이 시해를 공모하였는가.

천관은 궁중의 의식주를 관장하고, 사적인 시중을 드는 이들이라 역시 친밀감이 크다. 하필이면 그 천관장과 삼공이 모반을 꾸밀 줄이야.

"게다가 맥주후……."

옥좌를 탐내 끝까지 위왕에게 저항한 주후. 맥주에 갇힌 채 여전히 복직을 허락받지 못하고 있다. 처우에 대해서 신하의 의견이 총재파와 태재파로 대립한 채 결론이 보이지 않았기 때문이다.

"그래, 그것이 불만이었군……."

신하들 사이에서는 고칸을 처벌해 훗날의 화근을 없애야 한다는 의견이 대세를 이루었다. 게이키가 이에 완강하게 반대하여 일단 근신시켰건만 그런 연민이 이런 결과를 낳았다.

요시는 씁쓸하게 한숨지었다.

"아무튼 태재를 만나고 싶군. 데려와."

고칸은 맥주 주성 아래에 칩거하고 있다. 요시는 우선 곁에 있는 태재의 변명부터 듣고자 했으나 실제로는 이루어지지 않았다.

태재는 이미 감옥 안에서 숨을 거둔 뒤였다.

"주상, 태재가 죽었다고요."

대사구와 엇갈리듯 들어온 게이키의 눈썹이 일그러졌다.

"……스스로 목숨을 끊었다는군."

게이키는 깊은 한숨을 지었다.

"……그러니 주상께서는 총재를 너무 중용한다고 말씀드렸지요."

요시가 눈살을 찌푸렸다.

"그 말은 내 탓이라는 뜻인가? 나 때문에 태재가 모반을 꾸미고 죽었다고?"

"신하를 총애하는 마음에 치우침이 있으면 공연히 분란을 부르게 됩니다."

"확실히 고칸 건은 파면하라는 총재의 의견을 받아들였다. 실제로 고칸이 옥좌를 노렸다는 증인이 잔뜩 나왔는데 어쩔 수 없잖아? 아니면 그래도 태재 일파의 의견을 받아들여 고칸을 그대로 맥주후로 두어야 했다고 할 셈인가?"

"아니요, 그것은……."

"파면당한 고칸이 나를 원망해 태재, 삼공과 시해 음모를 꾸몄다. 이것이 내 탓인가?"

"……주상."

"신하들 사이에서는 고칸을 죽여서 화근을 없애자는 의견이 대세를 이루었어. 이에 반대한 사람은 누구지? 살아남은 고칸이 도리어 시해를 꾸몄다. 이것이 내 탓인가?"

게이키는 언짢은 표정으로 침묵했다.

"태재가 총재와 의견이 대립하는 일이 많았던 것도 분명해. 그러나 총재는 육관의 장, 태재는 궁중의 제반사를 관장하는 천관장이잖아. 태재는 제사를 관장하는 춘관만을 지내온 인물인데 비해 총재는 추관장, 지관장을 역임했어. 법과 토지에 대해서는 총재가 더 해박하지. 그래서 총재의 의견을 받아들인 것이 그토록 큰 잘못인가?"

"주상, 그런 뜻이 아닙니다."

"그럼 어떤 뜻이지?"

게이키는 불편한 표정을 지은 채 대답하지 않았다.

"총재 일파는 이번에야말로 고칸을 처벌하라고 하겠지. 나는 이에 대해 더는 반대할 도리가 없어. 그렇지 않은가?"

"고칸의 의견도 들어주십시오."

"물론 그렇게 하지. 이미 추관장에게 고칸을 데려오도록 명령했다. 분명 고칸은 부정하겠지. 하지만 실제로 여러 차례 고칸이 태재의 집으로 사자를 보냈고, 이자가 무기를 운반했다는 증언이 있다. 이럴 때 나는 어쩌면 좋지?"

"신하의 잘잘못을 따질 때에는 인정으로……."

"그리고 또 같은 일을 반복하나?"

게이키는 말문이 막혔다.

요시는 그 모습에서 시선을 돌려 창밖을 내다보았다.

"너도 관리도 내 잘못이라고 해. 내가 여왕이라 글렀다, 태과니까 글렀다며 한숨을 쉬지."

"주상, 결코 그 같은 생각은……."

요시는 고개를 내저었다.

"총재는 그것 보라고 하겠지. 고칸과 삼공을 엄중히 처벌하라고 할 거야. 이 의견을 받아들이면 너는 못마땅해하겠지. 이것을 거절하면 총재 일파가 못마땅해해. 내가 어쩌면 좋지?"

"주상……."

요시가 한숨을 쉬었다.

"고칸과 삼공은 처벌한다. 삼공을 파면하고 고칸과 함께 나라 밖으로 추방한다. 처벌하지 않을 수는 없어. 너는 죽이지 말라고 했지. 그러니까 그렇게 하겠어. 그걸로 됐어?"

게이키는 입을 벌렸다 다물었다.

"……알겠습니다."

짧게 대답하고 깊은 한숨 한 번. 한숨이 말보다도 훨씬 많은 이야기를 하고 있다. 게이키는 마음에 들지 않는 것이다.

요시는 새벽녘의 운해를 보고 가볍게 웃었다.

"초칙으로 한숨을 금할까."

"주상……."

"너도 한숨짓는 데 질렸겠지만 나도 한숨 소리를 듣는 데 진력이 났어."

요시는 그렇게 말하고 손을 내저었다.

"물러가. 이만 쉬어. 오늘의 조의는 시끄러울 거야."

아니나 다를까 총재 세이쿄는 고집스럽게 고칸 및 삼공을 죽여야 한다고 주장했다.

"여기서 온정을 베풀면 훗날 은혜를 불충으로 갚을 자가 반드시 나온다는 것을 고칸의 예로 아셨겠지요."

세이쿄의 말에 불만의 소리가 들린다. 어떤 자는 태재의 모반 자체가 음모일 것이라 말한다. 어떤 자는 이유가 있을 터이니 오히려 이유를 추궁하고, 훗날의 화근을 없애기 위해 원인을 바로잡으라고 한다. 또 어떤 자는 신하를 처벌할 때는 먼저 온정을 베풀라 한다.

공통점은 세이쿄에게 반대한다는 것. 조정은 세이쿄파와 반

세이쿄파로 나뉘어 있다. 만약 세이쿄가 사면을 바란다면 이들은 단호히 처벌하라고 할 것이다.

나라를 다스리는 것이 손쉽지 않으리라고는 요시도 예상했다. 그러나 이런 식의 어려움은 상상하지 못했다. 툭하면 한숨을 쉬며 은근히 요시를 비난하는 신하, 한숨으로는 만족하지 못하고 무기를 모은 신하. 이쪽 세상의 사정을 모르는 요시에게는 신하의 주청에 귀를 기울이고 주장을 곱씹는 길밖에 없는데, 그 주청의 실체조차 이러하다.

신하의 한숨은 듣고 싶지 않다. 하지만 한쪽 의견을 받아들이면 다른 쪽이 한숨을 쉰다. 결국 서로 권력을 다투는 이들을 모두 만족시킬 수는 없다.

그렇다. 요시는 남몰래 한숨을 쉬고 퍼뜩 시선을 들었다.

어느새 안색을 살피고 있다. 관리와 게이키의 한숨이 두려워서 안색을 살피고 조금이라도 만족시키려고 아첨하지는 않았나. 그리고 그런 자신에게 질려서 전부 내던져버리고 싶은 충동에 휩싸였다.

"애초에 태재의 흉계를 총재가 알아채지 못한 것은 어찌된 영문인가."

"아니, 총재에게 불만이 있어 태재도 성급한 짓을 일으킨 것이 아닙니까."

"무기로 왕을 노리면 역모일세. 그 이상 생각할 필요가 있는가."

"고칸을 방치해둔 관리의 책임을 묻고 싶군."

"바로 그 고칸은 어디에 있소. 놓친 추관의 책임도 큽니다."

당사자인 고칸은 맥주에서 요천으로 연행되는 길에 도주했다. 추관이 행방을 좇았으나 여태까지 붙잡히지 않았다.

요시는 가볍게 쓴웃음을 지었다.

이제 넌더리가 난다.

"알겠다."

요시는 입을 열었다.

"삼공을 파면하고 고칸과 함께 국외 추방을 명한다."

세이쿄 일파는 미온적인 처사라고 불만을 터뜨리고 다른 파벌에서는 너무 과하다고 불만을 터뜨린다.

"또다시 똑같은 일이 일어나면 어쩌실 겁니까."

요시는 이론을 주창한 총재 세이쿄를 바라본다.

"육관을 다잡는 것이 총재의 책임. 육관 안에서 역모가 있던 책임을 지고 세이쿄는 총재 자리에서 내려오라. 태재를 대신해 천관을 다스려라."

관리들은 어안이 벙벙해져 입을 떡 벌리고, 요시는 슬며시 웃었다.

"삼공이 비었군. 춘관장, 추관장, 지관장을 각각 삼공에 임명한다."

"……주상."

요시는 소리친 게이키를 눈짓으로 막았다.

"나머지 인선은 각 장長에게 맡긴다. 단, 총재는 한동안 게이키가 겸임한다."

"전대미문입니다! 재보에게 실권을 주시다니!"

일제히 불만을 터뜨렸지만 요시는 딱 잘라 말했다.

"칙명이다."

내뱉고서 일어났다. 그대로 옥좌를 내려와 퇴출했다.

004

내궁 안쪽, 개인 방으로 물러나버리면 관리는 요시를 쫓아올 수 없다. 요시는 하관下官에게 게이키 이외에는 들이지 말라고 명령하고 창문을 열었다.

습한 운해의 바람이 바다 냄새와 함께 불어든다.

"……잘도 그리 술술 나오는군……."

스스로도 쓴웃음을 금치 못하겠다. 총재를 좌천시키고 총재파와 반총재파 요인을 실권 없는 삼공으로 올린다. 이걸로 궁중의 권력 판도는 대부분 백지로 돌아갔으리라. 아마도 틀림없이 마음속 한편으로는 줄곧 그것을 생각해왔을 것이다. 그러니 순간적으로 입 밖으로 튀어나온 것이다.

"주상."

게이키의 매서운 목소리가 들렸다. 요시는 몸을 돌려 더없이 떨떠름한 얼굴을 한 게이키를 바라보았다.

"무슨 일을 벌이시는 겁니까. 재보에게는 실권을 주지 않는 것이 법도입니다. 그런데……."

요시가 말을 가로막았다.

"게이키, 나는 관궁關宮으로 갈 거야. 연왕 곁에서 한동안 정사를 배우겠어."

게이키가 눈을 부릅떴다.

"무슨 말씀을 하십니까!"

"관리들에게는 그렇게 말해줘."

요시는 창틀에 앉았다. 무릎 위에 가볍게 손깍지를 꼈다.

"나는 한동안 마을에서 살아보려고 해."

"대체……."

요시는 자신의 손톱을 바라보았다. 하관이 손질해준 덕에 예쁘게 다듬어져 있다. 호화로운 옷, 호화로운 장신구, 하지만 이런 것을 원하지는 않았다.

"나는 옥좌를 탐했던 것이 아니야."

"주상!"

"왕이라 불리고 싶었던 것도, 왕궁에서 호화롭게 살고 싶었던 것도 아니야. 왕이 없으면 나라가 피폐해진다고 들었어. 천의는 민의라고 했어. 밤에 잠들 집이 없으면 괴롭지. 굶주림도 힘들어. 나는 그것들을 절실하게 알고 있어."

느닷없이 끌려온 다른 세상. 아무것도 모르는 가운데 요시는 실제로 객사할 뻔했다.

"요마에게 쫓기면 힘들어. ……내가 옥좌에 앉지 않으면 경국의 백성 모두가 똑같은 꼴을 당한다는 이야기를 듣고 옥좌를 받아들였어. 왕이란 그 때문에 있는 존재가 아닌가. 적어도 관리를 만족시키기 위해서나 게이키를 기쁘게 하기 위한 존재는 아니야. 백성을 만족시키기 위해, 기쁘세 하기 위헤 있는 것이 아닌가."

"그러니까……."

요시는 고개를 가로저었다.

"게이키. ……나는 이 나라를 몰라."

"주상, 그것은……."

"백성이 어떤 생각을 하는지, 무엇을 바라는지, 어떻게 사는

지 전혀 몰라."

"먼저 도道를 아는 것이 중요합니다."

"도?"

요시가 가볍게 웃었다.

"수업은 일주일에 육 일, 필수 특별활동이 있고 학원에 가고, 피아노 같은 교양도 배워둬야 하지. 정기 시험은 최소한 한 학기에 두 번, 그 밖에도 모의고사며 등급이 있어서 그걸로 장래가 결정돼. 낙제점 몇 개로 유급, 대입 시험에 합격하지 못하면 재수. 치마 길이는 무릎까지, 리본은 남색이나 검은색. 스타킹은 살색이나 검은색. 그런 아이의 행복이 무엇인지 알아?"

"……예?"

"그런 사회의 인도는 뭐지?"

"실례지만, 그것이 대체……."

"모르겠지?"

요시가 쓴웃음을 지었다.

"네가 모르듯이 나도 몰라. 대체 무엇이 도일까. 적어도 관리의 낯빛을 살피며 누구의 의견을 중용하고 물릴지 끙끙대는 건 아닐 거야. 그것만을 알겠어."

"하오나……."

"조금 시간을 줘. 이곳은 내가 아는 세상과 너무 달라."

게이키는 어쩔 줄 몰라 하는 표정을 짓고 있었다.

"나는 지금 옥좌에 있기가 괴로워."

요시의 말에 게이키는 눈을 동그랗게 떴다.

"나는 봉래에서 남에게 미움받는 것이 무서웠어. 늘 남의 눈치를 보고, 모두의 마음에 들고 싶어서 무리한 줄타기를 했었지. 대체 지금이랑 뭐가 다르지? 어리석은 왕이라 불리는 것이 두려워. 타인의 한숨 소리가 무서워. 관리와 백성, 게이키의 눈치를 보고 모두가 수긍하기를 바라며 무리하고 있어."

"주상……."

"같은 우는 범하고 싶지 않아. 하지만 나는 같은 짓을 하려 하고 있어. 지금 이 시기, 왕궁을 비우는 것이 어떤 일인지 알아. 관리도 불만스럽겠지. 이러니까 여왕은 안 된다고 또 한숨을 쉴 거야."

요시가 가볍게 웃었다.

"두 눈 멀쩡히 뜨고 나라를 엉망으로 만들지도 모르지. 하지만 이대로 관리의 낯빛을 살피고 우왕좌왕하고만 있는 왕이라면 얼른 쓰러져버리는 편이 나아. 백성을 위해서는 그러는 편이 훨씬 나은 길이야. 이대로는 안 돼. 이해해주지 않겠어?"

게이키는 표정 없이 침묵하더니 이윽고 고개를 끄덕였다.

"알겠습니다."

"한동안 너에게 전권을 맡기겠다. 너라면 무슨 일이 있든 백성을 괴롭히는 짓만은 하지 않겠지. 꼭 내가 있어야 할 일이 생기면 이 세상에서 가장 빠르다는 그 다리로 달려와줘. 게이키, 부탁한다."

"분부대로 하겠습니다."

고개를 숙인 게이키를 보며 요시는 그제야 안도의 한숨을 쉬었다.

"고마워. 게이키가 알아줘서 기뻐."

요시에게는 이 심복밖에 없다. 안국에는 왕을 지탱하는 관리가 있다. 연왕은 상당히 제멋대로인 왕이라 관리 모두가 왕의 소행에 한숨짓지만, 그래도 그들에게는 왕에 대한 신뢰가 있고, 연왕 역시 신하에 대한 믿음이 있다. 요시에게는 신뢰할 수 있는 자가 게이키밖에 없다. 이 왕궁 안에서 정말로 이 기린뿐이다.

"그래서 주상은 앞으로 어쩌실 작정이십니까?"

"잠시 마을로 내려가보려고 해. 날품팔이든 뭐든 좋으니까 백성 사이에 뒤섞여 일해보고 싶어."

"만약 괜찮다면 머무실 곳을 제가 알아봐도 되겠습니까?"

요시는 고개를 갸웃했다.

"하지만……."

"설마 부민처럼 살 심산은 아니시겠지요? 부디 그것만큼은 말아주십시오. 제가 안심할 수 있는 곳에 계셔주세요."

"……알았어. 너에게 맡기지."

게이키 또한 마음을 놓은 듯이 한숨을 쉬었다.

"고집을 부려서 미안하군."

요시의 말에 게이키는 살짝 쓴웃음을 지었다.

"솔직히 말씀드리면 한숨 놓았습니다."

"그래……."

"하오나 부디 하루라도 빨리 돌아와주십시오."

"응. 알았어."

내궁을 퇴출하면서 게이키는 운해를 바라보았다.

일이 심각해졌다 싶으면서도 이상하게 가슴이 따뜻해졌다.

게이키는 두 왕을 섬겼다. 선왕의 시호는 여왕予王이라 한다. 재위는 서우 육 년, 대부분을 왕궁 안쪽에 틀어박혀 지냈다. 그녀는 정무에 흥미가 없었다.

게이키는 과거에 떠나보낸 창백한 얼굴을 떠올렸다.

그녀는 상냥하고 사려 깊은 성격이었다. 지나치게 내성적인 부분을 제외하면 결코 옥좌에 어울리지 않는 인품은 아니었다. 그녀는 너무나 평범한 행복을 바랐다.

여왕은 백성이 행복해지기에 앞서 자신이 소박하지만 평온하게 살기를 바랐다. 풍족하지 않아도 된다, 평온하고 안락한 삶, 아무런 명예도 풍파도 없이 조용히 땅을 일구고 남편을 얻고 아이가 있는 삶을 바랐다.

그녀가 돌리던 베틀 소리가 지금도 귓가에 남아 있다.

옥좌에 오른 당초에 성실하게 책무를 다하려 했던 여왕은 금세 관리와의 알력에 질렸다. 선왕이 남긴 관리, 서로 이권을 다투고 패권을 겨루는 자들에게 둘러싸인 삶을 꺼렸다. 그녀는 점점 왕궁 안쪽에 틀어박혀서 베를 짰다. 그렇게 자신에게 부여된 임무를 거부하려 했다.

"또 되풀이되는가 싶었다만……."

게이키는 쓴웃음을 지었다. 요시를 처음 만났을 때, 여왕을 많이 닮은 소녀라고 생각했다. '이번에도 또' 하고 생각했다. 솔직히 말하면 넌더리가 났다.

"변하셨구나……."

적어도 요시는 여왕과 달리 자기 자신과 싸우는 법을 알고 있다. 여왕과 마찬가지로 관리에게 위축되어 옥좌를 꺼리는 듯이 보였으나 요시는 스스로 그것을 자각했다. 고비를 넘기기 위해 직접 움직이기 시작했다. 이 차이는 크다.

"한쿄."

게이키는 자신의 사령使令을 불렀다. 발치에 드리운 그림자 속에서 "예" 하고 대답이 들렸다.

"주상을 곁에서 지켜라. 절대로 위험이 없도록 하라. 그분은 경에 둘도 없는 분이시니까."

5

장

001

공국은 방국의 동남쪽, 허해를 사이에 두고 대안에 있다. 공국과 방국에 낀 허해를 굳이 건해乾海라 부르기도 하지만, 대부분 허해라 부른다. 딱히 건너편 육지가 보이는 것도 아니니 연안 사람들에게도 허해로 충분했다.

쇼케이는 십여 명의 혜주사 공행空行 기병에게 둘러싸여 공국으로 가면서 새삼 자국을 생각했다. 공과 방 사이에는 당연히 항로가 열려 있지만 이를 이용해도 건너가는 데 거의 사흘 밤낮이 걸린다. 허해에 떠 있는 방국은 그 자체가 한겨울의 마을처럼 폐쇄된 나라라고 비로소 생각했다.

날 수 있는 요수의 종류는 정해져 있다. 사람이 타기 위해서는 역시 말 형태의 요수가 좋으므로 더욱 종류가 한정된다. 어느 정도 빨라야 하고 위험하지 않고 주인을 고르지 않고 길들이기 쉬운 종류는 몇 없다. 왕궁 등에서 공적으로 많이 쓰는 기수는 줄무늬가 있는 녹촉鹿蜀이라는 요수다. 단, 하늘을 나는 요수는 수레를 끌 수 없다. 반드시 등에 타야만 한다. 그래서 주사의 녹촉을 빌리는 형태로 쇼케이는 병사에 둘러싸여 공국으로 향했다. 어렵지 않은 여행이었다. 도중에 방국 해안가와 공국 해안가 마을에서 숙소를 잡고 사흘 뒤에는 공국 수도 연장連檣에 있는 상풍궁霜楓宮에 도착했다.

상풍궁의 주인, 공국 공왕은 재위 구십 년에 이르는 여왕이다. 쇼케이도 그 이상은 알지 못한다. 방은 어느 나라와도 거의 국교가 없었다. 부친 주타쓰의 즉위식에도 가까운 삼국, 유, 공, 범에서 칙사가 경하하러 왔을 뿐이다. 애초에 왕은 다른 나라 왕과는 그리 교류하지 않는 법이다.

국부를 찾은 쇼케이 일행은 관리에게 안내받아 상풍궁 외전으로 들어갔다. 문 하나를 지날 때마다 한층 화려해지는 건물을 쇼케이는 애달프게 둘러보았다.

—주눅들 필요 없다.

쇼케이도 왕궁에 살았으니까. 그렇게 자신을 타일러도 몸이 움츠러든다. 우선 그곳이 다른 나라 왕궁이기 때문이고, 두 번째 이유는 자신이 여전히 가난한 차림새였기 때문이다.

공수하고 손님에게 길을 비키는 모든 관리가 쇼케이를 미심쩍게 바라보았다. 아래 세상의 거지가 잘못 들어온 것처럼 보이리라는 생각에 쇼케이는 고개를 숙였다.

아니다. 반들반들한 검은 빛깔 심성암을 깐 회랑을 걸으면서 쇼케이는 고개를 더욱 깊이 떨어뜨렸다.

공국의 거지보다도 비참한 몰골을 했는지도 모른다. 공국은 방국보다 풍요롭다. 도읍 연장의 모습을 보면 그 사실을 알 수 있다. 정비된 아름다운 도시. 방국의 도읍 포소는 시골 마을로 보일 정도였다.

외전에 들어서자 자신이 비참해서 고개조차 들 수 없었다. 함께 온 사자가 쇼케이를 흘끔 보고 나서 무릎을 꿇고 그대로 앞으로 나아가 머리를 조아렸다. 쇼케이도 사자의 시선을 헤아리고 따라 했다. 고개를 조아린 사신의 모습에 쇼케이의 마음은 더욱 더 암담해졌다. 본디라면 고두할 필요는 없다. 무릎만 꿇으면 된다. 쇼케이는 공주이기 때문이다.

사자는 정중하게 혜후 겟케이가 보낸 봉서를 머리 위로 받들며 인사말을 올렸다.

"공주의 신병을 맡아주신 공왕의 후의에 혜후 및 신하 일동 깊이 감사드립니다."

쿡 하고 가볍게 웃는 목소리가 들렸다. 공왕의 목소리라는 생각에 쇼케이는 숨을 삼켰다.

“대단한 일도 아니야. 이웃인걸.”

쇼케이는 눈을 부릅뜨고 바닥을 응시했다. 어린 소녀의 목소리.

“그보다 귀국의 상황은 어떠하지?”

“덕분에 아직 큰 탈은 없사옵니다.”

사자는 대답하고서 더욱 깊이 머리를 조아렸다.

“천명을 받아 옥좌에 계신 공왕께는 혜후가 몹시 불쾌하실 줄 잘 알고 있건만, 이번에 베푸신 후의를 정말 어찌 다 감사를 드려야 할지 모르겠습니다.”

앳된 울림마저 남아 있는 목소리가 옥구슬 굴러가듯 웃는다.

“잘 결단하셨다고 혜후께 전하시오. 왕은 스스로 멸하는 존재. 벌이 두려워 나룻배나 널조각에 매달려 허해를 넘어 공으로 오는 백성도 있었소. 백성은 간신히 안도의 한숨을 돌렸겠지.”

쇼케이는 순간 고개를 들 뻔하다가 간신히 그 충동을 견뎠다.

—딸을 앞에 두고 그런 소리를 하는가.

허락 없이 고개를 들면 예의에 어긋난다. 그뿐 아니라 쇼케이는 공왕을 보고 싶지 않았다. 목소리를 들어서는 어린 소녀일 것이다. 만에 하나라도 자신 또래일까 두렵다. 또래 소녀가 비단으로 몸을 감싸고 보석으로 치장한 채 옥좌에 앉아 있는 모습은 보고 싶지 않다.

"……그래서? 그쪽이 손 쇼로군요."

호적상 이름으로 불린 쇼케이가 입술을 깨물었다. 이것만으로 공왕이 쇼케이에게 악의가 있다는 사실이 충분히 눈에 보였다.

"그러합니다."

"손 쇼의 신병은 내가 분명히 맡았습니다. 이대로 잘 데리고 있지요. 방국의 백성과 관리도 손 쇼는 잊으시오."

"예."

사자는 이마를 바닥에 붙였다.

"서거한 왕은 잊고 국토를 위해 일하여 이 죄를 속죄하라고 혜후께 전하시게. 왕이 없는 나라는 믿기 어려운 기세로 몰락하는 법. 나라를 구할 기둥이 되시오."

"틀림없이 알아들었습니다."

"혜후는 아직 주성에 계시다지. 결단을 내리고 옥좌에 오르시오. 다음 왕이 등극하실 때까지 옥좌를 맡았다고 생각하고 백성을 위해 일하는 것이 좋겠지. 나중에 이것을 서장으로 적어드리겠네. 불평하는 자가 있다면 공왕이 옥좌를 권했다고 말씀하시오."

"말도 안 돼."

쇼케이는 고개를 들었다. 참을 수가 없었다.

"겟케이는 찬탈자야! 왕을 시해한 놈이라고!"

옥좌의 왕과 시선이 맞았다. 나이는 열두어 살 정도. 앳된 모습의 소녀였다. 등뒤에 서 있는 남자는 적동색에 가까운 금발이다. 그렇다면 저자가 공의 기린, 교키供麒이리라.

"왕은 스스로 쓰러지는 존재."

소녀는 산호 빛깔 입술로 서슴없이 단언했다.

"자신이 저지른 죄 말고 왕을 죽일 수 있는 것은 없지."

소녀는 사자를 바라보았다.

"그러면 한시라도 빨리 방국으로 돌아가 혜후를 도우시오."

사자는 감동했는지 머리를 깊이 조아리며 감사 인사를 올리고 퇴출했고, 쇼케이는 그 자리에 홀로 남겨졌다. 평복하는 것조차 잊고 옥좌의 공왕을 뚫어져라 쳐다보았다.

"호적을 받고 아래 세상에 내려가 사는 것과 왕궁의 여종이 되는 것 중에 어느 쪽을 고를래?"

쇼케이는 질문을 받고 얼굴을 붉혔다. 여종은 왕궁에서 일하는 허드레꾼, 하관조차 아니라서 선적에도 오르지 못하는 하녀를 일컫는다. 이 계집애가 공주인 자신에게 여종이 되라고 말한 것이다.

쇼케이의 안색을 읽었는지 소녀가 쿡쿡 웃었다.

"긍지만은 높아 보이는군. 나는 혜후만큼 인정이 넘치지 않아. 호적을 얻어 이가로 보내질지 여종이 될지, 하나를 골라. 성년까지는 이가에 두겠다만, 그대는 공의 백성이 아니니까 어른이 되어도 땅은 줄 수 없어. 이가를 나오면 일자리를 알아봐. 어느 쪽이 좋겠어?"

"너무해……."

"나는 네가 싫어."

소녀는 생긋 웃었다.

"너를 받아들인 것은 네가 방국에 있으면 나라에 해를 끼치기 때문이야. 결코 너에 대한 자비가 아니라는 사실을 알아둬. 어떻게 하겠어?"

—이런 계집애에게 부려먹힐 바에야.

그러나 기억이 쇼케이의 감정을 억눌렀다. 흙칠하며 살고, 몸이 말을 듣지 않을 지경까지 일하고, 외풍이 드는 집에서 지내야 한다. 방국에서 경험한 모든 것이 쇼케이를 수그러지게 했다.

"……여종이 되겠습니다."

"그래."

소녀가 작게 말하고 미소 지었다.

"그러면 이것부터 먼저 익혀. 왕 앞에서는 머리를 조아리고 절대로 고개를 들지 말 것, 질문을 받기 전에는 절대로 입을 열지 말 것."

"주상."

내전으로 돌아가자마자 등뒤의 심복의 말에 공왕 슈쇼가 돌아보았다.

"왜에?"

금발을 한 심복은 안절부절못하는 표정을 짓고 있었다.

"공주에게 내린 처사가 너무나도……."

"바보구나."

슈쇼가 단호하게 말했다.

"쇼케이를 가여워하기 전에 쇼케이를 미워할 수밖에 없는 방국 백성을 동정해. 정말이지 기린은 연민에 끌려다니다 금세 본말을 전도하고 만다니까."

"하오나……."

슈쇼는 웃고 나서 아득히 높은 곳에 있는 교키의 얼굴을 들여다보았다. 기린은 사람 모습을 하면 대부분 늘씬한데, 공의 기린은 듬직한 체격을 하고 있다.

"내가, 정했어. 알아들었어?"

"백성에게 자비를 베푸는 것이 왕의 책무입니다."

난처한 듯이 말하는 교키를 슈쇼는 코끝으로 비웃었다.

"나는 왕이 되었지만 성인군자가 될 생각은 없어. 그딴 건 사양할게. 그리고 너는 내 심복이야. 맞지?"

"그러하옵니다만……."

"그러면 잔소리하지 마. 쇼케이 건에 관해서는 들을 생각은 없으니까. 나라를 다스린다는 것은 정말로 큰일이라고. 그걸 게을리하고 놀기만 하면서 부친을 나무랄 분별도 없는 멍청이를 가엾어할 자비 따위 없어. 기린과는 달라서 말이지."

교키는 더욱 난처해했다. 덩치 큰 남자가 고개를 축 늘어뜨렸다.

"하오나…… 혜후에게 마치 찬탈을 권하는 듯한 말씀도……."

"권했어."

슈쇼는 의자에 털썩 앉았다.

"혜후가 왕을 쳤으니까 나라를 책임져야지. 자신이 왕이라고 할 정도의 기개는 있었으면 좋겠어."

"왕은 하늘이 결정하는 존재입니다. 주상이 찬탈을 권하시면 어찌되겠습니까. 만약에 주상께서 권하신 탓에 방국이 황폐해진다면……."

슈쇼는 턱을 괴고 한숨을 내쉬었다.

"내가 곤란해. 방국에서 난민이 들어와서."

"난민의 고난을 먼저 생각해주십시오."

슈쇼는 교키에게 삿대질을 했다.

"너는 진짜 바보구나. 그 머릿속에는 연민 말고 분별은 들어 있지 않나 봐? 방은 황폐해지겠지. 혜후는 책임지고 어떻게든 나라를 지탱해야 해. 왜냐하면 방국에는 기린이 없으니까."

교키는 당황하며 주위를 둘러보았다.

"주상."

"아무도 없어. 설마 사자에게 그런 말을 할 수는 없잖아? 봉산에는 기린이 없어. 새로운 왕이 등극할 때까지 상상 이상의 세월이 걸린다는 이야기를 말이야. 그런 사실을 알면 백성은 절망하고 나라는 순식간에 기울고 말 거야."

다음 왕을 선정해야 할 방의 기린은 봉산에 없다. 그 이유는 슈쇼도 모른다. 봉산의 여선은 신의 종, 봉산은 제왕이 침범할 수 없는 산, 일어난 변사를 일일이 보고할 까닭도 없다. 삼 년 전, 공에서 방으로 이변이 지나갔다. 식이다. 혹시 오산에 식이 일어나지 않았을까, 설마 봉산에 변고가 없을까 싶어 문안을 보냈는데, 봉산의 모든 궁이 닫혀 있었다고 한다. 기린을 위해 열려 있는 낌새가 없었다.

열린 난과는 수컷이라 들었다. 호키峯麒는 건강하게 자라고 있느냐고 물으면 애매한 대답밖에 돌아오지 않는다. 더욱 조사해 보고 확신을 품었다. 봉산에는 기린이 없다.

슈쇼는 한숨을 쉬었다.

"혜후가 나서는 수밖에 없잖아. 사리는 아는 남자야. 방국에 기린이 나타나 왕을 고르는 것이 언제가 될지 모르는걸. 그래서 부추겼어. 불만 있어?"

"주상."

슈쇼는 다리를 대롱대롱 흔들었다. 신발이 벗겨져 날아간다.

"이 사태를 부른 사람은 주타쓰야. 주타쓰 자신과 그 주위에 있으며 왕에게 간언하지 못한 멍청이들 탓이야. 그러니까 쇼케이는 싫어. 그게 눈물로 가득찬 물통 같은 그 머리로도 이해가 된다면 내 신발이나 주워다 신겨줘."

002

"추워, 추워."

란교쿠의 목소리는 아침 공기에 하얗게 흘러갔다.

경동국 영주 북위향北韋鄕 고계固繼. 북위향은 도읍 요천을 중심에 두고 영주 북서쪽에 있다. 요천에서 동서쪽으로 뻗어 허해와 청해로 갈리는 가도 분기점에 있는 연유로 북위향의 향성이 있는 고계는 예로부터 중심지로 번영했다. 때문에 통칭으로 북위北韋라고도 부른다.

도시는 반드시 이里를 중심으로 만들어진다. 이곳 고계 또한 예외가 아니다.

그러나 오랜 세월 이에 딸린 도시가 더욱 비대해져 고계의 이는 가도의 요소를 차지하는 도시에서 떨어져나가버렸다. 결과적으로 커다란 도시 동북쪽에 작은 이가 혹처럼 달린 모양새가 되었다. 성문의 편액은 '고계', 하지만 다들 이 도시를 고계라고 부르지 않는다. 도시의 이름은 북위, 부속된 작은 이를 고계라 부른다.

란교쿠는 고계 한쪽, 외진 곳에 있는 우물가에서 나무통에 물을 길으며 주변을 한번 둘러보았다. 높은 곽벽 너머로 황량한 겨울 산이 보인다. 잎이 떨어진 뒤의 우듬지에 서리가 내려서 희미하게 하얗다. 눈이라도 쏟아질 것 같은 하늘이다.

"눈이 내리려나."

중얼거리며 뒷문을 통해 집안으로 들어갔다. 집은 이가다. 란교쿠에게는 부모가 없다. 그래서 이가의 신세를 지고 있다.

"란교쿠, 일찍 일어났구나."

란교쿠가 부엌에 들어가자 봉당에서 화로에 숯을 넣던 노인이 고개를 들었다. 노인이 바로 이가의 장, 여서인 엔호遠甫다.

"안녕히 주무셨어요."

"늙은이보다 일찍 일어나다니 기특한 아이로고. 한 번쯤은 내가 준비를 끝내고 깨우러 가줄까 했는데 그럴 기회를 안 줘."

란교쿠는 키득거리면서 나무통의 물을 독에 부었다. 란교쿠는 여서가 좋았다. 노령의 엔호가 란교쿠보다 일찍 일어나지 않을 리가 없다. 자신이 일찍 일어나면 이가 아이들도 일찍 일어나려고 애쓰니까 침상에서 기다리고 있다는 사실을 란교쿠는 알고 있었다.

"눈이 내리겠어요."

"물이 차가웠겠구나. 이쪽으로 와서 불을 쬐려무나."

란교쿠는 괜찮다고 웃으며 부뚜막에 걸어놓은 솥뚜껑을 들었다. 따뜻한 김이 봉당에 가득찼다. 엔호는 작은 화로 하나를 부엌 바닥에 놓았다. 아침을 준비하는 란교쿠를 배려한 것이다. 자질구레한 푸성귀와 고기 부스러기를 삶은 국물에 밀반죽을 뜯어서 넣는다.

"오늘 새로운 아이가 온다죠?"

란교쿠가 돌아보자 엔호는 고개를 끄덕였다. 이가에 새로 들어오는 사람이 있다고 한다.

"아침밥은 괜찮을까요."

"무슨, 어차피 오후 늦게나 저녁쯤에야 도착할 테지."

"그러겠네요."

예전에 동생을 데리고 마을을 도망칠 때 있던 여서는 신경질적인 할머니였는데, 돌아와보니 그녀가 죽고 여서가 바뀌어 있었다. 엔호는 원래 마을 사람이 아니다. 낯선 노인이 여서라는 이야기를 듣고 불안했지만 지금은 고마워하고 있다.

"안녕."

게이케이가 봉당으로 뛰어 들어왔다.

"오오, 게이케이도 일찍 일어났구나."

"추워서 잠이 깨버렸어요."

발을 동동거리는 모습을 보고 웃으며 란교쿠는 동생을 위해 나무통에 물을 받아주었다. 엔호가 물속에 숯불로 달군 돌을 넣는다. 치익 하는 작은 소리는 겨울의 소리다.

"세수 꼼꼼히 해. 물은 바깥에 버리고."

란교쿠는 응, 하고 대답하고 나무통에 얼굴을 집어넣는 게이케이를 웃으며 지켜보았다. 이가에는 세 아이가 더 있지만 그들의 아침은 늦다. 엔호가 야단치지 않는 것을 핑계로 늘어지게 자고 일어난다. 세 아이는 훨씬 전부터 이가에서 살던 아이들이다. 이전 여서가 엄격했으니 엔호에게 어리광을 부리는 것이리라. 그것을 아는지 엔호도 자고 싶은 만큼 자게 두라고 한다.

"어엄청 춥다."

게이케이는 뒷문을 열고 물을 버리면서 하얀 입김을 뱉었다.

"작년에 비하면 눈도 적게 내리고 낫지 않느냐?"

새로운 왕이 등극한 지 반년이 지났다. 노인의 말대로 재해는 뚝 그쳤다. 작년에는 경국치고는 드물게 폭설이 내려 마을이 눈에 파묻혀 몰살당하기도 했다.

"난 눈은 내리는 편이 좋은데."

난방 기구는 주로 화로다. 유난히 추운 날에는 부뚜막에 솥을 걸고 뜨거운 물을 끓여 그 앞에 여러 사람이 모여서 김과 사람의 훈기로 몸을 녹인다. 여유 있는 집에는 난로가 있기도 하고, 더욱 풍족한 집에서는 더운 기운이 벽 사이나 바닥 아래로 통해 방 자체를 덥히는 온돌이라는 설비가 있기도 하지만 경국에 그런 유복한 집은 손에 꼽힌다.

창문 역시 유리를 끼운 집은 얼마 없었다. 덧창이 달린 창문 안쪽에 종이를 발라 간신히 햇살이 통하게 하면서 바람이 들이닥치는 것을 막았다. 솜은 귀중품이므로 이불에는 솜이 들어가지 않는다. 가을에 모아둔 지푸라기가 대부분이고, 옷 역시 모피를 손에 넣기는 힘들다. 화로에 넣는 숯 역시 싸지 않아서 집안은 늘 추웠다.

경국보다 북쪽에 위치한 나라는 훨씬 더 춥지만 경국은 가난해서 추위에 대비할 길이 없다. 그래서 경국의 북쪽은 겨울이 혹독하다.

그래도 란교쿠는 겨울이 좋았다. 란교쿠뿐만 아니라 이가의 아이들은 모두 겨울을 좋아한다. 사람들은 보통 봄에서 가을에는 근처에 있는 여로 나가서 사니까 이는 늘 한산하다. 이가 사람과 이부의 관리만이 남는다. 겨울에는 여에 살던 사람들이 이로 돌아와서 여럿이 모여 실을 잣거나 바구니를 만들기도 한다. 그것이 반가워서 겨울이 좋다.

란교쿠는 솥뚜껑을 열었다.

"게이케이, 다들 깨워. 밥 먹자."

란교쿠가 수제비를 그릇에 나눠 담는데 느닷없이 안뜰에서 비명이 들렸다.

깜짝 놀라 돌아보니 게이케이가 곁채에서 달려오고 있다.

"누나!"

"무슨 일이야?"

게이케이의 비명이 아니다. 그뿐만이 아니다. 지금도 비명이 이어지고 있다.

"요, 마."

엔호가 일어났다. 란교쿠는 양손으로 입을 틀어막아 비명을 삼켰다.

"뒤로 나가서 사당으로 가거라."

엔호는 울먹이는 게이케이의 등을 떠밀었다.

"이목 밑으로 도망쳐 들어가 가만히 있는 게야. 알겠지?"

"할아버지도 가요."

"나도 금방 가마. 그러니 기다려야 한다."

엔호는 란교쿠에게 고개를 끄덕여 보였다. 먼저 가라고 재촉한다. 란교쿠도 엔호에게 고개를 끄덕여 대답하고 게이케이의 손을 끌었다. 뒷문을 밀어젖히고 바깥으로 서둘러 나가려다 날갯소리를 들었다. 우람한 날개가 크게 날갯짓하는 소리.

반사적으로 뒷걸음질쳐 문을 닫았다. 문이 닫히기 전에 아주 잠깐 날개를 접고 내려선 호랑이 모습을 보았다. 궁기窮奇다.

"란교쿠?"

봉당을 나가 비명이 들리는 쪽으로 가려던 엔호가 돌아보았다.

"뒤에 궁기가……."

게이케이가 애타게 소리지르며 울음을 터뜨렸다. 사람을 먹는 사나운 요마. 이 마을은 끝장이다. 궁기는 눈에 띄는 인간을 전부 먹어치운다.

여전히 이 나라는 이리도 황폐하다.

쿵, 하고 뒷문이 떨렸다. 란교쿠는 뒤로 펄쩍 물러나 게이케이의 손을 끌고 엔호에게 감싸 안긴 듯한 모습으로 대청마루를 향해 달렸다. 그 뒤로 궁기의 발톱에 부서진 널문 파편이 날아온다. 대청마루의 문을 닫고 안뜰로 내려갔다. 일단 어떻게든 사당으로 가야 한다. 이목 밑이라면 요마가 공격하지 않는다.

중문을 향해 회랑을 달려 돌계단을 뛰어 내려가 앞뜰로 나왔다. 뒤에서 아이들의 비명이 계속해서 들린다.

살리고 싶다. 그러나 살릴 방법이 란교쿠에게는 없다. 버리고 도망치는 것이 얼마나 비겁한지는 알고도 남는다. 만약 그곳에 게이케이가 있었다면 무엇을 희생하더라도 서둘러 돌아갔을 것이다.

—미안, 미안해…….

대문 처마 밑까지 달려갔을 때, 게이케이가 힉 하고 소리질렀다. 자연스레 게이케이의 시선을 쫓아 란교쿠가 돌아본다. 중문 지붕에 몸을 도사린 궁기의 모습이 눈에 훽 들어왔다.

"도망치거라."

엔호의 몸이 앞으로 나온다.

"뛰쳐나가서 뒤도 보지 말고 사당으로 달려가는 게야."

게이케이가 싫다며 엔호의 웃옷을 붙잡았다.

"아이는 죽어서는 안 돼."

"할아버지!"

란교쿠가 게이케이의 손을 잡아끌었다. 이 아이만은.

여기에서 엔호를 버리고 란교쿠가 방패가 되더라도 이 어린 남동생만은.

궁기가 입맛을 다시며 몸을 깊이 구부렸다. 날아 내려오는 모습을 보고 란교쿠는 정신없이 게이케이의 손을 잡아끌었다. 그 눈앞으로 붉은 빛깔이 스쳐지나갔다.

"어?"

스쳐간 붉은 머리카락. 달려와서 앞질러 간 사람의 잔상.

돌아본 란교쿠의 눈에 비친 광경은 나부끼는 붉은색과 멋지게 포물선을 그리는 서슬 퍼런 검날의 번뜩임.

작은 체구의 소년이었다. 소년의 그림자와 날아 내려온 궁기의 그림자가 교차하는 순간 란교쿠는 동생을 끌어안았다.

궁기의 발톱과 엄니, 통나무처럼 두꺼운 다리. 온몸이 흉기 같은 요마를 가볍게 피하고 검날이 춤을 춘다. 뿜어져 나온 피는 요마의 것, 상처 발톱을 내민 요마의 다리를 베어 떨어뜨렸다. 울부짖으며 몸이 기운 요마의 숨통을 내찌르는 검 끝, 찌른 검을 뽑자마자 핏물을 턴 뒤에 궁기의 두꺼운 목을 검으로 깊이 후려친다.

궁기가 쿵 하고 옆으로 쓰러졌다. 재빨리 뒷걸음질쳐서 쓰러지는 궁기를 피한 소년은 망설임 없이 달려가 목에 일격을 내려친다. 검자루를 잡은 양손에 한쪽 무릎까지 더해 단숨에 궁기의 목을 떨어뜨렸다.

란교쿠는 털썩 무릎을 꿇었다.

"……말도 안 돼."

궁기를 쓰러뜨리다니 믿기지 않는다.

눈을 감을 새도 없었다. 비명을 지를 시간조차 없었다. 소년은 검에 묻은 피를 털어내며 게이케이를 안은 채 주저앉은 란교쿠를 돌아보았다.

"다친 데는?"

없다고 고개를 젓는 것 말고 뭐라고 대답해야 했을까. 입을 떡 벌린 엔호가 가로막듯 올리고 있던 손을 그제야 내렸다.

"너는……."

엔호가 입을 열었을 때 게이케이가 소리쳤다.

"형, 뒤에!"

숨 돌릴 틈도 없이 소년이 돌아선다. 넣었던 검을 빼자마자 중문 안쪽에서 또 다른 궁기 한 마리가 뛰쳐나왔다.

온몸으로 부딪칠 듯이 날아온 궁기를 소년은 휙 피했다. 궁기의 피에 젖은 엄니가 허망하게 허공을 물어뜯었다. 궁기의 후두부에 휘두른 검날. 몸을 젖힌 궁기의 어깨에 검을 찔러 넣었다가 빼자마자 몸을 비틀어 돌아서서 목을 꿰뚫었다.

또다시 손쉽게 끝났다.

소년이 쓰러진 궁기의 목에 박힌 검에 끌려가 헛발을 디디는 모습이 괜히 더 가슴을 울렸다. 궁기에 비하면 소년은 너무나 가벼웠다.

"굉장해, 굉장하다!"

게이케이가 란교쿠의 품에서 벗어나 일어났다.

소년은 다시 한번 검에 묻은 피를 털어낸 뒤 돌아보았다.

"다치지는 않은 것 같군."

"응. 형아 굉장하다."

소년은 게이케이를 향해 살짝 미소 짓고는 안쪽을 들여다보았다.

"비명이 그쳤어……."

엔호가 소년 쪽으로 비틀거리며 다가왔다.

"이 아이들 말고도 아이들이……."

소년은 끝까지 듣지도 않고 궁기의 시체를 아무렇지도 않게 뛰어넘어 안쪽으로 달려갔다.

란교쿠와 엔호는 허둥지둥 소년 뒤를 따라가 무참한 몰골로 변한 결채를 보았다.

숨이 붙어 있는 아이는 없었다. 열다섯에서 열일곱 사이의 세 아이들. 한집에서 오늘까지 함께 살았다.

열려 있는 큰 창문, 흔들리는 덧창. 불어드는 냉기로 방안은

으스스하게 춥고, 주변 일대에 뿌려진, 비린내가 훅 풍기는 피에서 김이 피어오르지 않는 것이 신기할 지경이었다.

그들은 세 사람의 유해를 안뜰에 누이고 멍석을 덮었다. 소란을 들은 마을 사람들이 모여서 란교쿠를 위로하고 죽은 아이들을 애도하며 시신을 이부로 옮겼다. 옮길 즈음에는 이 일이 인근까지 퍼졌는지 마을 안이 낯선 사람들로 북적였다.

란교쿠가 이가를 멀찍이 포위한 사람들을 본 뒤 한 손에 검을 든 채 안뜰에 서서 시신을 배웅하는 소년을 쳐다보았다. 다홍색 머리카락에 짙은 녹색 눈동자. 볕에 적당히 그은 건강해 보이는 피부색. 입은 옷은 기장이 짧고 초라한 포지만 궁기를 벤 검은 훌륭했다.

"저기…… 고마워. 덕분에 살았어."

"됐어."

목소리는 조용했지만 무뚝뚝한 인상을 주었다. 나이는 란교쿠보다 조금 아래로 보인다. 키는 그리 차이가 없으니 나이치고는 큰 편에 속하리라.

"북위 사람이니?"

마을에서는 보지 못한 얼굴이어서 그렇게 물었더니 아니라는 대답이 돌아왔다. 란교쿠는 고개를 갸웃했다. 이른 아침인데 미심쩍었다. 이려里閭(이의 출입문)는 새벽에 열린다. 아침 일찍 마을에 들어왔다면 이 소년은 간밤에 노숙했다는 말이 된다.

란교쿠가 그렇게 말하자 상대방은 태연히 고개를 끄덕였다.

"노숙했어. 아무 여에서나 묵을 방을 구하려고 했는데 사람이 하나도 없더라고."

이 계절에 여에서 잠자리를 청하려 하다니, 란교쿠는 어이없어하다 이내 생각을 바꿨다.

"혹시 남쪽에서 왔어? 교국이나 주국 부근 말이야."

훨씬 남쪽에 있는 따뜻한 나라에서는 겨울에도 여에 남는 사람이 많다고 들었다.

"아니, 안국에서."

"안국이라면 추운 나라잖아. 안국의 여도 텅 비었을 텐데."

"그랬던가."

쿡쿡 웃는 소리가 들려서 돌아보니 이웃집에 게이케이를 맡기러 갔던 엔호가 돌아온 참이었다.

"그 아이는 해객이란다."

엔호의 말에 란교쿠는 눈을 휘둥그렇게 뜨고 소년을 올려다보았다. 엔호 역시 그를 올려다본다.

"그대가 주 요시中陽子로군."

"그렇습니다. 엔호인가요?"

엔호는 고개를 끄덕이고 란교쿠를 보았다.

"아까 말했던 아이란다. 앞으로 이가에서 맡게 되었으니, 잘 지내려무나."

"네? 하지만……."

란교쿠는 그 인물을 빤히 쳐다보았다. 엔호는 또래 소녀라고 했기 때문이다.

"미안……! 내가 착각했나 봐."

상대방이 살짝 웃었다.

"괜찮아. 익숙하니까."

엔호가 란교쿠를 보았다.

"요시, 이 아이는 이가의 아이로 란교쿠라 하네. 조금 전에 그대가 구한 어린아이의 누이지."

요시는 잘 부탁한다며 가볍게 인사했다. 란교쿠도 만나서 반갑다고 인사하자 엔호가 란교쿠를 가볍게 재촉했다.

"어서 옷을 갈아입고 게이케이에게 가보아라. 겁을 많이 먹었으니까."

네, 하고 대답하고 잰걸음으로 가는 란교쿠를 지켜보고서 엔호는 다시 옆에 있는 소녀를 올려다보았다.

"보는 눈이 있으니 인사는 하지 않겠네."

"상관없습니다."

"미안하지만 이가 사람으로 대우할 게야."

"그럴 작정으로 왔습니다."

그 조용한 목소리를 듣고 그 눈을 보고, 엔호가 고개를 끄덕였다.

"고맙네. 우리를 용케 구해주셨구려."

"사람 사는 마을에도 아직 이렇게 요마가 나오는군요."

"곧 나오지 않게 되겠지. 경에는 새로운 왕이 계시니까."

003

스즈는 배의 출항을 기다리면서 뱃전에 기대 손에 든 정권을 이리저리 살펴보았다.

정권이란 여행할 때 휴대하는 작은 나무 호패를 일컫는다. 사람은 나라에서 준 토지를 기반으로 살고 나라 또한 토지를 기반으로 사람을 다스린다. 급부받은 토지를 떠나는 것은 관리의 보호를 받지 못한다는 의미였다.

그 때문에 정권을 발행한다. 앞에는 본인의 성명이 적혀 있고 뒤에는 대개 발행한 관아 이름이 적혀 있다. 관아에 있는 호적 위에 정권을 놓고 정권 가장자리 세 곳을 호적째 창칼로 찔러,

만일 조회할 일이 있을 때에는 그 흠집을 겹쳐 확인한다. 때로는 정권 뒷면에 신원보증인 이름이 적혀 있기도 하다.

정권이 있으면 살던 곳을 떠나도 일이 있을 때 가까운 관아에 보호를 요청할 수 있다. 다른 나라에서 여행할 때에도 마찬가지다. 정권 없이 여행하면 부민이라 불리며 법의 보호를 받지 못한다. 설령 옆 마을에 다녀오더라도 관할하는 관아가 다르면 정권이 필요하다. 그래서 다들 습관처럼 늘 들고 다닌다.

스즈의 정권 뒷면에는 어명어새御名御璽가 찍혀 있다. 채왕이 직접 발행한 정권이다. 정권에 묶여 있는 작은 막대기 겉에 있는 소인은 낙관이라 불린다. 계신界身(은행)이 발행한 보증 증표다.

채왕 고코는 스즈에게 많은 여비를 주었다. 그리고 여비를 넣어둔 재국 읍녕의 계신에서 낙관을 발행했다. 계신에는 강력한 좌座가 있다. 다른 도시 다른 나라의 계신과 공고하게 조직되어 있는데 이 조직을 좌라 한다. 좌에 들어 있는 계신의 낙관이 있으면 어디에서든 똑같은 좌에 들어 있는 계신에서 금전이나 환換을 받을 수 있다. 이 낙관은 보증을 발행한 계신과 받을 수 있는 한도액을 관계자가 아닌 이는 읽을 수 없는 계신좌만의 독자적인 문자로 적어놓았다.

"……굉장하다."

스즈는 작게 외치고서 정권을 소중히 품속에 넣었다. 안쪽 허리띠에 매단 끈에 묶는다.

왕궁에서 일하지 못하는 것은 아쉬웠다. 그러나 스즈의 처지는 아주 조금 좋은 방향으로 움직였다. 고코가 하관에 명령해 스즈를 기수로 허해 연안 영주永湊까지 바래다주었다. 열흘 남짓한 여정으로 허해 연안에 도착해서 배에 탈 수 있도록 준비해주었다. 객선이 좋은지 상선이 좋은지 물었다. 객선은 주까지 가는 편밖에 없다. 여객선을 고른다면 경까지 몇 번이나 갈아타야 한다. 짐을 싣고 허해로 돌아가는 상선을 타면 안으로 가는 배가 있는데, 중간에 경에도 정박한다고 했다. 스즈는 상선이라도 괜찮다고 대답했다. 그래서 한 하관이 상선에 이야기해주었다.

이제 경까지 갈 수 있다. 채왕이 이서한 정권이 있으면 경왕을 만나는 것도 어렵지는 않으리라.

—만날 수 있어.

같은 봉래에서 온 사람. 아마도 이 땅에서 스즈를 이해해줄 유일한 사람.

적갈색 돛이 올라간다. 작은 배에 돛은 한 장뿐이다. 돛대 꼭대기에는 작은 수레가 달려 있다. 순풍차順風車다. 나라의 동관부冬官府에서 만든 부적이다. 허해 쪽에는 좋은 항구가 없어서 큰 선박은 왕래하지 않는다. 주로 짐을 나르는 배지만 부탁하면 사람도 탈 수 있다.

—그립다.

스즈는 뱃전에서 어두운 바다를 내려다보았다. 칠흑 같은 바다, 별처럼 깜빡이는 빛. 그리운 고향에서 떠내려와 이 세계에서 처음 본 것이 이 바다였다. 스즈는 아무것도 몰랐다. 자신이 빠진 바다가 고향에서 얼마나 먼지. 그러고 보니 바닷속에 깜빡이는 빛이 물고기의 빛이라는 것조차 스즈는 알지 못했다.

심해에서 빛을 내는 요어妖魚들. 이렇게 작게 보이지만 실제로는 거룻배를 삼켜버릴 만큼 크다. 폭풍우 때가 아니면 수면에는 떠오르지 않으니까 위험하지 않다. 사람을 덮치는 요마는 대개 짐승이나 새로, 그것들은 황해에서 온다.

배는 재의 남쪽에 있는 항구를 출발해 허해를 동쪽으로 가른다. 내해가 아니고 허해로 가는 까닭은 도중에 지나는 교국 왕이 붕어해 나라가 황폐해졌기 때문이다.

"보통 삼 년이나 오 년으로는 요마가 저리 많이 출몰하지는 않는데 말이지."

친해진 뱃사람이 가르쳐주었다.

"천재지변은 둘째 치고 요마가 엄청나. 영손문으로 통하는 손해문巽海門은 특히 심각해. 안국에서 내해로 돌아온 놈이 황해에서 건너가는 요마 무리로 해가 가려졌다고 했어."

“정말요?”

세상의 중앙을 둥글게 가로막은 금강산, 그 내해를 황해라 한다. 황해로 통하는 길은 사령문四令門뿐이다. 그중 남동쪽에 있는 문을 영손문이라 하고, 교국과 황해 사이에 있는 바다를 손해문이라고 한다.

“죽은 각왕이 어지간히 악랄한 짓을 했겠지. 죽어서 아직 몇 달도 지나지 않았는데 저 꼴인 걸 보면 말이야. 교국 사람들은 큰일이야. 저 상태면 다음 왕이 오르기 전까지 나라가 얼마나 엉망이 될지.”

“그러네요…….”

이곳은 이상한 세상이다. 스즈는 그렇게 생각했다. 하늘의 신이 세상을 만들었다고 하고, 실제로 아이가 열리는 나무며 신비한 생물이 있으니까 정말로 신이 있어도 이상하지 않을 것 같기는 하다. 하지만 그렇다면 어찌하여 신은 나라가 황폐해지지 않게 만들지 않았을까.

—신이 있다면 해객 따위 생기지 않게 해주면 좋을 텐데.

나를 구해주면 좋을 텐데.

배는 주국의 연안을 따라 동쪽으로 향하며 도중에 세 곳에 기항했다. 마지막으로 들른 곳은 교국에 가까운 작은 섬의 항구였다. 그곳에서 배는 교국과 순국 사이에 낀 바다를 북상했다. 물빛은 그전보다 조금 더 푸르렀다. 어두운 쪽빛을 띠고 있었다.

"어째서 바다 빛깔이 다를까……."

뱃전에 두 팔꿈치를 올리고 턱을 괴고 있는데 느닷없이 옆에서 목소리가 들렸다.

"얕으니까."

스즈가 놀라서 목소리가 난 쪽을 돌아보니 바로 옆에 발돋움해 바다를 들여다보는 남자아이가 있었다. 처음에는 스즈 하나였던 손님이 항구 세 곳을 들르는 동안 여덟 명으로 늘어났다. 그러고 보니 마지막에 들른 몰고沒庫의 항구에서 탄 손님 중에 이런 아이가 있었다는 사실을 떠올렸다.

"얕아?"

"얕으면 바다 빛깔이 푸르러져. 누나는 아무것도 모르는구나."

스즈는 아이를 살짝 쏘아보았다.

"바다 근처에 산 적이 없단 말이야."

"그래."

아이는 난간에서 손을 떼고 씩 웃었다. 열두어 살쯤 먹었을까. 귤색 머리카락에 주근깨가 있는 명랑해 보이는 아이다. 웃기만 해도 얼굴이 확 빛나 보였다.

"……너는 안으로 가는 거야, 경으로 가는 거야?"

아이는 "경"이라고 대답했다. 스즈는 그러냐며 미소 지었다.

"나는 스즈야. 잘 부탁해."

아이가 고개를 갸웃거린다.

"이름이 특이하네."

"응. 난 해객이야."

"해객?"

이쪽 사람도 모르는 것이 있는 모양이다.

"봉래에서 왔어. 떠내려왔지."

우와아, 하고 아이가 입을 크게 벌렸다.

"정말로? 대단하다아."

"대단하지 않아. 큰일인걸. 두 번 다시 집으로 돌아갈 수 없으니까."

아이는 "흐응" 하고 중얼거리고서 다시 한번 발돋움했다. 뱃전에서 바다를 들여다본다.

"누나, 운이 나빴구나."

"그러게……."

뱃전을 때리는 파도는 하얗다. 어두운 해수면에 선명했다. 난바다 쪽으로 시선을 돌리자 선명한 하늘을 잘라낸 수평선이 보였다. 수평선 너머 아득히 먼 곳에 스즈가 태어난 나라가 있다.

두 번 다시 돌아갈 수 없다는 이야기를 듣고 얼마나 울었을까. 신선이 되면 허해를 넘을 수 있다는 것을 알고 리요를 잘 섬기면 언젠가는 바다를 건널 수 있는 신선으로 거두어주지 않을까 하는 달콤한 꿈도 꾸었다. 같은 비선이라도 백위伯位인 신선이 아니면 넘을 수 없다는 사실을 알았을 때의 절망감.

"힘내."

아이가 스즈의 팔을 두드렸다.

"집으로 돌아가지 못하는 사람은 잔뜩 있는걸."

스즈는 아이를 쏘아보았다.

"많지 않아. 해객은 정말로 얼마 없으니까."

"해객이 아니라도 말이지. 나라가 황폐해지고 집이 불타서 돌아갈 수 없어진 사람도 있고."

"그런 건 내가 말하는 돌아갈 수 없다는 거랑 달라! 마음만 먹으면 원래 살던 곳으로 돌아갈 수 있잖아. 집이 불탔어도 다시 지으면 될 일이고. 그리운 곳에 두 번 다시 돌아갈 수 없다는 의미를 알아? 알고 하는 소리야?"

아이는 난처해하며 스즈를 쳐다보았다.

"똑같은 것 같은데……."

"너는 어려서 모르는 거야."

아이의 볼이 부루퉁해졌다.

"아이고 어른이고 슬프기는 똑같아. 집에 돌아갈 수 없어 괴로운 것도 마찬가지 아냐? 집에 돌아갈 수 없어서 애타는 마음은 이해하지만, 그야 어디에나 있는 일이잖아."

"그러니까 의미가 다르다고 하잖아!"

아이는 더욱 부루퉁한 얼굴을 했다.

"그럼 거기서 맘대로 울고 있어. 미안, 방해해서."

쌀쌀맞게 말하더니 몸을 휙 돌렸다.

—이 세계 사람들은 늘 이렇다. 아무것도 모르는 주제에.

"얄미운 아이네!"

아이는 돌아보지도 않았다.

"넌 이름이 뭐야?"

"세이슈清秀."

아이는 등 너머로 툭 이름을 던졌다.

6 장

001

"요시가 가출했다고요?"

라쿠슌은 털에 덮인 꼬리를 바싹 세웠다. 로쿠타는 그 모습을 흥미진진하게 지켜보며 진정하라고 손짓했다. 다른 자리에서 식사하던 사람들과 요리를 나르는 가게 사람을 흘끔 보며 말했다

"목소리 낮춰."

"아, 죄송합니다."

로쿠타는 씩 웃고 앞으로 흘러내린 천을 귀찮아하며 치웠다. 머리카락을 덮기 위해 머리에 감싼 천 때문에 평범한 아이로 보인다.

"집을 잠깐 나갔대. ……정권을 보내달라기에 그렇게 했지."

"왜 또……."

"그을쎄."

로쿠타는 경단을 입에 넣었다.

"이래저래 무슨 일이 있었겠지. 요전에도 고민하는 눈치였고."

"그러네요."

라쿠슌이 중얼거렸다.

"요시는 성실하니까. 게다가 그곳에는 한술 더 떠 성실하고 고지식한 녀석이 있잖아. 힘을 빼고 마음 편히 먹으라고 한들 그럴 놈들이 아니야."

라쿠슌은 고개를 끄덕이고 젓가락을 고쳐 쥐었지만 아무래도 손이 멈추고 말았다.

"상황을 보러 살짝 가볼까……."

마침 정월을 낀 두 달 동안 대학은 긴 방학이다.

"과보호야."

로쿠타는 야유하듯이 라쿠슌을 보았다. 라쿠슌은 수염을 맥없이 늘어뜨렸다.

"엄마를 데리러 가려는데, 그러는 김에."

라쿠슌의 고국인 교국은 와해했다. 끝내 왕이 붕어했다. 로쿠타는 라쿠슌이 모친을 불러들이겠다고 했던 말을 떠올렸다.

"여러 나라에 대해 알고 싶기도 하고, 경이 어떤지 봐둘까 싶은데요."

"견문을 넓히는 건 좋은 일이지. 그렇지."

로쿠타가 경단 꼬치를 라쿠슌에게 내밀었다.

"엄마 일이라면 내가 손써줄 테니까, 너 유북국에 가보지 않을래?"

"유북국요?"

로쿠타는 고개를 끄덕이고 목소리를 낮추었다.

"요새 유국 연안에 요마가 나와."

"……설마."

"대국에서 흘러오지 않나 하던데, 기울지 않은 나라에 요마는 들어올 수 없는 법이지. 아무래도 수상쩍어."

라쿠슌은 생각에 잠겼다.

"유국의 상태를 잠깐 살피고 오겠다며 일을 내팽개치고 당장에라도 뛰쳐나갈 것 같은 놈이 있어서 말이지. 라쿠슌이 가주면 고맙겠는데."

"……가는 거야 상관없어요."

로쿠타가 환하게 웃었다.

"고마워. 아무래도 느낌이 이상해. 대도 경도 교도 그렇잖아? 게다가 유국까지 그러면 근래 안국 주위에 안정된 나라가 하나도 없다는 소리야."

“정말로 그러네요.”

“만약 유국에 무슨 일이 있다면 조금이라도 빨리 알아두고 싶어. 미안하지만 부탁해. 그 대신 너희 엄마랑 요시는 내가 신경 쓸게.”

라쿠슌은 고개를 끄덕이고, 이어서 동쪽 나라를 생각했다.

“요시라면 걱정하지 마.”

라쿠슌이 로쿠타를 돌아보았다.

“믿어줘. 당연히 한동안은 장난 아니겠지. 그래도 그 녀석이라면 헤쳐나갈 수 있어. 회달懷達이란 말 들어봤어?”

“아뇨.”

“경에 있는 말이야. 남자 왕이 그립다는 거지. 형편없는 여왕이 연달아 나왔으니 무리도 아니지 싶지만. 심지어 나도 여왕인데 괜찮을까 했지 뭐야. 뭐, 그런 걱정일랑 금방 접어버렸지만. 요시는 여자라는 이유로 기량을 의심받고 있어. 하지만 우리만은 믿어주자고.”

씩 웃는 로쿠타를 따라 라쿠슌도 덩달아 웃었다.

“네. ……그러네요.”

영주는 도읍 요천을 중심으로 활처럼 굽어 있다. 영주 북부 북위향은 그 활 끝 부분에 해당하니까, 요천에서 상당히 떨어진 서쪽에 위치한다. 그리고 북위향 동쪽 끝에 있는 도시가 고계다. 사람들은 그 시가지를 북위라 부른다. 강을 하나 건너면 화주和州, 일대에서 가장 큰 도시인 척봉拓峰이 있다.

란교쿠는 북위 바깥에 있는 작은 묘역에서 합장했다. 이가에서 죽은 아이들. 부모를 잃고 이가에 맡겨져 보호받았지만 결국 아이들도 요마에게 살해당했다. 그들의 고통과 공포를 생각하면 보름이 지난 지금도 애달팠다.

란교쿠는 묘역 입구에 매어둔 산양을 끌고 마을로 돌아갔다. 낮 동안 마을 옆 공터에 풀어두었다가 축사로 데리고 돌아가는 참이었다. 란교쿠가 사는 고계 마을은 북위 시가지에 속해 있다. 마침 란교쿠가 걷는 방향에서 보면 북위 시가지에 고계 마을이 혹처럼 붙어 있는 것을 잘 알 수 있다. 란교쿠는 그 모습에 조금 쓸쓸한 기분을 느끼며 차디찬 바람을 헤치고 산양을 끌며 걸었다. 고계 출입문에서 시가지로 들어가 이가로 돌아간다.

이가 뒤쪽으로 돌아가 축사로 가니 마침 게이케이가 저녁에 해야 할 일을 하기 위해 이가의 뒷문에서 달려나오던 참이었다. 옆에 요시의 모습이 보인다.

"어서 와."

게이케이의 높은 목소리가 잘 들린다. 요시는 가볍게 고개를 까딱했다. 란교쿠도 작은 미소로 응답하고 특이한 아이라고 생각했다. 해객이라고 한다. 그 탓일까. 엔호는 이가의 새로운 아이라고 했지만, 실제로는 자신의 손님으로 대접했다.

이는 보통 이재里宰와 여서로 운영된다. 이부를 관장하는 사람이 이재, 그것을 돕는 상담 역이 여서다. 여서는 마을 최고 장로로, 이재가 이사里祠의 제주祭主를 겸하듯이 소학小學의 선생과 이가의 주인을 겸한다. 하지만 엔호는 고계 사람이 아니다. 란교쿠가 물어보니 경국 서쪽 맥주 출신이라고 했다. 하지만 일반적으로는 이재도 여서도 그 마을 사람이 맡는 법이다.

—곰곰이 생각하면 엔호는 이상해.

란교쿠는 그렇게 생각했다. 어떤 경위로 여서가 되었는지는 모른다. 이재는 엔호를 아주 높은 분처럼 대한다. 엔호를 찾는 손님 또한 많았다. 어디 먼 곳에서 며칠이나 걸려 와서는 이가에 묵으며 엔호와 이야기를 나누고 간다. 그 손님이 어떤 인물이고 어째서 엔호를 찾아오는지는 모른다. 란교쿠가 물어보아도 가르쳐주지 않았다. 다만 어느 손님에게나 엔호가 존경받고 있다는 사실만은 알 수 있었다. 그들은 엔호에게 가르침을 얻기 위해 찾아온다. 그런 손님은 반드시 이가 안쪽 손님방에 머문다.

이가는 보통 건물 네 개로 이루어졌다. 그중 하나인 이가에는 고아와 노인이 산다. 하나는 이회里會라 불리는 건물로, 마을 사람들이 모이는 공간이다. 겨울에 돌아온 사람들은 낮에 그곳에 모여 세공품을 만들거나 천을 짠다. 밤에는 이회에서 술잔을 주고받기도 한다. 객청客廳은 이가 사람들이나 마을을 찾아온 손님을 위한 사랑채다. 여기에 딸린 것처럼 정원이 있고, 엔호는 그 정원에 있는 글방에서 하루 대부분을 지낸다. 모든 건물을 돌보고, 모인 사람들이나 손님을 시중드는 것은 이가 사람이 할 일이었다.

요시에게는 그중에서 객청의 방을 내주었다. 엔호가 그렇게 하라고 말했기 때문이다. 이가에서 지내지 않는다면 이가 사람이라고 할 수는 없으리라. 애초에 이가에 사는 사람도 그 마을 주민뿐인데, 요시는 당연히 마을 사람이 아니다.

—이상해.

란교쿠는 산양을 게이케이에게 맡기고 요시와 부엌으로 돌아갔다. 란교쿠의 말대로 바깥 우물에서 물을 길어 와서는 물독에 붓는 요시를 보았다.

요시는 객청의 방을 쓰는 것 말고는 대부분 이가 사람과 똑같이 지내고 있다. 이렇게 부엌일도 돕고 이가 청소도 한다. 란교쿠나 게이케이가 일을 마치고 노는 동안 엔호의 글방을 찾아가 심각하게 이야기를 나누는 것만이 달랐다.

—요시는 해객이니까 이쪽 일을 가르쳐주는 게야.

엔호는 그렇게 말했고, 란교쿠도 그러리라 생각은 하지만.

"왜 그래?"

난데없이 바로 그 요시가 물어서 란교쿠는 화들짝 놀랐다. 어느새 손을 멈춘 채 요시를 빤히 보고 있었던 모양이다.

"아…… 아니. 아무것도 아냐."

그래도 여전히 요시가 의아해하는 얼굴이라서 란교쿠는 터놓고 물어보았다.

"어쩌다 고계에 왔어?"

아아, 하고 요시가 중얼거렸다.

"이쪽에 대해 잘 모르겠다고 했더니 엔호를 소개해준 사람이 있었어. 그래서……."

"엔호는 높은 분이야? 손님도 많이 찾아오던데."

"잘은 몰라. 이야기를 나누다 보면 사리가 밝은 분이구나 싶지만."

"흐응……."

물 긷기가 끝났다기에 채소를 씻어달라고 부탁했다. 요시가 씻은 채소를 썰면서 란교쿠가 물었다.

"……있지, 봉래는 어떤 곳이야?"

어느 노인은 신선의 나라라고 했다. 어떤 괴로움도 비탄도 없는 꿈의 나라라고.

요시는 쓴웃음을 지었다.

"이쪽이랑 그다지 다르지 않아. 재해가 일어나기도 하고 전쟁을 하기도 하고."

"그렇구나……."

마음이 놓이면서도 조금 실망스러웠다.

"나도 하나 물어도 돼?"

요시의 질문에 란교쿠는 손을 멈추었다.

"뭔데?"

"란교쿠라는 건 자字인가?"

"아니. 이름이야."

"이쪽에는 이름이 너무 많아서 복잡해."

요시가 정말로 심각하게 한숨을 쉬어서 란교쿠는 절로 웃고 말았다.

"봉래에는 자가 없구나. 성명은 호적상 이름. 자는 통칭이야. 옛날에는 절대로 호적 이름을 부르지 않았던 모양이고, 고지식한 사람은 지금도 이름으로 불리면 싫어하지만 나는 괜찮아. 성은 소蘇. 어른이 되어 독립하면 씨를 선택해, 보통 씨와 자를 쓰지만 나는 아직 어른이 아니니까."

어른이란 성인을 가리킨다. 스무 살이 되면 나라에서 토지를 받아 자립할 수 있게 된다. 이것을 급전給田이라고 하는데, 급전을 받는 스무 살은 특별히 세는나이로 따진다. 농한기인 정월에 일제히 급전이 이루어지기 때문이다.

요시는 쓴웃음을 지었다.

"나이를 세는 법도 여러 가지라 번거로워."

"평소에는 만으로 세. 부역이 있으니까. 세는나이면 같은 열일곱 살이라도 덩치가 다르잖아?"

납세 의무는 성인이 되어 급전을 받고 나서 지워지지만 부역은 나이를 따지지 않는다. 급할 때에는 열 살 먹은 아이까지 동원되기도 한다. 둑을 쌓고 도랑을 파고, 또는 이나 여를 만들고 운이 나쁘면 전쟁터에 나간다. 병역만은 열여덟 살 미만의 미성년에게 지워지는 일이 적지만 병졸 숫자가 부족하면 역시 징병하는 나이가 내려간다.

"옛날에는 부역도 세는나이로 했나 봐. 아주 오래전이지만."

"흐응……."

"봉래에는 부역이 없니?"

요시는 고개를 가로저었다. 쓴웃음을 짓고 있는 것 같았다.

"없었어. 일 년 내내 부역을 했던 것도 같지만."

"그래?"

"어른은 아침부터 밤늦게까지 일해. 아이는 아침부터 밤늦게까지 공부해. 딱히 강제하는 건 아니지만 남들처럼 하지 않으면 많은 걸 잃고 말아. 그러니까 다들 밤이나 새벽까지 일하지."

"힘들겠다……."

란교쿠가 중얼거렸을 때, 산양을 다 돌본 게이케이가 달려 들어왔다.

"다 했어."

기운차게 말하고서 다음 일을 재촉한다.

"그럼 식탁을 닦고 그릇을 꺼내."

"응."

행주를 들고 달려가는 게이케이를 요시는 실눈을 지으며 바라보았다.

"게이케이는 부지런하고 착한 아이구나."

란교쿠는 단호하게 고개를 끄덕였다.

"그렇지?"

어째 자랑스레 말하는 란교쿠를 보며 요시는 미소를 지었다.

"게이케이는? 이름인가?"

"소자小字야. 어릴 때 부르는 이름이지. 란케이蘭桂가 진짜 이름이고."

요시가 가볍게 웃었다.

"정말로 이쪽은 복잡해."

002

요시는 엔호가 어떤 인물인지 자세히 알지 못했다.

게이키가 알아봐준 곳이 바로 이 이가다. 그는 무척 우수한 교사라면서 엔호에게 가르침을 청하라고 했다. 그 이상은 물어도 알려주지 않았다. 그저 고계라는 이의 여서라는 대답뿐이었다.

엔호에게 미리 이야기를 해두었는지 엔호는 요시가 이가에 도착한 이튿날부터 오후와 저녁 식사 뒤에 글방으로 오라고 했다. 처음 며칠은 잡담을 나누었다. 이어서 요시가 어떤 환경에서 자랐는지 몇 날이고 물었다. 다음으로는 봉래에 대해 물었다. 어떤 나라가 있고 어떻게 생겼고 어떤 산업이 있고 어떻게 다스려지고 있는가. 그곳에 사는 사람들은 무슨 생각을 하고 바라는가.

요시는 엔호와 이야기하고 있으면 깜짝 놀라는 일이 많았다. 고국조차 이렇게 몰랐나 싶어 스스로도 한심해진다.

점심 먹은 그릇을 치우고 회랑을 따라 글방으로 가면서 요시는 한숨을 내쉬었다. 또 문답이 계속될까. 요시가 대답하지 못하는 질문이 나날이 늘어난다.

글방에서 모습이 보이지 않아 뜰을 내다보자 그곳에 있었다. 엔호는 뜰에 면해 있는 정자 같은 다실에 앉아 있었다.

"여기에 계셨습니까."

회랑을 걸어 다실로 가자 엔호는 햇살 속에서 활짝 웃었다.
"오늘은 화창하니 날씨가 좋구나. 그대도 그곳에 앉으시게."
"네."
요시는 순순히 다실 의자에 앉았다.
"요시는 경의 겨울은 처음이겠구먼. 어떠한가?"
"일본이랑 그리 다르지 않은 것 같군요."
엔호가 "흠" 하고 고개를 끄덕였다.
"경은 북쪽 나라보다는 살기에 좋지. 이곳 북위에도 집을 잃고 여관에도 머물지 못한 채 한데서 천과 판자를 두르고 사는 사람이 있네. 하나, 북쪽 나라에서는 한겨울에 노숙하면 열이면 열 얼어 죽어. 논밭의 수확도 적지. 파종만 하면 입에 풀칠할 정도라도 결실을 얻을 수 있는 따뜻한 나라와는 사정이 달라. 겨울에 사람에게 필요한 것은 무어라 생각하시나?"
"따뜻한 집……인가요?"
엔호가 수염을 훑었다.
"그렇군, 봉래 태생이라면 그럴 게야. 아닐세, 집이 아니라 식량이야. 따뜻한 집은 굶은 적 없는 나라에 사는 사람의 의견이지."
요시는 부끄러워하며 고개를 숙였다.
"특히 북방 나라에서는 정말로 심각하네. 여름 가뭄이 조금만 심각해도 가을 수확에 영향이 미치지. 얼마 안 되는 수확에서 조세를 내야 해. 남은 곡물 중에 몇 할은 내년에 또 뿌려야 해. 이것을 먹어버리면 이듬해도 확실하게 굶게 되지. 설령 물자가 있더라도 겨울 동안은 짐을 마음껏 움직이지 못하는 나라도 있네. 굶주려도 땅이 얼어붙어 나무뿌리조차 캘 수 없는 나라도 있지."

"……네."

"이야기해보고 잘 알았네. 그래, 그대가 괴로워할밖에."

요시는 엔호의 옆얼굴을 바라보았다.

"……혹시 시험하신 건가요?"

"아니, 나는 사람을 시험하는 짓은 하지 않아. 문제가 어디에 있는지 확인했을 따름이야. 분명히 그대는 이쪽을 잘 모르지. 이쪽과 저쪽의 차가 너무나 커. 그래서야 어디로 가야 할지 도저히 알 길이 없었겠지."

"네."

요시는 고개를 숙였고, 엔호는 한동안 뜰을 내다보았다.

"나라의 근본은 토지로 이루어져 있지."

엔호가 느닷없이 이야기를 시작했다. 요시는 저도 모르게 자세를 바로 했다.

"모든 백성은 성인이 되면 토지를 받는다. 주어진 토지는 일 부夫, 곧 백 묘畝, 사방이 백 보步씩이네. 구 부를 일 정井으로 삼고, 사방이 일 리씩인 일 정, 곧 구백 묘를 여덟 집이 소유한다.”

“잠깐만요. 단위가…….”

자주 허해를 건너 봉래에 가는 엔키 로쿠타는 저쪽 사정에 밝다. 어쩌다 서적이나 작은 도구 등을 들고 돌아오기도 한다. 로쿠타가 가르쳐준 바로는 일 보가 저쪽 단위로 백삼십오 센티미터인 듯하다.

“일 보가 백삼십오 센티미터, 일 리는 삼백 보니까…….”

계산하는 요시를 보고 엔호는 갑자기 웃었다.

“그런 이상한 생각을 하지 않아도 일 보는 이 규跬라네. 규는 이렇게.”

엔호는 한쪽 다리만 내딛는다.

“반 걸음이 일 규, 두 다리를 양쪽으로 다 내디디면 일 보지.”

“……아아, 그렇군요.”

“길이로 말하면 한 걸음이 일 보, 넓이로 말할 때에는 사방이 일 보씩인 공간을 마찬가지로 일 보라 부르지. 일 척尺은 이렇게.”

엔호는 양손의 손가락을 모으고 손바닥을 나란히 놓았다.

“이 손 넓이가 일 척, 일 척은 십 촌寸쯤 되려나.”

“그렇군요.”

“일 장丈은 대소가 있어서 알기 어렵겠지만 사람 키만 하네.

일 승升이란 양손으로 퍼 올리는 만큼을 기준으로 삼으면 되겠지."

엔호는 그렇게 말하고 "단" 하고 웃었다.

"큰 남자가 일 리라고 하면 일 리보다 멀지. 작은 남자가 일 승이라고 하면 일 승에 조금 부족하다고 생각해야지. 이것을 머릿속에 넣어두면 손해를 보지 않네."

요시가 가볍게 웃었다.

"그렇군요."

"일 부는 곧, 사방이 백 보 길이의 땅이야. 주위를 뚜벅뚜벅 걸어서 사백 보인 게지. 농지로서는 넓은 땅이야. 일 부가 아홉 개면 일 정이라 하지. 이 넓은 땅이 여덟 집에 할당되네. 나라가 백성을 다스릴 때에는 일 정이 최소 단위가 되는 게야."

"여덟 집이 구 부요?"

엔호는 무엇이 궁금한지 알았다는 듯이 미소 지었다.

"일 부는 공유지일세. 여덟 가족의 땅 팔 부, 공유지가 일 부. 공유지 일 부 중에 팔 할은 여덟 집이 공유한 공전公田이란 땅이야. 나머지 이 할에 여가廬家와 밭이 늘어서 있지."

'아아, 그래서였구나.'

요시는 국토의 풍경을 떠올렸다. 농지 안에 흩어져 있는 촌락, 그 촌락은 대부분 건물 수가 똑같았다. 마을이라 부를 만한 숫자는 아니지만 마을인 것처럼 한 덩어리로 보였다.

"묘로 말하면 팔십 묘가 공전, 이십 묘가 여가지. 이십 묘라고 하면?"

"음…… 이천 보지요."

"옳거니. 한 집의 몫은 밭이 이백 보, 집이 오십 보야. 이백 보의 밭이 얼마만 한 크기인지 아나?"

"……모릅니다."

"밭 주위에 과수나무나 뽕나무를 심고, 남은 곳에 밭을 경작하지. 일가 두 사람이 먹고살기는 충분한 정도야. 오십 보짜리 땅에 지은 집은 작지. 방이 두 개, 거실이 하나, 부엌 하나가 고작이야. 그대가 태어난 나라의 단위로 말하면 투엘디케이지."

요시가 키득거리며 웃었다.

"2LDK네요."

엔호 또한 쿡쿡 웃는다.

"일가는 보통 둘로 치지. 두 사람이 충분히 먹을 수 있을 논과 밭과 집, 이것이 여덟 가구 모여 여를 이루네. 여가 세 개 모여 이를 이루지. 이는 행정상 말단의 단위야. 여덟 집의 여가 세 개니 스물네 가구, 여기에 이가를 더해 스물다섯 가구지."

"이에도 집을 받죠?"

"그렇지. 여는 논밭 안에 있으니 농한기에 있어도 볼일이 없지. 그래서 겨울에는 스물네 집이 이로 돌아오는 게야."

요시는 미소 짓고 잠시 귀를 기울였다. 넓은 이가 바깥에서 떠들썩한 목소리가 들린다. 여자들이 모여 실을 잣거나 베틀을 돌리는 방, 남자들이 모여 멍석을 짜거나 바구니를 만드는 방. 여에 나가 있던 동안 있었던 일을 떠드는 목소리.

"어쨌거나 기본이 되는 것은 사방이 일 리씩인 일 정의 땅일세. 그래서 이를 정전법井田法이라 하지."

요시가 한숨을 내쉬었다.

"『태강』 토지 편에 적혀 있는 내용이 이것이었군요……."

엔호가 "응?" 하고 하얀 눈썹을 치켰다.

"저는 글을 거의 읽지 못해요."

한문이기 때문이다. 구두점이나 주석도 달려 있지 않다. 게다가 영문 모를 말이 많고 일본어로 풀이한 옥편도 존재하지 않는다. 요시의 한문 독해 능력으로는 확실히 말해서 감당하기 벅차다. 게이키가 읽으라고 해서 읽으려고 노력은 해보았지만 솔직히 통 알 수 없었다.

"어차피 말을 알아들을 수 있게 해줄 거면 문장도 읽을 수 있게 해주면 좋을 텐데……."

요시가 한숨을 쉬자 엔호는 큰 소리로 웃었다.

"그래, 잘 기억해두어라. 사람은 성실하게 일만 하면 어쨌거나 탈없이 살 수 있을 만한 것을 가지고 있어."

요시는 움찔하며 자세를 똑바로 했다.

"최소한의 땅이 있고 최소한의 집이 있지. 제대로 일하고 자연재해나 재난이 없으면 평생 굶을 일은 없지. 백성은 모두 최소한의 것을 나라에서 받았어. 그러니 정말로 평생 무탈하게 살 수 있을지 없을지는 자신의 부지런함에 달려 있는 게야."

"재해가 생기면요?"

"그대가 생각해야 하는 부분이 그 점이네. 백성의 모든 것을 짊어지고 있다는 생각은 버려. 그대가 해야 할 일은 물을 다스리고, 땅을 고르고, 스스로를 통제해 조금이라도 오래 사는 것이지."

"그럴까요……."

"사실 그대가 해야 할 일은 한정되어 있어. 가뭄에 대비해 저수지를 파고 수로를 정비한다. 수해에 대비해 둑을 쌓고 강을 정비한다. 기근에 대비해 곡물을 비축한다. 요마에 대비해 병사를 정비한다. 복잡한 일은 법을 정비하는 정도일까. 자, 이걸로 끝이네. 게다가 이 중 대부분은 관리가 해야 할 일이지 그대가 해야 할 일이 아니야. 그런데…… 여기에 무슨 고민이라도 있는가?"

요시가 웃었다.

"……그러게요."

"나라를 풍요롭게 만들겠다는 쓸데없는 생각은 나중에 해도 되네. 우선 나라를 어지럽히지 않는 것만 생각하시게."

요시는 한숨을 내쉬었다. 어쩐지 이제야 어깨의 짐을 내린 기분이었다.

"감사합니다."

003

"돌아가는 길이 더 빨라요? 왜요?"

스즈는 갑판에서 바람을 쐬다 아이 목소리를 듣고 얼굴을 찌푸렸다.

"계절상 북동쪽에서 바람이 부니까. 조류도 북쪽에서 남쪽으로 흘러가. 그러니까 돌아가는 길은 훨씬 빠르지."

"와."

돌아보니 뱃사공 옆에 걸터앉아 있는 세이슈가 보였다.

"배는 재미있구나. 나, 뱃사람이나 될까."

"그거 좋지."

뱃사공이 맞장구치며 웃었다.

주국에서 경국 남동부에 있는 항구까지는 보름 가까이 걸리는 뱃길이다. 이미 여정의 절반을 마쳤다. 승선한 사람이 많지 않아서 대부분 안면을 텄다. 그중에서 가장 어린 아이가 세이슈다. 누구에게나 겁없이 말을 걸고 제법 재치 있는 소리를 해서 영특하다며 뱃사람들한테까지 귀여움을 받고 있다. 스즈는 그 모습을 울컥하며 보고 있었다.

—그야 아이니까 아무것도 모르는 것은 하는 수 없지만.

그토록 괴로웠던 일을, 고향에서 영원히 멀어져버린 것을 흔히 있을 수 일이라고 하면 부아가 치민다.

—흔하다고? 이 세상에 해객이 몇 명이나 있다는 거야.

스즈는 등을 홱 돌려 선실로 들어갔다.

선실에는 기름 냄새가 가득했다. 처음에는 넌더리를 쳤지만 벌써 익숙해셨나. 그래도 오랫동안 선실에 있으면 흔들림과 냄새로 속이 울렁거린다. 그 탓인지 화창한 날에는 대부분 갑판에 나와 있다. 선실로 돌아가자 스즈 혼자였다.

선실은 넓기만 한 방이 두 개. 그곳에 모두 뒤섞여 잔다. 여자 방과 남자 방으로 나뉘어 있긴 하지만 그것도 지금 승객이 적은 덕분이었다.

스즈는 바닥에 주저앉아 이유 없이 한숨을 내쉬었다. 뒤에서 지긋지긋한 목소리가 말을 걸었다.

"누나, 일일이 나 노려보는 거 그만둬."

스즈는 돌아보지 않았다. 볼일이 있는 척하며 짐을 끌고 와서 행낭을 펼쳤다.

"무슨 소리야?"

"뱃사공 아저씨한테 혼났잖아. 내가 장난이라도 쳤느냐고."

"그러니?"

"저기 말이야."

가벼운 발소리가 다가오더니 스즈 옆에 세이슈가 앉는다.

"왜 그렇게 화났어?"

"딱히 화나지 않았어."

"유치하기는……."

호들갑스러운 한숨 소리에 스즈는 세이슈를 쳐다보았다.

"나는 어른이니까 화 같은 것 안 내. 아이가 하는 일에 화내보았자 소용없으니까."

세이슈는 스즈의 얼굴을 잠시 빤히 응시했다.

"뭐야?"

"누나는 착하게 생겼으면서 심보는 꽤나 고약하구나."

스즈는 반사적으로 세이슈의 얼굴을 쏘아보았다.

"그게 무슨 말이야."

"그런 말 들은 적 없어? 누나 엄청 짜증나는 인간이야."

화내면 지는 거라고 생각하면서도 스즈는 머리에 피가 끓어오르는 것을 막을 수 없었다.

"친구 없지? 사람들한테 미움받지 않았어?"

그 말이 스즈의 속을 후볐다. 정신이 들고 보니 손을 뻗어 세이슈를 때리고 있었다.

"네가 뭘 알아!"

리요, 고코. 다들 스즈를 싫어한다. 차갑게 대한다.

세이슈는 얼이 빠져 눈을 휘둥그렇게 뜨더니 웃었다.

"뭐야, 역시 그랬구나."

"나가!"

"사람은 진실을 들으면 화내지."

"……나가."

"누구든 마찬가지라고 한 말이 그렇게 거슬렸어? 나는 틀린 소리 하지 않았어. 집으로 돌아가지 못하는 사람은 많아. 다들 괴롭지. 누나만 특별히 괴로운 게 아니야. 그런 것도 모르니까 미움받는 거라고."

"뭐야, 너 같은 애 진짜 싫어!"

스즈는 참지 못하고 울음을 터뜨렸다.

사실이니까 마음이 아리다. 이 세상에서 만난 모든 이가 스즈를 좋아하지 않았다. 누구 한 사람 이해해주지 않았다. 동정조차 해주지 않았다.

—어째서?

"어째서 다들 나한테 모질게 대하는 거야? 동주님도 너도 어째서 나를 괴롭히는 거야? 내가 무슨 짓을 했다고 그래!"

"동주님이라니."

"재국의 취미동 동주님 말이야."

스즈는 마구 쏟아냈다. 리요가 얼마나 끔찍한 주인인지. 얼마나 괴롭고 얼마나 힘들게 견뎌왔는지. 채왕의 도움을 받아 이제 살았다고 생각했건만 쫓겨났다. 이런 어린아이에게 말해도 어쩔 도리도 없는 이야기였다.

"하는 수 없네. 누나는 나보다 어린애 같아."

"……뭐야."

"누나는 자신이 좋아?"

"뭐?"

스즈는 눈을 동그랗게 떴다.

"자신을 좋은 녀석이라고 생각해?"

"별로 좋아하지 않아……."

이런 볼품없는 자신 따위.

"그러면 남이 누나를 싫어하는 게 당연하다고 생각하지 않아?

어차피 인간은 자신이 첫째고, 자신한테 무른 생물이잖아?"

스즈는 입이 떡 벌어졌다.

"그런 자신조차 좋아하지 못할 인간을 남에게 좋아해달라고 하다니 엄청 뻔뻔하지 않아?"

"그런 뜻이……."

스즈는 허둥지둥 말을 덧붙였다.

"그런 뜻으로 한 소리가 아니야. 물론 좋아하지. 당연하잖아. 하지만 아무도 그렇게 말해주지 않는걸. 아무도 좋아해주지 않는 나는 싫다는 뜻이야."

"그래서? 그럼 좋아해주지 않는 상대가 잘못이야? 그러니까 태도를 고쳐먹고 좋아하라고? 그건 더 뻔뻔해. 그러니까 미움받는 거야. 이상, 끝."

"나는……."

스즈는 양손을 꼭 쥐었다.

"너는 몰라! 나는 해객이라고……! 나는 해객이라서 이쪽 사람이랑은 달라! 그래서 영문도 없이 모두 나를 미워하는 거야!"

"나, 누나 같은 사람이 정말 싫어."

세이슈가 한숨을 쉬었다.

"나는 그런 거 싫어. 남보다 불행한 구석을 찾아서 전부 그 탓으로 돌리며 태평하게 사는 거 말이야."

스즈는 신음했다. 머리에 피도 안 마른 이 아이가 어지러울 정도로 얄미웠다.

“웃기지도 않아. 누나는 그저 남보다 불행한 걸 자랑하고 싶을 뿐이잖아. 그리 불행하지 않아도 억지로 불행한 것처럼 꾸미지, 그런 녀석들은.”

“너무해, 너무해! 어째서 그렇게까지 말하는 건데? 나는 이렇게 힘든데!”

“힘든 일이 있으면 대단한 거야? 괴로운 일을 참고 있으면 대단한 거야? 나라면 고통에서 벗어나기 위해 행동할 거야.”

세이슈가 고개를 갸우뚱 기울였다.

“해객이 아니면 괴롭지 않아? 누나는 신선이고 병도 걸리지 않는데다 나이도 들지 않잖아? 병으로 괴로워하는 사람한테 가서 그렇게 말할 수 있어? 신선이라면 먹는 데 곤란할 일도 없잖아. 당장에라도 굶어 죽을 것 같은 사람한테 가서 자신이 가장 불행하다고 말할 수 있어?”

“너한테 그딴 소리 듣고 싶지 않아. 너는 다 가지고 있으니까 그렇게 말할 수 있는 거야.”

“내가 다 가지고 있어?”

“이쪽에서 나고 자라서 가족에게 둘러싸여 돌아갈 집이 있고.”

“나는 집이 없어.”

“뭐?”

스즈가 눈을 동그랗게 떴다.

“나는 교국에 살았어. 집은커녕 마을이 통째로 없어졌어.”

세이슈는 그렇게 말하고서 무릎을 끌어안았다.

“허해 근처였는데, 절벽이 무너져서 전부 바닷속에 가라앉았어. 마을에 살던 사람 전부가 그렇게 되었으니 나 혼자 꿍얼거려도 소용없지만.”

세이슈는 웃었다.

“집에 남아 있던 할머니나 어린애는 전부 죽어버렸어. 목숨이 붙어 있는 것만도 다행이지.”

스즈는 할말을 잃었다. 처음에 경에 떠밀려 왔을 때 자신을 거둔 바닷가 마을을 떠올렸다. 절벽가에 매달리듯 있던 마을. 그런 절벽이 무너서시…….

“그런 사람은 교에 가면 잔뜩 있어. 나라님이 죽었으니까. 태보도 죽었으니 다음 왕이 즉위하기까지는 오래 걸리겠지. 다들 교에서 도망쳤어. 다음 왕이 언제 오를지 모르지만 그때까지는 돌아갈 수 없어. 어쩌면 두 번 다시 돌아갈 수 없을지도 몰라.”

“하지만…….”

“내가 살던 마을은 주의 국경이랑 가까웠어. 도망칠 수 있었던 것만으로 운이 좋았지. 앞으로 교는 점점 더 황폐해지겠지. 조만간 도망치려 해도 도망칠 수조차 없어질 거야."

"좋아서 도망친 거잖아."

"도망치고 싶었던 사람은 없어. 내가 살던 집이 제일인걸. 많은 사람이 도망쳐서 국경에는 긴 줄이 생겼어. 요마가 나와 많이들 잡아먹혔어. 그 사람들은 돌아갈 집이 남아 있어도 두 번 다시 돌아갈 수 없어……."

세이슈는 불쑥 중얼거렸다.

"아빠도 돌아오지 못해……."

"……엄마는?"

"돌아가셨어."

세이슈는 난처한 듯이 웃었다.

"함께 배를 타고 경으로 가려고 했어. 그런데 배가 항구를 출발하기 전에 죽었어. 그래서 엄마 몫으로 아저씨를 태워준 거야."

세이슈와 함께 탄 사람은 초라한 중년 남자였다.

"아저씨도 교국 사람이래. 맨몸으로 도망치는 바람에 배에 타려고 해도 돈이 없었어."

"주로 도망쳤으면서 어째서 경으로 가는 거야?"

주는 열두 나라 중에서 가장 풍요로운 나라다.

“우리는 원래 경의 백성이니까.”

“경이라고?”

“경의 임금님이, 지금 임금님 전 임금님 말이야. 그 임금님이 즉위하기 전에 나라가 아주 엉망이라 내가 어릴 때 교로 도망쳤어. 그래서 간신히 정착한 마을이 그렇게 된 거야. 경에 새로운 임금님이 오르셨으니 엄마가 경으로 돌아가겠다고 해서.”

세이슈는 말하고서 한숨을 내쉬었다.

“엄마도 아빠도 운이 없었어. 결국 고생만 하다 돌아가셨어…….”

스즈는 울컥해서 세이슈를 노려보았다.

“우리 부모님도 고생만 했어. 집이 가난해서 입에 풀칠할 것도 없었어. 흉작이 들어 결국 나는 종살이를 하러 팔려 갔지. 집에서 쫓겨난 거야.”

“흐응. 디 함께 죽는 것보다는 낫잖아?”

“너는 다 가지고 있으니까 그런 말을 할 수 있지. 그야 좋은 부모님이었겠지. 우리 엄마, 아빠는 아이를 팔아버리는 부모였는걸.”

“응, 좋은 부모님이었어. 그래도 홀로 남겨지면 쓸쓸해.”

“외톨이기는 나도 마찬가지야. 너는 운이 좋아. 마지막까지 가족과 함께할 수 있었잖아. 나는 그 뒤로 가족을 만나지 못했어. 두 번 다시 만날 수 없어. 저쪽이 지금 어떻게 되었는지 모르겠지만 부모님은 분명히 벌써 돌아가셨을 거야."

"그러니까 나도 똑같다니까."

"똑같지 않아. 임종을 지킨 것만으로 너는 행복한 거야. 나는 두 분을 돌보지도 못했어."

"엄마는 그랬지.아빠는 요마에게 먹혔는걸. 그런 마지막 모습은 별로 보고 싶지 않았어."

"그래도 마지막까지 곁에 있을 수 있었던 것만으로 더 나아! 나는 아무리 비참한 마지막이라도 지켜드리고 싶었어. 마지막까지 곁에서……."

세이슈가 고개를 갸웃거렸다.

"누나, 지금 자신을 억지로 불행하게 만들었지?"

"뭐?"

"너무한 사람은 누나야. 자신의 아버지가 눈앞에서 요마에게 찢겨서 먹히는 모습을 보는 거랑 보지 못한 거랑 어느 쪽이 더 나을지는 알고도 남을 이야기잖아? 나는 보고 싶지 않았어. 달려갈 수도 없고, 이제 글렀다고 자신을 설득하며 도망쳐야만 했다고! 아빠는 무덤조차 없어. 장례도 치르지 못했어. 정말로 그게 더 나아?"

스즈는 당황해서 입을 가렸다.

"나는……."

"누가 누구보다 괴롭다는 말은 거짓말이야. 누구든 마찬가지로 힘들어. 삶이 괴롭지 않은 녀석이 있다면 보고 싶어, 나는."

"미안, 내가……."

스즈는 창피해서 고개를 숙였다. 이런 어린아이가 눈앞에서 부친의 무참한 몰골을 보는 것이 나을 리가 없다.

"정말로 괴롭다면 사람은 그곳에서 벗어나기 위해 안간힘을 다하게 되어 있어. 그럴 마음이 들지 않는다는 건 누나가 사실은 벗어나고 싶을 만큼 괴롭지 않다는 증거야."

"하지만……."

"말을 모르는 게 죽을 각오로 애써도 어쩌지 못할 일이야?"

"그건……."

"그러면 이야기는 간단하잖아. 누나는 죽자사자 애쓸 정도로 괴롭지 않았던 거야. 기분 좋게 불행에 취해 있는 녀석을 동정할 사람은 없어. 다들 자신이 사는 데 정신이 없으니까. 나도 힘든데 옆에서 동정해달라고 말하는 사람이 있으면 싫증나지. 당연하잖아?"

—그래서였을까. 그래서 다들 내게 모질게 대한 것일까.

리요나 고코의 삶이 괴로울 것 같은 생각은 도저히 들지 않았다.

"있지."

그렇게 물으려고 고개를 들었다가 세이슈가 무릎 위에 얼굴을 묻고 있는 것을 알았다.

"……왜 그래?"

"누나가 너무 어린애 같아서 머리가 욱신거려."

건방지다니까. 스즈는 세이슈를 가볍게 노려보다 소년의 이마에 밴 비지땀을 발견했다.

"정말로 아픈 거야? ……왜 그래. 괜찮아?"

"괜찮아……."

세이슈가 벌렁 누웠다. 얼굴이 흙빛이었다.

"잠깐만 기다려. 다른 사람을……."

"됐어. 자면 나아. 익숙해."

스즈가 그 얼굴을 들여다보았다.

"늘 그러니?"

"응. 가끔 상처가 아플 뿐이야."

"상처?"

"요마에게 퍽 하고 당했어. 뒤통수. 그때 상처가 가끔 아파."

"저런."

"괜찮대도. 자는 동안 나으니까……."

스즈는 허둥지둥 덧옷을 가져와 세이슈에게 걸쳐주었다.

004

쇼케이는 천관 중에 궁중 건물을 관리하는 장사掌舍 밑으로 배속되었다. 정확하게는 장사의 하급 관리가 부리는 종이다.

쇼케이의 아침은 동트기 전에 시작된다. 아직 새벽빛조차 보이지 않은 무렵에 일어나 모든 가구의 먼지를 터는 것부터 하루가 시작된다. 창문 유리를 닦고, 바닥에는 물을 뿌리고 짚으로 광을 낸 다음 다시 물로 헹궈 왕과 관리들이 일어나기 전에 완전히 닦아 말려야 한다.

왕과 제관이 정무에 들어가면 정원을 정리한다. 잡초를 솎아내고 포석을 반들반들하게 청소한 뒤 역시나 집무를 마친 고관이 각부를 퇴출하기 전에 완전히 말려두어야 했다. 왕이나 제관이 퇴출한 장소를 쫓듯이 정리하고 청소에 쓴 대량의 걸레를 빨고 저녁을 먹으면 일찍 잠자리에 드는 것이 전부다.

그렇게 바닥이나 포석에 물을 뿌리고 닦는 동안에도 왕이나 관료가 지나가면 물웅덩이에 평복해야 했다. 바닥에 웅크리고 일하거나 엎드려서 사람이 지나기를 기다리거나 청소를 위한 걸레가 산더미처럼 쌓인 바구니를 짊어지고 걸었다. 여기가 더럽다는 이야기를 들으면 뛰어가서 평복하고 얼룩을 지운다.

왕궁 한쪽에 있는 숙소에서 지내고, 입을 옷도 받고 굶주릴 일도 없다. 공의 겨울은 방의 겨울보다도 지내기 편하고 운해 위는 하계에 비하면 한층 살기 좋았다. 하지만 쇼케이는 방의 한촌에 살던 무렵보다 더욱 비참했다.

다른 여종들은 궁중에서 일하는 것을 긍지로 여겼지만 쇼케이는 도저히 그런 마음이 들지 않았다. 삼 년 전까지는 반들거리는 바닥을 걸었고, 사람들이 고개를 조아리던 이는 자신이었다. 같은 궁중에 있으면서 바닥에 이마를 붙인 자신의 비참함.

공왕 슈쇼는 철저하게 쇼케이를 무시했다. 처음 온 그날 이후 말을 건 적은 한 번도 없었다. 쇼케이는 그저 바닥에 납작 엎드려서 시야 끝에 아름다운 비단 옷자락이, 그윽하게 풍기는 향기와 옥패가 흔들리는 맑은 음색과 함께 지나가는 모습을 지켜보는 수밖에 없었다.

—모든 것이 일찍이 내 손안에 있었던 것이건만.

"이딴 거……."

쇼케이는 가구를 닦던 걸레를 두고 꽃비녀를 잡았다. 대국에서 생산한 연홍옥軟紅玉. 다홍색 투명한 옥 한 덩어리를 조각한 모란. 손가락으로 부러뜨릴 수 있을 것 같은 얇은 꽃잎이 몇 겹으로 겹쳐져 멋진 꽃을 피웠다.

"얼마든지 있었어. 관리가 앞다투어 나한테 받쳤어."

어고(궁중의 곳간) 속에 있었다. 그 방 하나, 가지런히 줄지은 선반에 천으로 감싼 장신구가 늘어서 있었다.

—그 물건들은 어찌되었을까. 지금도 어고 안에 잠들어 있겠지. 천으로 감싸인 채 주인을 잃고 손질만 받으면서 다음 왕을 기다리고 있을 것이다. 왕후나 공주의 머리카락에 장식되기를 기다리고 있다. 그렇게 계승된 물건이 어고 안에는 넘치도록 있었다.

—아니면 여왕인가.

쇼케이는 꽃비녀를 바닥에 내던지고 싶은 충동을 느꼈다.

—공왕. 그리고 경왕.

지금 이 세상에 그 행복을 만끽하고 있는 자가 있다. 쇼케이는 그저 왕의 딸이었다는 이유만으로 이토록 힘들게 살고 있는데.

"어차피 끝은 찾아와……."

—어느 왕이고 반드시 끝이 있다. 왕궁 바닥에 유해가 구를 날이 온다.

자신을 다독이려 타일러도 조금도 위안이 되지 않았다.

공왕이나 경왕이 유해가 되는 날이 오기 전에 쇼케이의 생이 끝나리라.

"끝났니?"

느닷없는 목소리에 쇼케이는 화들짝 놀랐다. 장사의 여종을 감독하는 노파가 쇼케이를 지켜보고 있었다.

"아, 네."

"그러면 얼른 다음 방으로 가. 서둘러 마치지 않으면 저녁 식사 전에 못 끝내."

"죄송합니다."

쇼케이는 허둥지둥 꽃비녀를 천으로 감쌌다. 노파는 갑자기 웃었다.

"젊은 애를 여기에 들인 게 잘못이었나. 마음은 알지만 어물에 손대면 안 돼. 만약 물건이 비었다가는 큰 소동이 날 게야."

"네……."

쇼케이는 꽃비녀를 선반에 돌려놓았다.

"이런 비녀를 머리에 꽂아보고 싶겠지. 나 같은 것도 미인으로 보이지 않을까 싶고 말이야. 나도 젊을 때는 그런 생각에 남몰래 꽂아본 적이 있어."

쇼케이는 깊이 주름진 얼굴을 보았다. 나이든 여자가 웃는다.

"그러고는 어찌나 실망스럽던지. 우리 같은 사람에게는 어울리지 않아. 비단 어의도 그렇지. 이건 진주 같은 새하얀 피부가 아니면 어울리지 않은 물건이야. 허수아비에 꽃을 꽂은 것 같은 꼴이라 스스로도 한심하기도 하고 우습기도 하고."

쇼케이는 걸레를 손에 들고 꼭 쥐었다.

"우리에게는 부지런한 팔다리가 있어. 다부진 몸과 성실한 기질이 있지. 작위도 없거니와 꽃비녀도 없지만 꾸미지 않아도 돋보이는 건강한 몸이 있어. 그런 물건에 마음 쓰지 말렴."

나는 다르다. 목구멍까지 올라온 말을 쇼케이는 간신히 삼켰다. 늙은 여자는 쇼케이의 속마음도 모르고 웃는다.

"덤으로 너에게는 젊음이 있지. 그리고 아주 미인이야. 자신에게 주어진 것을 소중히 하렴. 시시한 것을 부러워하며 아까운 기량을 망치지 마. 자, 여기를 다 치웠으면 안쪽 방으로 가렴."

쇼케이는 고개를 숙이고 도망치듯 방을 나왔다. 안쪽 방으로 들어가 문을 닫고 한동안 그곳에서 어깨를 들썩였다.

응준의 보석.

진주 같은 피부, 동트기 전의 쪽빛 같은 머리카락, 꽃 같은 자줏빛 눈동자. 칭송하는 말들이 파도가 되어 끊임없이 쇼케이에게 밀려왔다. 모든 것을 잃었다. 쇼케이와 관계없는 일 때문에.

"이딴 것쯤 얼마든지 가지고 있었어……."

쇼케이는 중얼거리고서 선반으로 다가갔다. 육복(왕후의 옷)과 장식을 보관하는 방이다. 제사에 쓰는 여왕, 왕후, 공주의 화려한 예복과 모습을 꾸미기 위한 물품들.

봉황의 날개를 수놓은 옷, 양귀비 씨앗만 한 흑진주를 투각한 것처럼 엮어 오동나무 가지에 내려앉은 봉황을 표현한 봉관鳳冠. 옥이라면 대국의 옥천에서 얼마든지 채취할 수 있다. 진짜 값비

싼 것은 남쪽 바다, 적해 남쪽에서 수확한 진주다.

전부 잃어버렸다. 쇼케이의 것이었던 아름다운 물건들은 어고 안에서 다음 왕을 기다리고 있다.

"그건 내 거야."

쇼케이에게 맞춰 만들었다며 신하가 헌상한 물건. 그것을 어찌하여 눈앞에서 다음 여왕에게 주어야 하나. 쇼케이는 다음 봉왕이 여왕이라고 확신했다.

—틀림없이 여왕이다. 경왕처럼 쇼케이 또래일 것이다.

아주 조금 운이 좋았던 소녀가 한때 쇼케이의 것이었던 모든 것을 빼앗는다. 쇼케이가 여기서 바닥을 기며 괴로운 노동에 쫓기는 동안, 즐겁고 행복한 일 하나 없이 쭈글쭈글 늙어가는 동안 그 물건으로 몸을 치장한다.

—용서할 수 없어.

쇼케이가 잃어버린 모든 것을 얻은 경왕. 바로 얼마 전까지 평범한 계집애에 지나지 않았던 소녀. 그런데 기린의 선정을 받아 쇼케이가 잃어버린 것을 손에 넣었다. 평범한 여자아이는 영원히 손에 넣을 리 없던 것을.

쇼케이처럼 그것을 잃는 날이 올 줄은 꿈도 꾸지 못한 채, 지금쯤 경의 왕궁에서 기뻐서 어쩔 줄 몰라 하고 있겠지. 셀 수 없이 많은 의상을 입어보기 바쁘고, 꽃비녀를 머리에 꽂아보기 바뻘 것이다.

—빼앗고 싶다.

쇼케이가 잃어버린 것을 그 여자에게서 되찾고 싶다.

쇼케이는 문득 손에 든 봉관을 머리에 얹었다. 방 한쪽 큰 거울의 천을 들어올려 들여다보았다.

—아직 어울려.

의상을 제대로 갖추고 머리카락을 깔끔하게 땋아 올린다면.

—이것을 경왕에게서 빼앗으면 어떨까.

찬탈.

부모를 죽이고 쇼케이를 비참한 처지로 떨어뜨린 증오스러운 남자, 겟케이에게 허락된다면 쇼케이에게도 허락되어야 마땅하다.

쇼케이는 공왕의 거처 쪽을 잠깐 살폈다. 그 꼬마 계집애한테서 빼앗아줄까 싶었지만 경왕이 아니면 마음속이 후련하지 않다.

"경왕에게서 옥좌를 빼앗는다……."

그러고 나서 공왕에게 화사하게 웃어주러 오는 것이다. 겟케이에게 허락한 것을 나에게도 내놓으라고. 그래야지만 체증이 가실 것 같다.

쇼케이는 봉관을 벗고 조심히 천으로 감싸 선반에 돌려놓았다. 대신에 선반을 물색해 작은 장식 몇 가지, 허리띠를 몇 개 꺼내 걸레가 산더미처럼 쌓인 바구니 속에 숨겼다. 이 물건을 부수어 옥을 팔면 경까지 여비는 충분하다.

물론 들킬 것이다. 이 물건들은 사구司裘가 담당한다. 사구의 하관이 날마다 어물의 먼지를 털고 닦는다. 하지만 그것은 내일 이야기. 오늘 그들의 일은 벌써 끝났다.

선반 물건의 위치를 조심스레 움직여 그곳에서 물건이 사라진 공백을 채웠다. 시치미 뗀 얼굴로 걸레를 빨고 밥을 먹었다. 여종 네 명이 함께 쓰는 방으로 돌아가 잠든 척 밤이 깊기를 기다렸다.

늦은 밤, 쇼케이는 바구니를 짊어지고 금문으로 향했다. 문지기에게 말을 걸어 실수를 한 벌로 안장을 닦으라고 주상께 명령받았다고 하자 수상쩍어하면서도 통과시켜주었다.

금문으로는 하늘을 나는 짐승을 타야만 나갈 수 있다. 금문 바깥의 마구간에 기수가 있지만 일개 여종이 탈 수 있을 리가 없다. 하지만 쇼케이는 일개 여종이 아니다.

마구간에 들어가 길량을 보고는 재빨리 안장을 얹었다.

“나도 내 길량이 있었어.”

생긋 웃으며 마구간 문을 활짝 연다. 달려나오는 문지기를 비웃으며 길량을 타고 가볍게 날아올랐다.

"어이가 없어서……."

슈쇼는 의자에 털썩 앉았다. 문지기의 제지를 무시하고 기수를 타고 금문을 뛰쳐나간 여종이 있다고 한다. 조사해보니 방국에서 떠맡은 공주 쇼케이였다. 게다가 어고에서 물품 몇 가지가 사라졌다.

"대담한 짓을 했네……."

우아하고 아름답기보다 소박하고 말수가 적을 듯한 인상이 강한 기린은 난처한 듯이 입을 열었다.

"그래서 공주에 대한 처사가 심하다고 말씀드린 것입니다."

슈쇼는 심복을 향해 생긋 웃으며 보였다.

"저기 말이지, 어떤 사정이 있든 법을 어기면 죄라고 부르는 거야. 알겠어?"

"죄로 내몬 사람이 누구인지 그것을 생각하여주십시오."

슈쇼는 "그러네" 하고 미소 지었다.

"교키, 이리 와."

웃는 얼굴로 불러서 곁으로 다가가자 몸을 숙이라고 손짓한다. 교키는 얌전히 무릎을 꿇고 영원히 어린 모습일 주인의 얼굴을 우러러보았다. 그런 교키의 뺨으로 날아온 것은 손바닥. 옆에 있던 하관이 몸을 움츠릴 만한 소리가 났다.

한 나라의 재보에게 손찌검한 슈쇼는 태연했다. 아픈 듯이 손을 호호 분다.

"……나는 안국의 태보처럼 작은 기린을 원했어. 때려눕히고 싶을 때에 손이 닿지 않는다니 열받아."

"주상."

"저기 말이야."

슈쇼는 싱긋 미소 짓는다.

"당연히 쇼케이는 화가 났을 거야. 그렇게 자존심이 세면 여종의 삶이 치욕스러웠겠지? 그렇지 않으면 의미가 없어. 나는 쇼케이를 괴롭혀주고 싶었으니까."

"주상!"

"일국의 공주가 여종이 되어 아침부터 밤까지 일거리에 파묻혀 남에게 평복하며 살았으니 물건을 훔쳐 도망쳐도 어쩔 수 없어? 기린의 연민은 이러니까 우스운 거야."

슈쇼는 고개를 휙 들고 움찔하며 눈을 내리뜬 하관들을 둘러보았다.

"어째서 너희 기린은 연민이 다른 여종이나 하관처럼 성실하고 정직하게 산 사람들에게는 모욕이 된다는 것을 몰라?"

고개를 축 떨어뜨린 남자를 슈쇼는 내려다보았다.

"일국의 왕족보다도 풍족하게 사는 사람은 없어. 내가 여종보다 풍족한 생활을 누리는 이유는 그들보다 무거운 책임을 짊어졌기 때문이야. 그러니까 내가 비단에 감싸여 살더라도 여종들은 용인해주는 거지. 고개를 숙여주는 거야. 그렇지 않다면 바로 봉왕처럼 목이 잘리겠지. 내 말 틀렸어?"

"……아닙니다."

"쇼케이는 그 책임을 깨닫지 못했어. 책임을 다하지 않았어. 들일은 힘들고 청소는 고되서 싫다고 떼를 부리며 도망치는 사람을 용인하는 것은 그런 일을 성실하게 완수한 사람에 대한 모욕이야. 똑같이 아침부터 밤까지 일하면서 도둑질도 하지 않고 도망도 치지 않은 사람과 똑같이 취급한다면 그들의 성의는 어디로 가야 하지?"

고개를 축 늘어뜨린 기린을 슈쇼는 한숨을 내쉬며 내려다보았다.

"그런 생물이라는 것은 알지만 동정할 상대를 틀리지 마. 멍청하기 짝이 없는 정을 흘리고 다닐 바에야 묘지기로 삼아줄 테니까. 장례식에는 둘도 없는 인재지. 옆에서 기린이 함께 울어주면 유족도 조금은 위안을 받을 테니까."

"죄송합니다……."

슈쇼는 하관을 불렀다.

"왕사를 보내 쇼케이를 쫓아. 범과 유에도 연락해서 죄인이 도망쳐 오면 잡아서 넘겨달라고 해."

"알겠습니다."

슈쇼는 평복한 장사의 우두머리 여종을 보았다.

"고개를 들어. 너희의 일에 유혹이 무척 많다는 것을 잘 알았어. 유혹에 넘어갈 뻔한 적도 있었을 텐데 용케 견뎌주었구나."

"그 무슨…… 아닙니다. 제 감독이 미치지 못하여……."

"이 일에 그대 탓은 조금도 없어. 오늘까지 성실하게 일해주어 무척 감사하고 있어. 앞으로도 잘 부탁해."

"……주상."

감격에 찬 모습의 노파를 보면서 교키는 볼을 살며시 어루만지며 한숨을 내쉬었다.

7 장

001

“도읍이 있는 주는 반드시 나라의 중앙에 있다고 생각하면 된다.”

엔호는 탁자 위에 경국 지도를 펼쳤다. 지도라고 해도 요시가 고향에서 보넌 정밀한 지도는 이쪽에는 존재하지 않는다. 대강 위치를 알 수 있는 정도의 물건밖에는 없었다.

“경국이라면 영주가 중앙에 있지. 그 주위에 여덟 주가 있어. 이 또한 태강으로 정해져 있어. 영주의 주후는 태보일세. 영주의 토지는 기본적으로 국관에게 보상으로 할양되네. 국관에게는 급료라는 것이 없어. 반드시 영주 어딘가에 봉해져 그 봉토에서 거둔 조세에서 나라에 상납하는 만큼을 뺀 나머지가 급료 대신이지. 봉토 단위는 최소는 이에서 상납하는 분량의 절반, 여기에 인두세인 부賦가 더해지니까 일 리를 봉토로 받은 관리의 수입은 성인이 논밭에서 얻는 수입보다 오 할쯤 많은 셈이지. 최대는 일 현일세. 봉토의 관아 장관은 지주가 임명하고 해임할 수가 있지. 주도가 있는 군 역시 마찬가지야."

"주도의 군을 할양해 주의 관리들에게 보상하는 것이로군요."

"그런 게지. 이것의 좋은 점은 어떤 부분이라 생각하시는가?"

요시가 고개를 갸웃했다.

"이쪽에는 지폐가 없어서 관리의 급여를 돈으로 주면 집으로 들고 갈 수 없기 때문은 아니겠죠?"

엔호가 웃었다.

"환이 있으니까 그런 걱정은 필요 없지. 관리에게는 토지를 준다. 그러면 나라에 기근이 일어났을 때에는 관리의 급료는 필연적으로 줄어들지."

"아아, 그렇군요. 급료를 깎거나 올리지 않아도 알아서 증감하는군요."

"그렇지. 나쁜 점은?"

"관리가 전제정치를 하는 것인가요?"

"맞네. 일단 수도 주에는 반드시 목백牧伯이 있고, 향과 현의 각부에 자사刺史를 파견해 정사를 감독하지만, 반드시 구석구석까지 시선이 미치는 것은 아닐세. 자사는 현정과 동격으로 대우하는데, 자사와 현정이 유착해 전횡하는 일도 있지. 조세는 나라에서 정하지만 부는 정해진 범위 안에서 마음대로 징수할 수 있어. 그러니 수도 주의 백성은 지주가 바뀔 때마다 기뻐했다 걱정했다 하지."

"……그렇군요."

"여기 고계가 있는 북위향은 현재 황령이네. 다시 말해 지주가 없어서 태보가 통치하고 계시지. 옛날에는 화주후의 영지였어."

"화주후…… 가호呀峰."

요시는 눈살을 찌푸렸다. 가호는 제후 중에서 가장 악명이 높다. 간사한 지혜에 뛰어난 음습한 남자라는데, 주의 정사 역시 인정이 없고 모질었다. 파면하라는 목소리도 많지만 좀처럼 그 그 빌미를 주지 않는다.

"가호는 여왕予王이 등극할 즈음해서 하관장 대사마에 올라, 북위가 있는 북위향 흑해현黑亥懸을 받았지. 훗날 화주후로 임명되어 떠났는데, 그 이야기를 들은 백성 가운데에는 드디어 가호에게서 해방되었다고 우는 자도 많았다고 하네. 가호는 꼬리 없는 짐승이야. 위험하지만 잡을 단서가 없지."

"육관도 애먹고 있습니다. 조사하고 있지만 파면할 만한 증거가 나오지 않아요."

"그렇겠지. 그런 것은 둘째 치고?"

문을 두드리는 소리가 들려 엔호와 요시는 고개를 들었다.

"할아버지, 심부름요."

게이케이가 그렇게 말하며 글방 안으로 뛰어들었다.

"오오. 고맙구나."

엔호가 게이케이에서 편지를 받아들었다. 그 자리에서 펼치고는 잠시 요시를 곤혹스러운 듯이 쳐다보았다.

"나쁜 소식인가요?"

"아니네."

엔호는 편지를 접었다.

"미안하지만 요시, 오늘밤에는 손님이 올 게야."

저녁을 먹은 뒤 수업을 할 수 없다는 말임을 깨닫고 요시는 고개를 끄덕였다. 게이케이가 엔호를 올려다보았다.

"손님요? 그럼 식사와 방을 준비해야겠네요."

"아아, 신경쓰지 말거라. 저녁 늦게 와서 오늘 안에 돌아갈 게야. 내가 알아서 할 테니 신경쓰지 말고 너희는 자려무나."

요시는 한밤중에 침실에서 남몰래 손님을 맞이했다. 손님은 효키驃騎라는 게이키의 사령이다.

"저쪽 상황은 어때?"

요시가 말을 건 방향에는 아무것도 보이지 않았다. 애초에 방 안에는 요시 모습밖에 없었다.

"……별일은 없습니다."

대답은 어딘지 모를 곳에서 났다. 듣는 이가 있다면 바닥 밑이라고 생각했을지도 모른다. 그 생각은 크게 틀리지 않았다. 효키는 땅속에 몸을 숨기고 있었다.

사령은 천지의 기맥 속으로 숨어들 수가 있다. 기맥을 타고 남모르게 이동한다. 이를 둔갑이라 한다. 게이키 역시 풍맥을 타고 둔갑할 수 있지만 먼 거리를 이동하지는 못한다. 적어도 요천 내궁에서 멀고 먼 북위까지 올 수는 없었다.

게이키는 자신이 찾아오지 못하는 까닭에 사령을 보냈다. 효키가 궁중의 상황을 자세하게 보고했다. 돌아가면 게이키에게 요시의 상황을 보고할 것이다.

"고칸은 여전히 행방을 모르는 모양입니다만."

요시는 고개를 끄덕였다. 대역죄를 꾸민 고칸은 포박의 손아귀에서 벗어나 행방을 감춘 상황이었다.

"관리 중에는 주상께서 고칸이 두려워 안국으로 도망쳤다고 수군거리는 자도 있습니다."

요시가 피식 웃었다.

"그 말을 들을 줄 알았어. ……음, 그런 것으로 해두지."

"하오나 정말로 조심하십시오. 고칸이 주상께서 어디에 계신지 알고 다시 시해 음모를 꾸밀지도 모릅니다."

"걱정할 필요 없어. 한쿄와 조유가 있으니까."

"그리 전하겠습니다."

효키를 배웅하고—실제로는 둔갑한 효키는 배웅하고 말고 할 것도 없이 그 자리를 떠났지만—요시는 방을 나왔다.

건물의 기본은 일명일암一明一暗, 개방형 방 하나에 폐쇄된 개인실이 두 개 달려 있다. 요시에게 주어진 방도 마찬가지라 고향식으로 말하면 두 평 남짓한 거실에 한 평 반만 한 방 두 개가 달려 있다. 커다란 집에서는 한쪽 방에는 침소를 두어 침실로 삼고, 다른 한쪽 방에는 침대와 의자를 겸한 탑상을 두고 서탁과 선반을 두어 서재 같은 개인실로 사용한다. 두 방 사이에 있는 대청마루가 거실이다. 날씨가 좋은 계절이라면 문을 활짝 열고 바깥에서 내부가 보이지 않도록 가리개를 세운다. 그 문도 가늘게 접어 개키는 접문으로 전부 젖히면 정면이 보이도록 활짝 열리는 것이 일반적이었다. 요시에게는 방이 아니라 통로 일부를 넓혀 탁자와 의자를 놓은 것처럼 보였다.

이가의 접문에는 유리를 끼우지 않는다. 자잘한 문양 같은 격자를 끼운 문에 종이를 바른 장지 같은 구조였다. 그 접문은 닫혀 있다. 잠자리에 들 때처럼 남이 들어오지 않았으면 하는 사정이 있는 경우가 아니면 아무리 추워도 조금쯤 열어두는 것이 예의였다. 그래서 요시는 문을 조금만 열었다.

요시가 쓰는 방 대청마루에서는 안뜰을 끼고 글방으로 가는 회랑이 보인다. 마침 회랑을 지나는 사람을 발견하고 요시는 반사적으로 눈여겨보았다.

남자라는 것만 알아챘다. 소년이라기는 젊지 않고 노인이라 할 정도로 나이들지도 않았으리라. 그 이상은 모르겠다. 남자는 검소한 옷 위에 솜을 둔 겉옷을 걸쳤다. 그리고 쓰개를 썼다. 특이할 것 없는 삿갓에 얼굴이 가려지는 검은 쓰개를 쓴데다 세심하게 어깨걸이를 목에 감아 머리까지 덮었다. 그래서 생김새는 전혀 모르겠다.

"저게 누구지?"

아무리 보아도 일부러 얼굴을 감추고 있다고 생각할 수밖에 없었다. 그림자는 고개를 숙인 채 글방으로 사라졌다. 요시는 눈살을 찌푸리며 그 모습을 지켜보고 나서 대청마루를 나와 이가로 이어지는 회랑을 따라 걸었다.

"란교쿠."

회랑에서 자신을 부르는 소리에 란교쿠는 고개를 들었다. 게이케이가 벌떡 일어나 가리개 너머를 내다보더니 이내 기운차게 외치며 요시의 손을 끌고 왔다.

"어쩐 일이야?"

란교쿠가 묻고, 게이케이는 "놀러온 거지?" 하고 물었다.

"이야기 좀 할 수 있을까?"

"그럼."

란교쿠는 웃으며 화로 위의 질주전자를 들었다. 부엌에서 끓여 온 차를 그렇게 데워두었다.

"그래, 오늘은 손님이 와서 수업이 없구나."

"맞아."

요시는 웃고 나서 란교쿠가 건넨 찻잔을 받아들었다.

"그 사람은 누구야?"

"손님? 몰라. 듣지 못했어."

란교쿠가 말하자 게이케이가 소매를 잡아당겼다.

"누나, 그 사람이야. 있잖아, 머리카락이 얼룩덜룩한 갈색인 사람. 그 사람이 나한테 편지를 맡겼어."

란교쿠가 고개를 끄덕였다. 씨는 로勞였을 것이다. 검은 머리에 갈색 머리카락이 섞인 남자로 가끔 엔호를 찾아온다. 아무래도 누군가의 심부름꾼인 듯한데 란교쿠도 자세히는 모른다.

"아, 로 씨 말이지. ……그럼 그 기분 나쁜 손님이야."

"기분 나쁜?"

"늘 얼굴을 숨겨. 가끔 엔호를 찾아오지. 먼저 로 씨를 심부름꾼으로 보내. 본인은 반드시 밤에 찾아오고. 그것도 늦은 시각에. 그 사람이 올 때에는 엔호가 문단속을 하지 않아도 된다고 해서 알아."

"어디의 누구인데?"

"모르겠어. 엔호에게 물어도 절대로 알려주지 않으니까. …… 나는 싫어."

란교쿠의 말에 게이케이도 고개를 끄덕였다.

"그 남자가?"

"그놈은 분명히 악당일 거야."

게이케이가 말하며 란교쿠를 보았다. 란교쿠는 게이케이를 가볍게 나무랐다.

"그런 소리 하면 못써. 하지만 엔호는 그 사람이 온 다음날에는 항상 침울한 얼굴을 하고 있긴 해."

"어째서?"

"몰라. 가르쳐주지 않아. 그래서 더 걱정이야. 내 말 이해해?"

"그거야 아주 잘 알지."

요시는 한동안 란교쿠, 게이케이와 이야기를 나누고서 방으로 돌아갔다. 밤이 꽤 깊었는데 글방에는 아직 불이 켜져 있다.

"……한쿄."

"여기 있습니다."

"남자가 돌아가면 뒤쫓아. 어디에 묵는지 알아봐줘."

반드시 여관에 묵을 것이다. 이 시간이면 마을의 문은 닫혔다.

"알겠습니다."

002

배는 교와 경의 국경에 해당하는 고수산高岫山을 지났다. 고수산은 각 나라의 국경에 걸친 산맥으로 고수산의 관문은 하나나 많아도 세 곳 정도밖에 없다. 어느 나라고 반드시 이것이 있는 까닭에 국경을 달리 고수라고도 부른다. 교와 경을 가르는 고수산에서 경국 북부 동해안 중부에 있는 오도吳渡 항구까지는 닷새가 걸린다고 들었다.

"누나, 좋은 거 줄게."

스즈가 갑판에서 바다를 바라보고 있는데 세이슈가 달려왔다.

"자."

세이슈가 으스대며 내민 것은 설탕에 조려 말린 살구였다.

"이거 어디서 났어?"

"얻었어."

세이슈는 해죽 웃었다.

신기한 아이다. 그토록 독설을 퍼부어놓고서 이제 스즈를 멀리하려나 했더니 그러지 않는다. 오히려 빈번히 따라다니기 시작했다. 맹랑하게 여자 방에 와서 스즈 옆에서 자기도 한다. 스즈도 어쩐지 화낼 기운을 잃고 말았다. 세이슈를 아이라고 우습게 보면 혼쭐이 난다. 이 아이는 정말 말발이 장난 아니다.

같은 방에서 자게 된 탓도 있어 스즈는 세이슈가 괴로워하는 모습을 자주 목격하게 되었다. 날이면 날마다 머리를 감싸고 신음했다. 쉬면 낫는다는 말은 거짓말은 아닌 듯했지만 두통이 가라앉을 때쯤 토하고는 한다. 일단 가라앉고 나면 멀쩡했지만 그 대신에 한동안 다리에 힘이 풀려 비틀거리며 걸을 때가 많았다.

—혹시 세이슈에게는 지병이 있는 것이 아닐까. 단순한 두통으로 보이지 않는다.

요마에게 공격받았다고 한다. 스즈는 상처를 한 번 보았다. 뒤통수, 정확히 머리를 묶은 부근에 작게 찢어진 상처가 있었다. 그리 심한 상처는 아니어서 마음을 놓았지만, 머리를 다치고 나서 두통이 나기 시작했다고 한다.

"있지, 세이슈, 정말로 괜찮은 거야?"

입속으로 살구를 집어넣던 아이가 어리둥절해서 스즈를 쳐다보았다.

"뭐가?"

"상처 말이야. 아직 아프다는 소리는 낫지 않았다는 이야기잖아. 괜찮아?"

"으음, 괜찮지 않을까."

"의원은 찾아가봤어?"

"아니."

세이슈는 고개를 가로저었다.

"그럴 여유가 없었는걸. 괜찮아. 쉬면 나아져."

"조금 덜 아픈 것 같아? 어째 심해진 것 같지 않아?"

끙끙대는 시간이 조금씩 길어지는 것만 같았다. 눈을 뜨고 나서도 비틀거림이 나아지는 데 한참 걸렸다.

세이슈는 난처한 표정을 지었다.

"그런가……."

"요 이삼일은 눈을 비비잖아? 눈도 이상하니?"

"잘 안 보여."

스즈는 한숨을 쉬었다.

"역시 어딘가 안 좋은 거야. 자꾸 아프면 나았다고 할 수 없어. 경에 도착하면 꼭 진찰받아야 해."

"응……."

"어디로 갈지는 정했어?"

세이슈는 고개를 내저었다.

"엄마도 없고……."

"기막혀. 목적지도 없으면서 경에 가려는 거야? 그러면 주에 있는 편이 낫잖아."

세이슈는 부루퉁해서 시선을 피했다.

"엄마가 돌아가겠다고 했어. 그러니까 돌아갈 거야."

스즈가 한숨을 쉬었다.

"아무튼 경에 도착하면 치료받아야 해. 죽어도 난 몰라."

세이슈가 움찔하고 어깨를 떨었다.

"누나는 선인이니까 알 수 있어? ……나는 역시 죽을까?"

"세이슈."

스즈는 아이의 겁먹은 얼굴을 바라보았다.

"그냥 하는 말이야. 정말로 죽는다고 생각한 게 아니고."

"누나는 성격이 나빠."

"미안하게 됐네. 너도 충분히 나빠. 그런 사람은 웬만해서 죽지 않아."

"맞아."

세이슈가 웃는다. 스즈는 잠시 웃는 얼굴을 응시했다.

"꼬마야, 이제 와서 뱃멀미냐?"

뱃사공의 목소리가 웃고 있다.

"아니에요."

세이슈가 항의했다.

스즈는 뒤에서 얼굴을 내밀고 그 모습을 보며 눈살을 찌푸렸다. 세이슈가 심하게 비틀거린다. 벌써 해가 저물 때인데 낫지 않는다.

"진짜 뱃멀미인가. 머리가 어질어질해요."

"왜 그렇게 힘이 들어갔어? 진정해. 경에 돌아간다고 긴장이라도 했냐?"

"안 했다니까요."

뱃사공이 그렇게 말한 이유는 세이슈의 손이 떨렸기 때문이다. 떨림이 아니라 경련에 가깝다.

"뱃멀미면 얌전히 누워 있어. 비틀거리며 돌아다니다가는 바다에 떨어진다."

"네에."

세이슈가 웃으며 선실로 사라졌다. 스즈는 영문도 모른 채 그 모습을 가슴을 쓸어내리며 지켜보았다. 세이슈를 보고 있기가 터무니없이 무섭다. 두통이나 떨림뿐이라면 불안하지 않을지도 모른다. 다만, 모든 증상이 한 번에 나타나는데다 날이 갈수록 악화되면 불안해진다.

스즈는 세이슈를 쫓아 선실로 갔다. 세이슈는 선실에 우두커니 앉아 있었다.

"……괜찮아?"

세이슈가 돌아보고는 이상하다는 듯이 몇 번인가 시선이 어지럽게 움직였다. 몇 번이고 눈을 깜빡이고 손바닥으로 비빈다.

"왜 그래?"

"나, 별로 괜찮지 않은 것 같아. ……눈이 엄청 흐려."

"괜찮은 거야?"

스즈는 허둥지둥 달려가 세이슈 오른쪽에 무릎을 꿇고 아이의 옆얼굴을 들여다보았다.

"힘들어? 머리는 아프지 않아?"

세이슈는 스즈와 정면의 벽을 몇 번인가 번갈아 보았다.

"……누나, 나, 누나가 안 보여."

"뭐?"

"이렇게 앞을 보면 누나 모습이 보이지 않아."

스즈는 당황하며 앞을 보았다. 사람의 시야는 넓다. 옆에 있는 세이슈가 시야 가장자리에 분명히 보인다.

"나, 어떻게 된 거지."

아이의 얼굴은 잔뜩 겁에 질린 기색이 역력했다.

"세이슈."

겁에 질린 얼굴이 일그러져 울음을 터뜨리나 했는데 예상과 달리 세이슈는 눈가에 겁먹은 기색이 어린 채로 웃었다.

"나, 꽤 괜찮은 녀석이야……."

"세이슈."

"역시 죽나 봐."

"그럴 리가 없잖아! 바보 같은 소리 하지 마!"

세이슈의 얼굴이 엉망으로 일그러졌다.

"같이 가자."

스즈는 떨리는 손을 잡았다.

"같이 요천에 갈래?"

"요천……?"

"나는 경왕을 뵈러 가는 길이야. 임금님이라면 틀림없이 세이슈를 고쳐주실 거야. 왕궁에는 대단한 의원도 많아. 그러니까 같이 요천에 가자."

세이슈가 고개를 떨구었다.

"됐어, 그런…… 엄청난 사람은 만날 수 없어."

"괴롭잖아. 두통이 심해졌지? 이대로 더 심해지면 어쩔 거야?"

"정말로 고쳐줄까……."

"경왕이 안 된다고 하면 재로 데려가줄게. 채왕이라면 분명히 고쳐주실 거야."

"응."

세이슈가 고개를 끄덕였다. 툭 하고 작은 눈물방울이 떨어졌다.

"나, 죽는 게 무서워."

"세이슈."

"누구든 죽지만, 자신의 죽음만큼은 웃을 수가 없네……."

"바보. 괜찮다니까."

"헤헤헤."

세이슈가 울면서 웃었다.

"나, 생각보다 수행이 부족했나 봐."

"아이가 건방진 소리 하는 거 아냐."

"응."

세이슈는 스즈의 무릎에 얼굴을 묻었다.

"……괜찮아. 틀림없이 괜찮을 거야."

"응."

스즈는 대답하는 세이슈의 등을 쓰다듬었다.

배는 사흘 뒤에 오도항에 도착했다. 항구라고는 하지만 배를 댈 설비가 없었다. 뾰족한 바위가 앞바다에 늘어서서 작게 호를 그렸다. 배가 그 안쪽에 정박하자 절벽에서 거룻배 몇 척이 다가왔다. 거룻배의 도착지는 절벽 기슭에 만든 부잔교. 거기서 절벽을 파서 만든 돌계단이 절벽 위까지 구불구불 이어져 있다.

스즈는 세이슈의 몸을 오른쪽에서 부축했다. 세이슈의 눈은 여태 낫지 않았다. 보이지 않는다고 한 그날부터 세이슈의 시야 오른쪽 끝은 사라진 채였다.

몇 번이고 다리가 꼬여 넘어질 뻔하면서 돌계단을 오르는 세이슈와 세이슈를 제대로 부축하지 못하고 미끄러질 것만 같은 스즈를 보다 못해 항구의 남자가 세이슈를 업어주었다.

헉헉거리며 오른 절벽, 높은 곳에서 한눈에 내다보이는 산야. 절벽 끝에는 좁고 긴 마을이 펼쳐져 있다.

경국 화주和州 오도吳渡. 경의 북동부에 펼쳐진 화주에서도 동쪽 끝.

남자의 등에서 내린 세이슈는 산야를 둘러보았다. 스즈는 세이슈의 손을 잡았다.

요천에 가자. 틀림없이 경왕께서 구해주실 테니까.

003

길량은 가볍게 하늘을 날았다.

쇼케이는 산야를 내려다보고, 그제야 마음속 돌덩이를 치운 기분이 들었다.

—이러면 될 것을.

얌전히 이가에 가거나 여종으로 전락하지 않고 처음부터 도망쳐서 자유로워지면 그만이었다.

더이상 아무도 쇼케이를 무릎 꿇게 할 수는 없다.

쇼케이는 곧장 흑해로 향해 폐문 전에 연안 마을에 도착했다. 그곳에서 귀고리 하나를 팔아 입을 옷을 마련하고 숙소에 머물렀다. 오랜만에 느끼는 명주 감촉, 호화로운 식사와 비단 이불이 깔린 침소. 쾌재를 부르고 싶은 심정으로 자고 일어나 이튿날 귀고리를 하나 더 팔아서 흑해로 날아갔다.

길량은 이틀 만에 한 나라를 가로지를 수 있다. 어려움 없이 국경을 넘어 유국으로 들어가 숙소를 잡고 이튿날에는 흑해 연안을 따라 북상해 저녁 전에는 공보다 안에 가까운 중앙부 항구 마을 배향背享에 도착했다.

"묵을 수 있어?"

쇼케이는 길량의 고삐를 당기며 커다란 문으로 들어갔다. 채

광을 위해 격자창을 낸 벽, 꽃 장식이 달린 화수문花垂門, 처마 밑에 여러 개 달린 등불이 안에 아담하게 펼쳐진 정원을 비추었다. 큰 여관이었다.

달려나온 점원이 쇼케이의 물음에 생긋 웃으며 고개를 깊이 숙였다.

"아씨, 좋은 방이 비어 있습니다요."

"그래."

쇼케이는 생긋 웃었다.

"그럼 여기서 묵을게. 길량을 부탁해."

달려온 마구간지기가 길량의 고삐를 잡았다. 점원이 길량의 안장에 묶은 짐을 풀어서 들자 마구간지기는 길량을 문 옆에 있는 마구간으로 끌고 갔다. 쇼케이는 앞뜰에서 건물의 대문 안으로 들어갔다.

문을 열자 안은 식당이었다. 벽 쪽으로 낙낙하게 늘어선 탁자에 손님들이 앉아 이야기꽃을 피우고 있다. 다가와 공수하는 점원에게 쇼케이는 자연스럽게 한데 모아 땋아 올린 머리에서 은비녀를 하나 빼서 내밀었다.

"이거면 될까?"

여행하는 사람은 큰돈을 들고 다니기를 꺼리기 때문에 지불은 대부분 환이나 물품이다. 커다란 여관에는 장신구를 돈으로 바꾸는 작은 가게가 반드시 입점해 있어 여기서 정산이 이루어진다. 금액이 남으면 출발할 때 돈으로 거슬러준다. 점원은 비녀를 손에 들고 세공을 확인하고는 고개를 크게 끄덕였다.

"충분하고말고요. 저희가 보관하겠습니다."

"부족하면 말해줘."

"고맙습니다. 식사는 어쩌시겠습니까?"

작은 숙소의 경우, 대로가에 식사를 내는 가게가 있고, 2층이나 안쪽이 객실이다. 이곳처럼 커다란 여관이라면 식사를 내는 곳은 정원에 면한 식당이나 객실이다. 객실도 작은 숙소에서는 마루방에 침구를 깔아 잠만 자는 공간이라 몸단장할 경대가 있으면 나은 편이고 그것조차 없는 경우가 많다. 더욱 안 좋은 숙소는 넓은 봉당에 낮은 침상이 늘어서 있고 가리개도 없이 낯선 여행자와 뒤섞여 자야 한다. 평균적인 여관이라면 침소에 천개와 휘장을 단 침대가 있고 경대와 작은 탁자가 갖추어져 있다. 쇼케이가 들어간 여관 같은 커다란 숙소에는 제대로 침소를 겸비한 침실 두 개에 쉬거나 식사를 할 수 있는 거실이 딸려 있었다.

"방에서 먹을게."

"실은……."

점원이 우물쭈물 말을 꺼냈다.

"마침 배가 막 도착해서요. 손님이 많아서 한 방을 준비할 수가 없습니다만, 반 방이라도 괜찮으실까요?"

침실은 건물 형식상 반드시 두 개이므로 여관에는 반 방이라는 제도가 있다. 혼자서 숙박하는 손님 중에 한 방을 다 빌릴 여유가 없는 사람끼리 같이 쓰는 것이다.

"어떻게 안 되겠어? 이상한 사람과 함께 묵기는 싫어."

"죄송합니다. 다른 숙소를 소개할 수 있으면 좋겠지만 정말로 오늘은 어느 여관이나 가득찼어요."

"……하는 수 없지."

"정말 죄송합니다. 안내해드리겠습니다."

쇼케이가 안내받은 방은 3층. 작은 안뜰이 내려다보이는 회랑을 지나 안쪽 일실로 향했다. 아주 좋은 방도 아닌 듯했다. 이런 건물은 위로 올라갈수록 천장이 낮아진다. 정말로 좋은 방은 안뜰에 면해 있는 법이다.

"이 방입니다."

점원이 걸음을 멈춘 곳은 가장 안쪽 방으로 아름답게 투각한 문에는 유리가 끼워져 있어 객실 안을 둘러볼 수 있었다. 문 안쪽은 거실로, 나쁘지 않은 세공의 가구가 갖추어져 있다.

거실에 면해서는 두꺼워 보이는 문이 두 개 있다. 침실이다. 침실에는 자물쇠가 달려 있지만 거실에는 없다. 거실은 밀실이 아니다. 그러니까 반 방이라는 제도가 성립한다.

"고마워."

짐을 침실로 운반해준 점원에게 돈을 조금 주고 쇼케이는 거실 의자에 앉았다.

"우스울 정도로 간단하네."

키득키득 웃음이 새어 나왔다.

쇼케이의 마음속에 죄책감은 조금도 없었다. 공왕이 악의로 쇼케이를 맞이했으니 악의로 대갚음하는 것이 무엇이 잘못인가. 공왕은 장신구 몇 개를 잃어버린다고 크게 곤란할 것도 없으리라. 어차피 누군가에게 이어받은 물건을 쇼케이가 다시 넘겨받았을 뿐이다.

"느긋하게 가도 엿새면 경에 도착해……."

경국의 수도 요천. 경왕이 있는 동쪽 나라의 도읍. 요천에 도착하면 어떻게 해줄까. 무엇부터 시작하면 될까. 일단 경왕에게 접근할 수 있도록 궁중에 들어갈 필요가 있다. 그런데 그것이 어려운 문제였다.

쇼케이에게는 신변을 보증하는 정권이 없다. 방국에서 받은 정권은 두고 왔다. 금품을 받고 정권을 부정 발행해주는 관리도 있다고 들은 적이 있지만 과연 어디로 가면 그런 간사한 자를 만날 수 있을까.

정권만 손에 넣으면 궁중으로 들어가기는 불가능하지 않다. 왕이 새로 등극한 왕궁에는 교체되는 하급 관리가 있게 마련이다. 쇼케이에게는 교양이 있다. 하관에 지원하면 채용될 가능성이 크다. 동시에 옥좌에 막 오른 왕은 불안한 법이다. 말직이든 고관대작이든 친절하게 대하는 사람이 있으면 눈길이 가게 되어 있다. 경왕에게 환심을 사는 것도 불가능하지 않다. 틈을 봐서 왕을 치는 것 또한.

쇼케이는 궁중의 사정에 밝다. 궁중 일이라면 잘 알고 있다.

"대국에 들러볼까……."

왕을 잃고 어지러운 나라라면 정권을 살 수 있지 않을까.

태왕은 방국에 정변이 일기 두 해 전에 등극했다. 그리고 불과 반년 뒤에 나라마다 대국의 칙사가 파견되어 왕의 부보를 전했다. 칙사를 보낸 이는 대국의 새로운 왕, 하지만 타국의 왕이 쓰러지면 칙사를 보낼 필요 없이 각국 궁중에 있는 봉이 울어 이를 알린다. 태왕에 관해서 봉은 침묵을 지키고 있다. 적어도 쇼케이가 방국의 응준궁에 있는 동안 봉이 태왕 붕어를 알린 적은 없었다. 왕이 살아 있다면 새로운 왕이 오를 도리가 없다. 명백히 위왕이다. 실제로 대국 내부에서 무슨 일이 일어났는지는 모른다. 타국의 내막은 좀처럼 전해지지 않기 때문이다.

왕을 잃기는 방국도 마찬가지지만 돌아갈 수도 없다. 일단 대국으로 가야겠다고 마음속으로 되뇌었다.

"손님은 어느 쪽으로 가세요?"

식사를 날라 온 점원이 묻는다. 쇼케이는 접시를 늘어놓는 손가를 보면서 눈살을 찌푸렸다.

—싫다.

탁자 위에 준비된 식사는 이 인분이다. 낯선 사람과 함께 밥을 먹어야 하나. 상대방은 먼저 침실에 있었던 모양이다. 떨떠름한 얼굴을 하고, 점원이 부르는 소리에 응해 침실에서 나온 사람을 보고 더욱 눈살을 찌푸렸다. 낯선 타인과 같은 식탁에서 식사하기조차 불쾌한데 상대가 이렇다.

—반수.

절반은 짐승으로 태어난 인간. 많지는 않지만 적지도 않다. 방국이라면 반수가 이런 고급 여관에 묵을 수 없다. 적어도 짐승 모습으로는 정원에도 들어갈 수 없다.

반수는 눈썹을 찡그린 쇼케이를 알아채지 못했는지 자박자박 걸어 나와 점원에게 말했다.

"고마워."

어린아이 목소리, 쥐 모습에 키도 아이 정도밖에 되지 않았지만 그럴싸하게 웃옷을 걸치고 있었다. 쥐는 인사하는 점원에게

돈을 조금 주고 의자에 앉았다. 그제야 앉아 있는 쇼케이를 발견했는지 고개를 숙였다.

"안녕하세요."

"네."

쇼케이는 쌀쌀맞게 대답했다.

"손님이 많아서 놀랐어. 유국은 늘 이런가?"

쇼케이는 이 말에 대답하지 않았다. 반수와 같은 식탁에서 밥을 먹는 것이 불쾌해 고개를 돌렸다.

"오늘은 특별합니다."

대답한 사람은 식사를 돕기 위해 남은 청년이었다.

"안국에서 배가 도착했으니까요. 손님도 그 배로 오셨습니까?"

"아, 그렇구나. 맞아."

"내린 손님이 절반, 앞으로 배에 탈 손님이 절반이에요. 손님께서는 어디로 가세요?"

"나는 도읍으로 가보려고 하는데."

청년이 웃었다.

"아아, 지초芝草는 좋은 곳이죠. 그런데 여행하기 추운 계절에 오셨네요."

"안국이랑 크게 차이는 없는 것 같아."

“그렇습니까?”

“안국도 추우니까. 유국보다는 남쪽이지만 안국은 계절풍이 불어서.”

“그렇군요.”

청년이 쇼케이를 보았다.

“손님은 어디로 가세요?”

쇼케이는 “대국”이라고 짧게 대답했다. 그 순간 청년은 눈을 휘둥그렇게 떴다.

“하지만 대국은…….”

“어지럽지? 그래서 가는 거야. 대국에 지인이 있어. 난처한 상황은 아닌가 걱정되어서.”

“대국 어디인데요?”

그 질문에 쇼케이는 내심 철렁했다.

“어디라니…… 왜 묻는데……?”

청년은 난처한 듯이 웃었다.

“아, 제가 원래 대국으로 가는 선박에서 일했거든요…….”

“……그래.”

“대국으로 곡물을 날랐죠. 돌아오는 길에는 옥을 쌓아서 돌아오고요. 대는 곡물이 적으니까요. 하지만 이제 틀렸어요. 요마가 많아서 다가갈 수가 없어요.”

"저런……."

"허해에 둘러싸인 나라가 황폐해지면 무섭죠. 바다 밑 요마가 떠오르니까 눈 깜짝할 사이에 고립되어버려요. 실제로 올겨울 대국 사람들은 어떻게 먹고살지……."

대답을 기대하는 것 같지는 않아서 쇼케이는 잠자코 방국을 떠올렸다. 조건은 거의 비슷하다. 경작해도 수확은 간신히 백성을 먹일 정도라 어느 지방이 흉작이라고 해서 지원해줄 여유가 없다.

"손님의 지인은 벌써 대를 나와버렸을지도 모르겠네요."

"그럴까……."

"제법 많은 사람이 안으로 도망친 모양이니까요. 유에도 꽤 왔고요. 우리도 마지막 짐은 사람이었어요. 뱃전에 매달려서라도 대를 나가고 싶다는 사람들이 항구에 넘치는데 태우지 않을 수가 없었어요. 자칫 거부했다가는 배를 빼앗길 분위기라."

"……그래."

"결국 위험하다는 이유로 배편이 끊기는 바람에 저도 부모 연줄로 이쪽으로 왔죠. 배를 기다리는 사람들이 있었을 텐데……."

"그러네."

"손님은 길량이 있으니 다행이네요. 배로는 더이상 대국으로 건너갈 수 없는 것 같아요. 안국에서 출발하는 정기편도 끊긴 것 같고."

쇼케이가 눈을 살짝 크게 떴다.

"내가 길량을 타고 온 이야기를 들었어? 벌써?"

청년이 웃었다.

"그렇게 훌륭한 기수를 탄 손님은 좀처럼 없으니까. 아, 아니."

청년은 얌전히 밥을 먹고 있는 쥐를 보았다.

"손님의 추우는 더 굉장하지만요. 추우라니, 다들 처음이라서 마구간에 몰래 보러 갔었어요."

쥐가 수염을 흔들었다.

"별로 대단치 않아. 빌린 기수인걸."

쇼케이는 쥐를 보았다. 그래서, 기수가 너무 훌륭해서 반수에 아이—아마도 그러리라 생각한다—인데도 어엿한 손님 대접을 받은 것이었다.

"하지만 손님, 분명히 이제 하늘도 위험할 거예요."

자신에게 하는 말에 쇼케이는 허둥지둥 고개를 끄덕였다.

"……그렇구나."

"아, 경으로 가는 편이 나을지도 모르겠군요."

"경국에?"

"네. 아직 간신히 경에서 무장한 배가 가끔 왕복하는 모양이에요. 대국의 난민을 모으고 있어요."

"뭐?"

"경의 기특한 사람이 대의 난민을 모아 개간을 돕게 한대요. 그 대신에 가면 토지와 호적을 준답니다. 제가 아직 대를 오갈 무렵에 정기적으로 대에 와서 난민을 태우고 돌아갔어요. 배편은 꽤 줄었지만 아직 계속하고 있는 모양이니까 그 배에 태워달라는 편이 좋지 않겠습니까."

"응……."

쇼케이는 간신히 웃음을 참았다.

—대에 가야겠다. 그리고 그 배를 기다려 경으로 건너간다. 호적을 받아 요천으로 향한다. 이 얼마나 간단한가.

"좋은 정보를 들었어. 고마워."

쇼케이는 진심으로 그렇게 말했다.

—대에서 경으로 간다.

목표가 생긴 데에 만족한 쇼케이는 일찍 침실로 돌아가 잠을 청했다. 비단 이불, 침소에 넣은 화로, 따뜻하게 편히 잠든 쇼케이는 늦은 밤 문을 두드리는 소리에 눈을 떴다.

"누구야?"

쇼케이는 눈살을 찌푸렸다. 쥐가 무슨 볼일이라도 있는 것일까.

죄송합니다, 하고 외친 목소리는 식사를 날라 온 청년이었다. 쇼케이는 느릿느릿 일어나 옷을 걸치고 문으로 향했다. 자물쇠를 열면서 문 너머로 물었다.

"어쩐 일이지?"

"대국 일로 떠오른 것이 있어서요."

쇼케이는 자물쇠를 풀었다. 문을 살짝 열려고 하는데 느닷없이 문이 난폭하게 열려서 몸을 움츠렸다. 낮에 본 청년과 그 앞으로 푸른 갑옷을 입은 병사 몇 명이 거실에 서 있었다.

"뭐야……?"

심장이 크게 뛰었다. 날뛰는 맥박을 쇼케이는 간신히 무시했다.

"정권을 검사하겠다."

단호한 말에 쇼케이의 얼굴에서 핏기가 가셨다.

"이런 시간에 뭐라는 거야. ……내일 와."

바싹바싹 마르는 목으로 억지로 소리 내어 항의해보았지만 병사들은 침실로 쳐들어와 쇼케이를 둘러쌌다.

"정권은 어디 있지?"

무릎이 떨렸다.

"……실은 잃어버렸어요……."

"이름이 뭐지?"

"교쿠요, 손 교쿠요."

병사는 무표정한 얼굴로 쇼케이와 동료를 번갈아 보았다.

"길량을 가지고 있었지? 어디서 났지?"

"……기억…… 안 나요."

너무 수상쩍다. 무심코 둘러댄 변명이 너무나 서툴러서, 쇼케이는 자신의 어리숙함에 입술을 깨물었다.

"짐을 살펴라."

"안 돼! 멋대로 그러지 마!"

쇼케이는 외치면서 끝장이라고 느꼈다. 애써 유국까지 왔는데 공왕이 포박의 손길을 뻗어왔다. 도망쳐야겠다 싶어 시선을 이리저리 굴렸지만 병사가 양쪽 어깨를 누르고 있었다. 활로가 있다 해도 도망치기란 불가능했다.

병사들은 침소로 다가가 가죽끈으로 묶은 작은 짐을 꺼냈다. 짐을 풀어 갈아입을 옷 사이에서 작은 물건들을 꺼냈다. 병사 중 한 사람이 종이를 손에 들고 물품과 내용을 비교했다.

"진주 허리띠, 교구는 금도금에 용과 봉황 무늬. 봉황 모양 귀고리, 공작석 장신구. ……있군."

서장의 글자를 중얼중얼 읽던 병사가 쇼케이를 돌아보았다.

"귀고리 두 쌍, 비녀 하나가 부족해. 어디로 빼돌렸지?"

쇼케이는 대답하지 않았다. 대답은커녕 떨려서 목소리가 나오지 않았다.

붙잡힌다. 죄를 묻고 재판받는다. 그제야 거기까지 생각이 미쳤다. 어째서인지 병사가 방에 들어오는 순간까지 그 사실을 머릿속에 떠올린 적이 없었다.

도둑질의 벌은……. 쇼케이는 기억을 더듬고는 온몸에 소름이 끼쳤다. 책형이다. 길 한복판에 묶어 여러 개의 못으로 찔러 죽인다.

"무슨 일이에요?"

맞은편 침실이 열리고 쥐가 얼굴을 내밀었다. 쇼케이는 졸려 보이는 눈을 비비는 반수를 반사적으로 손가락질했다.

"나는 아무것도 몰라! 이 물건은 저 애가 준 거야!"

"응?"

어리둥절해하는 쥐를 병사들이 보았다.

"정권은?"

"저기에 있는데……."

"이름이 뭐지?"

"……조 세이張清."

서면을 확인하던 병사는 담담히 그것을 접었다. 그러더니 다른 병사를 향해 턱짓한다.

"두 사람 다 끌고 가."

8
장

001

“나는 너한테 물건을 준 기억이 없는데.”

쇼케이는 유국의 감옥에 사로잡혔다. 서리마저 내릴 듯한 추운 옥방 안에 쥐도 함께 붙잡혔다.

“대체 뭐가 어떻게 된 일인지만이라도 알려주지 않겠어?”

쇼케이는 대답하지 않았다. 대답할 수 있을 리가 없었다. 죄가 두려워 순간적으로 남에게 뒤집어씌우려 했다. 그뿐이다.

“너, 이름은 뭐야?”

“……쇼케이.”

무심코 그렇게 대답해버린 까닭은 죄책감 때문인지도 모른다.

“쇼케이는 방국의 공주 이름 아니었나.”

쇼케이는 저도 모르게 고개를 들었다.

"공주 손 쇼, 자가 쇼케이."

"나는……."

안국에서 온 반수가 어째서 그런 사실을 알고 있을까. 왕족 이름은 잘 전해지지 않는다. 신분이 높아 좀처럼 이름으로 불리지 않기 때문이다.

"죽었다는 소문도 있었지만 죽지 않았다는 소문도 있었지."

"당신…… 정체가 뭐야?"

쥐가 수염을 흔들었다.

"난 라쿠슌. 평범한 학생이야."

"평범한 학생이 추우를 탄다고?"

"빌린 물건이라니까. 공주라서 쫓기는 거야?"

쇼케이는 대답하지 않았다. 멍청하게 공주라고 고백했다가 호되게 당한 일은 잊지 않았다.

"뭐 곤란한 일 있으면 상담해줄게."

"내 걱정보다 자기 걱정이나 하시지?"

쇼케이가 일그러진 미소를 지었다.

"네가 어째서 감옥에 갇혔는지 아는 거야? 까딱했다가는 책형이야."

라쿠슌은 수염을 흔들었다.

"책형? 그거야 방국 이야기지. 물건을 훔친 죄인을 죽이는 나라는 방국뿐이야. 아니, 방국도 이제 그 법이 폐지되었다지만."

"그런…… 거야?"

"봉왕은 엄격한 임금님이었다니까. 절도는 사형, 특히 주인집에서 금품을 훔치면 편형, 의류, 보석, 장식품이라면 책형, 아마 음식이라도 효수였지. 그런 벌은 방국뿐일 거야. 보통은 태형이나 장형이지. 유국이라면 물건에 따라 다르지만, 음, 장형 백 대에 도형(징역) 구십 일이려나."

쇼케이는 놀라서 쥐를 보았다. 다른 나라 법에 정통할 것. 유능한 관리의 조건이지만 실제로 타국의 형법까지 정통한 관리는 형을 관장하는 사구 안에도 얼마 없다.

쇼케이는 그렇게 말하며 새삼 물었다.

"당신, 평범한 사람이 아니지?"

"평범한 학생이라니까. 안국에서는 이 정도는 당연해."

"소학생?"

"아니. 대학."

쇼케이는 눈을 더욱 동그랗게 떴다. 소학少學은 주마다 하나씩 있지만 대학은 국부에 부속된 단 하나뿐이고, 학생도 백 명 정도밖에 되지 않아서 입학하기가 여간 어렵지 않다. 대학을 수료하면 국관, 그중에서도 상급 관료가 될 수 있으니 입학을 꿈꾸는 자는 많으나 해마다 선거(시험)를 치러도 평생 합격하지 못하는 이도 있다.

"너 같은 어린애가? 몇 살인데?"

라쿠슌은 수염을 축 늘어뜨렸다.

"나는 늘 어린애로 보인단 말이지. 상관은 없지만. 스물두 살이야."

쇼케이는 눈을 깜빡거렸다. 스물두 살이면 불가능하지 않지만 그래도 이르다. 입학하려면 선거에 합격하는 것뿐만 아니라 소학 학두나 대단한 인물의 추거(추천)가 필요하니 서른을 넘기는 일도 드물지 않다.

"그래……. 좋겠네."

이 쥐는 장래가 약속되어 있다. 관헌의 풍요로운 장래. 쇼케이에게는 아무것도 없다. 정말로 무엇 하나 없다. 이렇게 감옥에 붙들려 재판을 기다리는 수밖에 없다.

"별로 좋지는 않아. 이런 일로 체포되면 제적당하니까."

쇼케이는 말하는 쥐를 보았다. 대학생이라면 지식뿐 아니라 인격도 묻는다. 죄를 지어 처벌받으면 틀림없이 제적당하게 되어 있다.

하지만……. 쇼케이는 생각했다. 쇼케이는 아마도 공국으로 다시 끌려갈 것이다. 공왕의 모욕과 처벌. 어쩌면 상식을 뛰어넘는 무거운 처벌이 내려질지도 모른다. 이 쥐는 모든 것을 잃지는 않지만 쇼케이는 자칫하면 목숨마저 잃게 된다.

"뭐, 어떻게든 되겠지. 그래서? 대체 뭐가 어찌된 거야? 왜 유국의 병사가 여관에 쳐들어온 거야?"

쇼케이는 이 질문에는 대답하지 않았다. 등을 돌리고 벽에 기대 눈을 감아, 이야기할 의지가 없음을 드러냈다. 등뒤에서 작게 한숨 소리가 들렸다.

쇼케이는 잠든 척했지만 사실은 잠들지 못하고 떨면서 하룻밤을 지새우고, 이튿날 옥방에서 끌려나갔다. 끌려가면서 옥방 안을 둘러보았다. 의아해하던 쥐가 쇼케이를 가만히 지켜보고 있었다.

옥방은 부제府第(관아) 안쪽에 있다. 이 도시에 있는 관아가 군인지 향인지 아니면 현인지, 그 이하인지 쇼케이는 알지 못한다. 폐옥(재판장)은 현부 이상에만 있고, 주부에서는 범죄 사건은 다루지 않지만 감옥은 어디에든 있다.

허리에 오라를 지운 쇼케이를 부제 정전으로 끌고 가 동헌 바닥에 앉혔다. 정면의 단상에는 뚱뚱한 중년 남자가 앉아 있다. 밧줄을 잡고 있는 옥졸이 쇼케이를 쓰러뜨리고 억지로 고개를 숙여 머리를 조아리게 했다.

"방국 공주, 손 쇼로군."

"……아니에요. 저는 그런 대단한 사람이 아닙니다."

남자는 재미있다는 듯이 웃었다.

"호오? 공국 공왕께서 방국 공주가 어물을 훔쳐 공국에서 도망쳤다고 알려오셨어. 붙잡아달라는 요청이 있었노라 주상께 하달받았다. 공왕께서 친히 훔쳐간 물품 목록을 청조靑鳥와 함께 보내주셨어. 목록에 있던 물품 대부분이 네 짐 속에 있었던 까닭이 무엇인가."

청조란 관아마다 전령으로 쓰는 새를 일컫는다.

"받은…… 거예요."

쇼케이는 바닥에 이마를 댄 채 내뱉었다.

"숙소에서 같은 방을 쓴 반수에게 받았어요."

—미안하지만 무슨 짓을 해서든 공으로 돌아가고 싶지 않다. 켕기는 심정으로 쇼케이는 단호하게 말했다. 느닷없이 단상의 남자가 큰 소리로 웃었다.

"그런 거짓말을 믿을 관리가 있다고 보나?"

"하지만!"

"그래, 참으로 세상 물정 모르는 공주답군. 어물을 훔쳐 공국 왕궁을 뛰쳐나가놓고 태평하게 여관에 묵다니. 길량처럼 눈에 띄는 기수를 버리지도 않고 데리고 돌아다녔지. 재빨리 물품을 돈으로 바꾸면 되었을 것을 소중히 짐 속에 숨겨놓고 말이야."

쇼케이는 입술을 깨물었다. 스스로도 어리석었다고 생각한다. 자유로워진 것이 기뻐서 다른 일에 신경쓸 정신이 없었다.

"훔친 물건이 장식품뿐인 까닭은 여자이기 때문인가. 어리석구나."

현정, 하고 단상을 향한 목소리가 들렸다. 그러면 이곳은 현부인 모양이다.

"공주씩이나 되는 자가 그런 어리석은 짓을 저지를까요. 역시 이 여자는 공주가 아니지 않겠습니까."

"그도 그렇군."

현정의 목소리는 들떠 있었다.

"그래, 확실히 그러하군. 다시 한번 묻겠다. 너는 공주 손 쇼인가?"

"아닙니나."

지푸라기에라도 매달리는 심정으로 쇼케이는 바닥에서 외쳤다.

"그렇다면 공주는 훔친 물품을 너에게 떠넘기고 자신은 행방을 감춘 것이로군. 그러나 애써 훔친 물건을 남에게 줄까? 아니, 그런 짓을 할 리가 없지. 계집, 어떻게 된 거지? 이것은 정말로 받은 물건인가? 아니면 네가 훔친 것인가?"

쇼케이는 대답하지 못했다.

"고개를 들고 내 눈을 보고 대답하라. 훔친 물건인가?"

쇼케이는 고개를 들고 히죽 웃은 불그레한 얼굴을 쳐다보았다.

"아…… 아니에요."

"그러면 남에게 받은 물건인가? 그런 멍청한 적선을 베풀 자가 세상천지 어디에 있나. 아아, 아니면……."

현정의 목소리가 간살스럽게 바뀌었다.

"이것은 원래 네 물건인가? 오해를 살까 두려워 받았다고 둘러댄 것인가? 그렇다면 물건이 목록과는 우연히 비슷할 뿐이고, 공국의 물품과는 아무 관계도 없는 것이 되는데."

쇼케이는 남자의 꿍꿍이가 있어 보이는 시선을 받고 고개를 끄덕였다.

"……그렇습니다."

"네가 가지기에는 지나치게 호화로운 물건 같다만?"

"……하지만 ……제 물건이에요. ……정말이에요."

"수상하군. 그런데 관아는 이래저래 바빠. 수상하다는 것만으로 일일이 조사하자면 끝이 없지. 네가 벌금으로 대신하겠다면 그걸로 석방해줄 수도 있다만."

쇼케이는 남자의 꿍꿍이를 깨닫고 내심 기가 찼다. 남자는 뇌물을 요구하고 있다. 당내에 있는 하관도 히죽거리며 웃고 있다.

"만약…… 저를 용서해주신다면 짐 속의 물건과 길량은 나리께 헌상하겠습니다."

"그러한가."

현정은 무릎을 쳤다.

"처세를 잘 아는 계집이로고. 그러면 그것으로 불문에 부치지. 아무래도 지시받은 목록의 물품과 비슷한 듯하나 너의 것이라면 우연이겠지. 공왕의 어물이라면 받을 수 없지만 너의 물건이라면 문제가 없지."

"제 것입니다."

쇼케이가 딱 잘라 말하자 현정과 하관들은 히죽 웃었다.

"알았다. 그렇다면 네 신병을 풀어주지. 물품과 길량은 내가 맡겠다. 짐과 돈주머니는 돌려줄 터이니 마음대로 하도록 하라."

"……감사합니다."

쇼케이는 고개를 숙여 얼굴에 지은 표정을 숨겼다.

쇼케이는 관아에서 짐과 돈주머니를 받아들고 한풍이 부는 거리로 비틀거리며 나왔다.

—살았다.

적어도 목숨을 빼앗기는 일 없이 공국으로 돌려보내는 일도 없었다. 애써 들고 나온 어물을 빼앗기고 길량도 잃고 말았지만 말이다. 그뿐 아니라.

쇼케이는 품속에 손을 넣어 엄청나게 가벼워진 돈주머니를 만졌다.

여관에 넘긴 은비녀는 압수당했다. 작고 가벼워진 돈주머니를 쇼케이에게 돌려준 관리는 돈주머니의 돈으로 숙박료를 냈다고 했다.

하지만 소지금 대부분을 잃더라도 공국으로 돌려보내지는 것보다는 몇 배나 낫다. 가죽 웃옷을 여미고 어깨걸이를 목에 단단히 감으며 자신을 타일렀다.

—그런데 앞으로 어쩌면 좋지.

경국으로 가기 위해서는 대국으로 가서 정권을 얻어야 하고, 대국으로 가기 위해서는 경국에 가서 대국행 배를 타야 한다. 짐 속에는 갈아입을 옷과 지난번에 산 장신구 몇 개가 들어 있을 뿐이다. 이것을 전부 돈으로 바꾸면 어디까지 갈 수 있을까. 쇼케이에게 남겨진 것은 닷새 치 노잣돈으로 쓰기에도 부족하다.

걸어서 여행하며 가장 싼 숙소에 묵으라는 것인가. 그것마저 할 수 없어지면 민가에 가서 잠자리를 청하고 날품팔이 일을 청해서 사람의 인정에 의지하며 여행하라는 것인가. 자신이 그런 일을 할 수 있을 리 없다.

이러지도 저러지도 못하고 고개를 깊이 떨군 채 부제를 나온 쇼케이를 옆에서 누가 불렀다.

"무사했던 모양이구나."

허둥지둥 돌아본 쇼케이는 훌륭한 추우의 고삐를 끌고 다니는 쥐를 발견했다.

"너……."

"어떻게 되었는지 신경쓰여서 왔는데, 의심이 풀렸나 보네."

칠흑 같은 눈을 가늘게 뜨자 미소 같은 표정이 떠올랐다.

"……의심이 풀린 게 아니야."

쇼케이는 고개를 돌리며 걸었다. 바로 뒤에서 자박자박 발소리가 쫓아왔다.

"의심이 풀리지 않았다고?"

"뇌물을 건네면 풀어주겠다고 했을 뿐이야. 덕분에 소지품을 전부 빼앗겼어."

쇼케이는 걸으면서 내뱉었다. 이 쥐에게 화풀이를 해도 소용없는 일이지만 다행이라고 말하고 싶은 듯한 모습이 신경에 거슬렸다.

"……이상하네."

나직한 목소리에 쇼케이가 쥐를 돌아보았다.

"유의 관리가 뇌물을 요구할까."

"하지만 그랬어. 드문 일이 아니야. 어느 세상이건 어느 나라건 권력을 내세워 자기 배를 불리려는 자는 있는 법이지."

"유는 법치국가로 명성이 높은 나라거든. 방의 봉왕도 유를 본떠 나라를 만들려고 했어."

쇼케이가 걸음을 멈추었다.

"백성을 단속하는 법보다 관리를 단속하는 법이 많지. 그 부근이 방과는 좀 다르지만. 유의 관리는 부패할 수 없어. 하지 못하도록 법이 짜여 있어. 그런데 현부에서 당당히 뇌물을 요구했다고? 그랬군."

"……무슨 말이야?"

"관리를 감시하는 체제 자체가 썩었다는 이야기야. 너는 대국으로 간다고 했지? 그럼 역시 유의 항구에서 건너갈 생각이야?"

쇼케이는 자조하듯 웃었다.

"경으로 갈 만한 여비는 없어."

"그만둬."

"어째서?"

성문으로 향하는 대로의 혼잡함 속에서 쥐는 목소리를 낮추었다.

"허해에는 요마가 나와."

"어제 들었어."

"절반은 대국 연안에 나오지만 절반은 유국 연안에서 나와."

"뭐라고?"

쇼케이는 걸음을 멈추고 반수를 보았다. 새카만 눈동자가 쇼케이를 쳐다보고 있다.

"이 나라는 기울고 있어."

쇼케이는 한동안 그 말을 반추했다.

유의 유왕劉王은 공의 공왕보다 오래 나라를 다스렸다. 이미 통치는 백이십 년을 넘었으니 현군에 속한다. 쇼케이에게 가까운 삼국, 범국, 공국, 유국은 무너진 적 없는 나라처럼 여겨졌다. 쇼케이가 태어났을 때부터 줄곧 안정된 나라였기 때문이다.

"그래서 어쩌려고?"

갑작스러운 질문에 쇼케이는 라쿠슌을 바라보았다. 어디로 갈지 생각도 하지 않고 사람들 흐름을 따라 도시의 성문을 나서고 있었다.

"뭘?"

"대국으로 가고 싶었던 것 아니었어? 짐을 빼앗겼잖아. 노잣돈은 있어? 나는 유국을 돌아다니다 안국으로 돌아갈 거야. 그래도 괜찮다면 함께 갈래?"

쇼케이는 놀라서 눈을 크게 떴다.

"설마…… 나를 안국까지 데려가주겠다는 얘기야?"

"관궁까지라도 괜찮다면. 한동안 돌아다녀야 하지만."

"……모자란 거 아냐? 자신이 까딱하면 도둑으로 몰릴 뻔했다는 거 알고 있어?"

라쿠슌이 웃었다.

"그럴 일은 없어. 체포되지도 않을 거라고 생각했고. 대단한 분께서 정권에 이서해주셨거든."

"그런 문제가 아니라……."

그는 더 활짝 웃었다.

"나는 아무래도 이런 인연을 부르는 체질인가 봐."

002

해가 바뀌었다. 보름에 걸쳐 스즈와 세이슈는 화주 서쪽 끝인 지수향止水鄕까지 왔다. 이대로 길을 따라 서쪽으로 가면 도읍 요천이 있는 영주가 나온다.

마차를 이용한 덕분에 보름 만에 여기까지 올 수 있었지만 세이슈의 상태가 나날이 안 좋아진 탓에 여기까지밖에 오지 못했다. 어떨 때는 일어나자마자 괴로워하기 시작해 한나절을 끙끙거리기도 했다. 그러면 그날은 고사하고 이튿날도 도저히 길을 떠날 수 없었다. 그런 여행 가운데 스즈와 세이슈는 새해를 맞이했다.

아직도 세이슈의 눈은 나아지지 않았다. 어지럼증이 심해 걸어서 여행하기는 불가능에 가까웠다. 두통에는 반드시 경련이 따르고 항상 토악질을 했다.

"누나, 미안."

세이슈는 마차에 누워 흔들리며 말했다. 짐칸에 덮개를 덮고, 깔개만 깐 마차다. 대부분 가까운 마을 사람이 가도 근처 도시에 갈 때, 빈 짐칸에 사람을 태우고 푼돈을 버는 것이었다. 치거馳車라고 여행자를 태우는 전용 마차도 있지만, 대개 귀인이 쓰는 물건이라 스즈는 태워주지 않는다.

"돈은 괜찮아? 나, 걸을 수 있어. 좀 느릴지도 모르지만."

"괜찮아. 어린애는 그런 걱정 하지 않는 거야."

스즈가 이마를 딱 때리자 웃으면서 또 밉살스러운 소리를 한다.

"자기도 애면서."

웃는 얼굴이 야위었다. 토해내기만 하니까 당연하리라.

혀도 꼬이는 모양이었다. 스즈는 선인이라 제대로 들었지만 마부는 이상하게 말한다고 했다. '간다'를 '안다'로 말해버리는 기묘한 증상이 나타난 듯했다.

"밉살스러운 소리 할 새가 있으면 잠이나 자."

"걱정된단 말이야. 누나는 못 미더워."

"쓸데없는 걱정이야."

스즈는 말하면서 웃고 말았다. 밉살스러운 말에도 화나지 않는 까닭은 세이슈의 말에 다른 꿍꿍이가 없기 때문이다. 때로 얄미운 소리도 하지만 거짓말은 하지 않았다. 마음에도 없이 가엾다고 말할 바에야 불쌍하지 않다고 서슴없이 말하는 편이 편했다.

스즈는 불현듯 세이슈를 보았다.

"혹시 리요 님도 그랬을까……."

"뭐가?"

"동부 사람은 다들 리요 님을 싫어했어. 하지만 미우냐고 묻는다고 그렇다고 대답할 수는 없잖아? 그래서 다들 말도 안 된다고 고개를 내저었는데, 리요 님은 항상 빈정거렸어."

"싫다는 소리를 듣고 기뻐하는 사람은 없겠지. 하지만 미워하는 줄 아는데 그렇지 않다는 대답을 들어도 전혀 기쁘지 않을 거야."

"미움받을 일을 하지 않으면 될걸……."

"으음."

세이슈는 덮개로 덮은 천장을 보았다.

"인간은 짜증이 치밀어서 남에게 화풀이할 때가 있지? 스스로도 짜증나는 일을 하는 줄 알면서도 저질러버릴 때가 있잖아."

"……있지."

"그럴 때는 스스로도 미안한 짓을 했다 싶잖아. 자기한테 질렸을까 싶어 물었더니, 빤히 보이는 태도로 아니라고 대답하면 역시 화나지 않을까. 솔직히 싫다고 대답해도 뿔이 나겠지만."

"그럴 수도 있겠네……."

"그런 일이 오래 계속되면 스스로도 무엇 때문인지 모르지만 오기로 어떻게든 진심을 털어놓게 만들겠다는 생각도 들지 않을까."

스즈는 입을 떡 벌렸다.

"너는 리요 님이 되어본 것 같구나."

"그냥 상상일 뿐이야."

"그럴지도 몰라."

돌이켜보면 리요가 무슨 생각을 하는지 상상해본 적이 없었다. 그저 거기에는 악의가 있다고만 생각했다.

"솔직히 말해서 리요 님의 기분 같은 건 생각해보지도 않았어. 어떻게든 버틸 생각만 했지. 그런데 리요 님은 사실은 분하지, 밉지, 하고 빈정거리면서 대답이 마음에 들지 않으면 어마어마한 일을 시키기도 했어. ……한숨 돌릴 곳은 잠자리밖에 없었어. 가끔 억지로 일어나야 했지만."

세이슈가 한숨을 쉬었다.

"어째…… 불쌍하네……."

"정말로 힘들었어."

"누나 말고. 누나는 좋아서 있었던 거잖아. 누나 말고 리요라는 사람 말이야."

스즈는 원망스러운 심정으로 세이슈를 쏘아보았다.

"너는 내가 아니라 리요 님을 동정하는 거야?"

"그런 식으로 쓸데없는 고집을 부리는 거 괴롭지 않을까? 분명히 스스로도 자신이 지긋지긋해질 때도 있었을 거야. 자기혐오 말이야. 나 자신한테서 도망칠 곳은 없으니까."

"그럴까."

스즈는 퉁명스레 고개를 돌려 덮개 틈으로 보이는 거리를 응시했다.

"……너는 웃겠지만 정말로 괴로웠어. 추운 날에 차가운 침상에 들어가 혼자 멍하니 망상이나 하는 시간이 가장 행복하다니, 스스로가 정말로 서글펐어."

"다른 사람이 있었잖아? 이야기를 나눌 생각은 하지 않았어?"

"말했잖아. 나는 해객이라 잘 모르는 것이 많았다고. 모르는 것을 물을 때마다 비웃으니 이야기할 마음이 들지 않더라. 분명히 배우려 하지 않은 나도 잘못이지만 그렇게 늘 비웃음만 당하면 남에게 무언가를 물어 배울 마음이 사라지는 것도 당연하지 않을까."

"……그래서 잠자리에 들어 나는 가여워, 세상에서 가장 불행하다고 울었던 거구나."

"그러지는……."

그것이 사실이었으므로 스즈는 얼굴을 조금 붉혔다.

"그러지는 않았어. 이것저것 상상했어. 만약 이게 꿈이고 눈을 뜨니 사실은 우리집 이불 속이 아닐까 하는 상상."

스즈는 애달프게 웃었다.

"경왕 이야기를 듣고부터는 경왕은 어떤 사람일까 궁금했어. 틀림없이 봉래를 그리워하리라고 믿었어. 그러니까 이런 이야기를 해드리자, 고향 노래를 불러드리자."

그러면 경왕은 무척 기뻐한다. 그리고 경왕 또한 고향 이야기를 해준다.

스즈는 한숨을 내쉬었다.

"정신이 들면 허무할 뿐이지. 리요 님은 늘 구박하며 들볶고, 다른 사람들도 심술을 부리고……."

세이슈가 어이없어했다.

"누나는 진짜 어린애 같구나. 당연하잖아. 누나는 아무것도 하지 않았으니까."

스즈는 놀라서 눈을 동그랗게 떴다. 세이슈는 한심하다는 듯이 한숨을 내쉬었다.

"공상은 노력이 하나도 필요 없는걸. 지금 눈앞의 문제를 어떻게 할지 고민하고 해야 하는 일을 하는 것보다 훨씬 편하지. 하지만 그사이 생각해야 할 일도 해야 할 일도 나 몰라라 미루고 있었을 뿐이잖아? 그러니 당연히 변하는 것도 없고 허무하지."

"그야 그렇지만……."

"그런 꿈같은 생각만 하니까 누나가 여태 어린애 같은 거야."

"너는 가끔 진짜 미워."

"메—롱."

세이슈는 혀를 내밀더니 몸을 구부렸다.

"누나는 잘 울잖아. 나는 우는 게 싫어."

"울보라서 미안하게 됐다. 나는 어릴 적에는 울지 않는 아이라는 소리를 들었어. 잘 참는 아이라고."

스즈를 고개로 데려간 중개인도 그렇게 말했다. 울지 않아 마음에 든다고.

"하지만 울보가 될 만큼 힘들었어. 여러모로 말이지."

세이슈가 스즈를 쳐다보았다.

"나는 경국의 집이 불타고 마을 사람이 많이 죽고 우리도 이제 어딘가로 떠나야만 해서 마지막으로 불에 타고 남은 집 터를 보러 갔을 때 엄청 울었어. 하염없이 슬프고 또 너무 슬퍼서 참을 수 없었어. 어린애니까 울 일이 많았지. 평소 우는 거랑 달리 나는 그대로 평생 그치지 못하는 것이 아닐까 싶었어."

"네가?"

"응. 그때 생각했어. 아아, 사람의 눈물에는 두 종류가 있구나. 자신이 가여워서 울 때랑 슬플 때랑. 자신이 가여워서 우는 눈물은 어린 눈물이야. 누군가 어떻게든 해달라는 눈물이니까. 엄마든 아빠든 옆집 할머니라도 상관없으니까 도와달라고."

스즈는 그저 세이슈의 얼굴만 바라보았다.

"아이는 그것밖에 몸을 지킬 방법이 없으니까. 그러니까 어린 눈물인 거야."

스즈는 그러냐고만 대답했다. 한동안 세이슈도 입을 다물고 있었다.

"……저기, 너희 집은 결국 어디에 있었어?"

"한참 남쪽에."

"몸이 나으면 가볼까."

"같이?"

세이슈는 누워서 스즈의 옷에 파고들었다. 마차 안은 추우니까 옷을 코끝까지 끌어올려 눈만 내밀고 스즈의 얼굴을 살핀다.

"같이. 싫어?"

"누나랑 함께 가려면 애 좀 먹겠네."

세이슈는 그렇게 받아치며 키득거렸다. 스즈도 따라 웃었다.

003

고계의 마을은 북위의 시가지에 인접해 있다. 북동쪽 구석에 딸려 있는 것처럼 존재한다. 관아는 이부 하나, 이에 있는 건물도 스물다섯 집, 최소 규모의 마을이다.

요시는 란교쿠와 함께 이가의 문을 지나 대위大緯로 나왔다.

일반적으로 이里는 사방이 각 백 보에 높은 곽벽으로 둘러싸였고 안쪽에 환도環途라는 길이 벽을 따라 빙 둘러 나 있다. 이의 북쪽에 이부와 이사, 이가가 늘어서 있고 그 앞을 동서로 가로지르는 큰길을 대위, 이사에서 이의 출입문까지 남북으로 쭉 뻗은 길을 대경大經이라 한다. 이부에는 관아와 소학小學이 있다. 이사의 정식 명칭은 사社로, 이목과 제신, 토지신을 기린다. 이목을 기리는 이사 서쪽에 토지신과 오곡신을 기리는 사직社稷, 동쪽에 조상을 모시는 종묘宗廟가 있는 것이 일반적이다. 이것들을 모두 합해 사라 부르는데, 주민의 신앙은 이목에 집중된다. 그 나무가 마을 사람들에게 아이와 가축을 주기 때문이다.

"재미있군……."

요시가 혼자 중얼거리자 란교쿠가 의아한 표정을 지었다.

"응?"

"아니, 이사라는 이름처럼 사직과 종묘는 덤 같아서."

실제로 사직과 종묘는 크기도 작고 평소에는 쥐 죽은 듯 고요했다.

란교쿠는 쿡쿡 웃었다.

"요시는 이상한 것을 재미있어하는구나."

"그런가?"

"이목은 아이를 주잖아. 아무리 공물을 올리고 빌어도 풍작이 된다는 보장은 없고, 재해로부터 지켜주는 것도 아니야. 그러니까 이목이 첫째지. 아무래도 그렇게 되지 않겠어?"

"이쪽 사람은 현실적이구나. 하지만 천제와 왕모는 특별한가 봐."

대부분 천제와 서왕모도 이사에 합사合祀하지만 이와는 별개로 일부러 두 사람을 모시는 사당을 세운 마을도 있었다.

"아이를 주시니까."

"천제와 서왕모가?"

"응. 아이를 원하는 부부는 이목에 빌며 가지에 끈을 묶어."

"부부가 아니면 안 돼?"

"안 돼. 그러면 최생현군催生玄君이 아이를 원하는 사람의 명부를 만들어 서왕모께 올린대. 서왕모는 천제께 물어 그중에서 부모가 될 만한 훌륭한 사람을 고르는 거야. 그렇게 왕모가 여신에게 명령해 난과를 만들지."

"흐음."

자세히는 기억나지 않지만 예전에 고향에서 들은 신화와는 꽤 달랐다.

"송생현군送生玄君이 아이의 모태를 빚어 난과를 만들고, 송자현군送子玄君이 이목으로 난과를 날라다 주셔. 봉래에서는 그러지 않아?"

"전혀 달라."

요시가 쓴웃음을 지었다.

"란교쿠는 그 이야기를 믿어?"

요시가 묻자 란교쿠가 웃었다.

"진실이 어떤지는 몰라. 하지만 난과가 열리는걸. 기원한 가지의 난과가 아니면 절대로 딸 수 없어. 신기하지 않아? 그러니까 분명히 신께서 보내주신 거야."

요시가 웃었다.

"그렇군. 가축도 이목에서 나지?"

"맞아. 초하루부터 초이레까지 이목에 빌어. 1일이 닭과 오리 같은 조류, 2일이 개, 3일이 양과 염소, 4일이 멧돼지와 돼지, 5일이 소, 6일이 말, 7일이 사람."

"사람? 사람도 정해져 있구나?"

"원래는 그랬지. 지금은 7일인가 9일 이후면 언제든 괜찮아. 하지만 7일에 빌어서 열린 아이는 착한 아이가 된대. 게이케이가 그랬다고 엄마가 말씀하셨어."

"그래, 그랬구나."

"가축은 한 달이면 부화해. 한 번에 끈을 여러 개 묶을 수 있지만 전부 난과가 열린다는 법은 없어. 사람은 반드시 딱 하나만 묶어."

"그럼 쌍둥이는 없겠군."

"쌍둥이?"

"두 사람이 함께 태어나는 아이. 봉래에는 다섯 아이가 태어난 일도 있어."

"어머나, 신기하다."

란교쿠는 맞장구를 치며 이사를 돌아보았다.

"8일은 곡물의 날. 곡물은 임금님만 빌 수 있어."

"곡물의 날도 있구나."

"오곡은 알아서 늘어나. 씨를 뿌리면 열매를 맺어 늘어나잖아."

"역시 그렇구나."

"풀이나 나무는 생물이 아닌걸. 하지만 새로운 곡물은 누군가 부탁해야만 하잖아? 그럴 수 있는 사람은 임금님뿐이고, 왕궁 안에 있는 나무뿐이야. 하늘이 부탁을 들어주셔서 왕궁에 열매가 열리면 이듬해에는 온 나라 이목에 씨앗이 든 난과가 열린대."

"그래?"

요시는 눈을 동그랗게 떴다. 그런 책무가 있는 줄은 몰랐다. 자세한 이야기를 엔호에게 물어보기로 마음먹었다.

"야목에는 말이지, 가축 이외의 짐승이나 새가 열려. 물속에도 나무가 있는 거 알아?"

"몰라. 혹시 물고기가 열리나?"

란교쿠가 웃었다.

"정답. 그리고 풀과 나무 씨앗."

"곡물이 아닌 식물은 멋대로 늘지 않아?"

"늘어나. 그게 아니라 새로운 풀과 나무 말이야. 새로운 품종은 멋대로 생기나 봐. 언제 어디에서 어떤 풀이 나는지 아무도 몰라. 그래서 가끔 야목을 찾아가 밑동에 낯선 풀이 없는지 조사하지. 조사해서 찾으면 들고 돌아와 길러서 늘려. 그런 일을 하는 부민이 있어. 엽목사獵木師라고 하는데. 새로운 난과를 찾아 여기저기 돌아다니는 사람들이야. 나무도 저마다 특징이 있어서 새로운 난과가 잘 열리는 나무랑 좀처럼 열리지 않는 나무가 있대. 잘 열리는 나무는 비밀이야. 절대로 가르쳐주지 않아. 그래서 엽목사의 뒤를 밟다가는 목숨을 잃는대."

"흐음……."

"신기한 약이며 약초, 작물의 묘목을 가져와 파는데 좀 무서워."

요시는 잠자코 고개를 끄덕였다. 이 세상에도 역시 차별받는 사람들이 있다. 직업적인 차별은 별로 없다. 가계에 따라 직업을 이어받는 일이 없기 때문이다. 아이는 어느 집 자식이든 반드시 세는 나이로 스무 살이 되면 공전을 받아 독립한다. 큰 가게나 장사도 그대로 아이에게 물려줄 수가 없다. 몸에 장애가 있는 사람 역시 깍듯하게 거둔다. 하지만 반수나 부민은 차별받는다.

"……왜 그래?"

란교쿠가 물어서 요시는 고개를 기로저었다.

친구인 반수. 그에게 보답하는 마음으로 반수를 차별하는 법을 없애고 싶었다. 그러나 제관의 찬동을 얻지 못했다.

차별 금지법을 초칙으로 삼을까도 고민했다. 하지만 그것도 아닌 것 같았다. 초칙은 요시에게 하나의 매듭이었다. 왕으로서의 자각과 자부심을 가지고 하는 첫 일로 삼고 싶다고, 언제부터인지 고집스럽게 생각하게 되었다.

"내가 무슨 말실수라도 했어?"

"그게 아니야. 잠깐 이것저것 생각했을 뿐이야. 그럼 가볼게."

요시와 란교쿠는 마침 마을 어귀에 도착했다. 란교쿠는 문을 나가 공한지로 간다. 요시는 북위 시가지에 볼일이 있다.

"……응. 기운 내."

요시가 미소 지었다. 란교쿠는 요시가 생각에 잠기면 늘 봉래를 떠올리는 줄 알고 불쌍히 여기는 모양이었다. 그 마음씨에 감사하며 요시는 손을 가볍게 들었다. 란교쿠와 헤어져 환도를 따라 서쪽으로 갔다.

일반적으로 마을에는 문이 이려 하나밖에 없다. 이곳 고계에는 두 개가 있다. 고계가 본디 북위의 일부였기 때문이다.

도시는 반드시 이里를 주축으로 생겨난다. 이에 또 다른 부제(관아)가 붙어 비대해진 것이다. 현성 이상이 되면 반대로 도시 중심에 부성府城(관아)이 생기고 정작 이는 이부 등과 함께 도시 구석으로 내몰린다. 반드시 북동쪽 귀퉁이다. 심지어 북위에서는 이인 고계가 도시 바깥으로 내쫓긴 모양새가 되고 말았다. 간신히 문 하나로 북위와 이어져 있는 상태다.

요시는 북위로 들어가 곧장 부성으로 향했다. 도시 한가운데 높은 성벽으로 둘러싸인 일곽, 그 주위를 빙 도는 내환도內環途를 돌아 북위의 남동쪽으로 향했다.

"……어디지?"

요시는 작게 중얼거렸다. 북적이는 사람들 사이 발치에서 더욱 작은 목소리가 들렸다.

"다음 모퉁이에서 오른쪽으로 꺾으십시오."

요시는 목소리의 지시에 따라 시가 안쪽으로 들어가 작은 집에 다다랐다.

본디 도시에 집이 있는 사람은 그곳 이의 주민뿐이고, 반드시 나라에서 받은 집만 있어야 한다. 그렇지만 실제로 사람들은 땅을 팔고 집을 팔아 이동한다. 어떤 사람은 여가와 농지를 팔아 관아에서 땅이나 가게를 사고, 어떤 사람은 농지를 사서 남보다 몇 배의 땅을 소작인을 고용해 경작한다. 가끔 가다가 한 여가가 통째로 한 인물 소유일 때도 있다. 주어진 농지를 볼 새도 없이 팔아치우고 도시에 집을 사는 사람도 적지 않다.

여기 주인은 어떤 경위로 이 집에 살게 되었을까. 어쨌거나 소유주는 로라는 인물이다. 엔호를 찾아오는 기묘한 손님의 심부름을 하던 남자네 집이었다.

한쿄는 돌아가는 손님을 미행해 남자가 숙소가 아닌 로의 집으로 들어가는 모습을 확인했다. 남자는 이튿날 북위를 나가 북쪽으로 갔다고 한다.

—이제 어쩐다.

요시는 집을 올려다보았다. 수상한 손님은 어젯밤에도 찾아왔다. 역시 심부름을 한 사람은 이 집 주인인 로였던 듯하다. 전날과 마찬가지로 여관이 아니라 이 집에 머물렀고, 오늘 아침에 북위를 나가 북쪽으로 갔다고 한다. 대체 어디의 누구인지 로를 불러내 물어보았자 실토하지 않을 것이다.

길 반대쪽에서 바라보고 있는데 대문이 벌컥 열렸다. 요시는 순간적으로 시선을 피하고 거리를 둘러보며 길을 잃은 척했다.

그럼, 하고 남자 목소리가 들렸다.

"짐은……."

남자는 요시를 알아챈 듯 말을 끊었다. 얼룩덜룩한 갈색 머리카락을 한 중년의 작은 남자였다. 아마도 로이리라. 옆에는 반대로 덩치 큰 남자가 있었다. 바위 같은 체격에 지극히 평범한 검은 머리카락. 그 남자도 요시를 보고 시선을 획 피했다.

"댁한테 맡길게."

"알았다."

그 말만 나누고는 두 사람은 헤어졌다. 작은 남자는 도망치듯 집안으로 들어가고 큰 남자는 빠른 걸음으로 골목을 걷기 시작했다.

—평범한 손님인지도 모른다.

하지만 작은 남자가 서둘러 말을 끊은 이유가 마음에 걸린다.

요시는 큰 남자와는 반대쪽으로 걸으면서 한교를 작게 불렀다.

"……신경쓰실 만한 일입니까?"

모습 없는 목소리에 요시가 고개를 끄덕였다.

"미안하지만 부탁해. 그냥 손님인 것 같지만 아무래도 엔호의 상태가 신경쓰여……."

란교쿠의 말대로 처음 그 손님이 온 이튿날, 엔호는 이번에도 마찬가지로 울적한 낌새였다. 오늘은 수업도 못 하겠다고 했다. 그래서 할 일도 없어 로의 집을 보러 와본 것인데.

"알겠습니다."

작은 목소리가 멀어지더니 이내 사라졌다.

그날 밤, 한교는 한밤중이 되어서야 돌아와 남자가 강 너머 화주 지수향 향도인 척봉에 산다고 알렸다.

"척봉……."

척봉이라면 북위를 나와 동쪽, 엔호를 찾아온 남자는 북쪽으로 향했다. 덩치 큰 남자와 관계가 있는가, 없는가.

요시는 한동안 말없이 생각에 잠겼다.

9 장

001

여행길에 라쿠슌이라는 반수는 자신이 교국 출신이라고 말했다.

"교에서는 반수는 소학少學에도 들어갈 수 없어. 그래서 안으로 유학 왔시."

분명히 방에서도 반수는 소학과 대학에 입학할 수 없었다. 쇼케이가 그렇게 말하자 라쿠슌은 고개를 끄덕였다.

"부민이나 난민도 들어갈 수 없어. 그 나라 호적이 없으면 안 되는 거지. 그런 나라는 많아. 반수에게 호적을 주지 않는 나라는 이제 교밖에 없지만, 옛날에는 어디든 그랬어. 대도 새로운 왕이 겨우 호적을 주기 시작했는데, 철저하게 이루어지지 못한 채 위왕이 나타났으니까."

"……그래."

"반수는 관리가 되지 못하는 나라, 상급 학교에 들어가지 못하는 나라는 방과 교야. 순과 경도 대부분 그래."

라쿠슌의 여행은 엉망진창이었다. 추우의 다리라면 지초까지 하루도 채 걸리지 않는데 이런저런 마을에서 일부러 걸음을 멈추었다. 지초와는 반대 방향에 있는 도시를 들르기도 일쑤였다. 추우 덕분에 힘들지 않은 여행이지만, 쇼케이는 고개를 갸웃거릴 수밖에 없었다. 어떤 목적의 여행인지 도통 가늠이 되지 않는다.

"부민이나 난민이 관리가 될 수 없고, 학교에 갈 수 없는 나라는 더 많지. 산객, 해객에게는 더욱 엄격해. 보통은 부민처럼 취급하지만 교에서는 부민보다 대우가 못해. 반대로 아주 각별히 대우하는 나라도 있어. 주와 안, 연이 그렇지. 산객이나 해객은 진귀한 것을 전해줘. 종이, 도자기, 인쇄 기술, 의술."

"산객이나 해객이 진짜로 있어?"

쇼케이는 본 적이 없다.

"최초로 절이 세워진 나라가 방이잖아."

"그래?"

"필왕必王 시대에 산객이 와서 산허리를 깎아 절을 세우고 불교라는 것을 가르친 것이 시작이야. 그러니까 아주 오래전부터 방에서는 시신을 화장하지. 화장하는 나라는 방과 안, 주와 연뿐일걸. 방에서는 이사도 묘당처럼 짓지 않고 사당寺堂처럼 짓지? 건물 배치가 달라."

"필왕이 누구야?"

"방의 열두 번째인가 열세 번째 임금님 아니었나."

쇼케이는 황당한 표정으로 반수를 바라보았다. 방의 백성, 공주인 쇼케이보다 라쿠슌이 훨씬 방을 잘 알고 있었다. 그게 분하고 신경질 났다.

"그럼 쇼케이에게는 내일부터 고생을 좀 시킬 거야."

지초를 떠나 추우로 이틀을 더 돌아다니고 성문을 들어서려던 참이었다. 성문으로 향하는 길은 한산했다. 해가 지기에는 아직 여유가 있는 탓이었다. 라쿠슌은 작은 통을 추우 목에 둘렀다. 쇼케이는 오늘 아침에 라쿠슌이 통 속에 편지를 넣는 모습을 지켜보았다.

"무슨 소리야?"

"내일부터 안까지 걸어가야 해."

"뭐?"

쇼케이가 항의할 새도 없이 라쿠슌은 추우를 재촉했다.

"다마, 먼저 돌아가. 편지를 부탁해."

크릉, 하고 울고는 추우가 하늘을 날아올랐다. 연처럼 떠오르더니 긴 꼬리를 휘날리며 바람이 지나간 듯이 보이지 않았다.

"추우를 놓아주고 어쩔 셈이야. 안국까지 가려면 아직 꽤 남았는데!"

"닷새쯤 되겠지. 좀 봐줘. 더는 샛길로 새지 않을게."

"그런 문제가 아니야! 오늘밤 숙소를 어쩔 거냐고!"

반수는 어느 도시에서든 푸대접을 받는다. 고급 여관에서는 라쿠슌이 들어가면 항상 떨떠름한 얼굴을 한다. 그래도 데리고 다니는 추우를 보면 꼭 태도를 바꾸었다. 추우가 없다면 숙박을 거절당하기 십상이었다.

"대단한 숙소에 묵지 않는다면 괜찮겠지. 다마가 없으면 마구간을 고집할 필요도 없으니까 제일 싼 숙소라도 괜찮을 테고."

지금까지 숙소는 반드시 상급이었다. 추우를 맡길 제대로 된 마구간이 필요했기 때문이었다는 사실을 알고 고개를 끄덕이며, 성문으로 향하는 라쿠슌을 허둥지둥 뒤쫓았다.

"설마 제일 싼 곳에 묵을 생각이야? 농담이지?"

라쿠슌은 눈을 깜빡였다.

"왜지?"

"왜냐니……."

"어디든 잠만 자면 되잖아. 그야 모르는 사람이랑 함께 자야 하는 숙소에 쇼케이를 묵게 할 생각은 없지만."

"침소도 없는데? 방도 더럽고."

쇼케이의 말에 라쿠슌은 문을 들어가면서 한숨을 내쉬었다.

"너 말이야, 진짜 귀하게 자랐구나……. 괜찮아, 딱딱한 침상이라도 굴러떨어질 정도로 좁지 않고 마루방도 잠들지 못할 일은 없으니까."

"알아."

쇼케이가 거칠게 대꾸했다.

"아니까 싫은 거야. 두 번 다시 그런 곳에서 자고 싶지 않아."

그것은 쇼케이를 비참하게 한다. 비참한 생활을 떠올리게 하기 때문이다. 공국을 도망쳐 고급 여관에서만 머물다 보니 그런 생활이 한층 더 견디기 어려웠다.

라쿠슌은 귀밑의 도도록한 털을 긁적였다. 작은 도시 안 큰길 역시 가도처럼 한산했다.

"평범한 사람은 침소 없이 침상에서 자지. 바닥 위에서 자는 사람도 있어. ……흙바닥에서 자는 사람도 있지만."

"그쯤은 나도 알아."

"어째 쇼케이는 알기만 하는구나."

쇼케이가 눈살을 찡그렸다.

"그게 무슨 말이야."

“지식으로만 알지 실제로는 어떤 일인지 모르는 것 같다는 말이야, 미안하지만.”

“허튼소리 하지 마. 나는 줄곧 외풍이 드는 추운 방에서 얇은 이불을 덮고 딱딱한 침상에서 잤어. 너는 모르겠지만 나는 더는 그런 일을 겪기는 싫어.”

“어째서지?”

쇼케이는 어이가 없어서 눈을 동그랗게 떴다.

“어째서냐고? 그게 얼마나 비참한 일인지 모르는 거야? 동트기 전에 졸린데 들깨워져서 밥도 먹기 전부터 일하고, 흙 범벅이 되고 가축 냄새 나는 짚더미에 뒤섞여야 해. 식사를 충분히 얻지 못해서 배를 곯을 때도 있었어. 녹초가 되어 졸린데 배고파서 잠들지 못하고, 추워서 잠들지 못하지. 못 자더라도 아침이 되면 두드려 깨우니까 또 일해야 해. 모두에게 무시당하고 욕먹고. 그런 생활은 떠올리고 싶지 않아. 모르겠어?”

“미안하지만 나는 전혀 모르겠어. 그게 어째서 나쁘지? 어째서 비참하지? 그런 삶, 정직하게 일하는 농민이라면 다들 겪는 일이야. 가난한 사람이라면 굶주림도 당연해. 어째서 그 일을 떠올리기조차 싫은 건지 나는 모르겠어.”

라쿠슌은 걸음을 멈추고 “아” 하고 오른쪽을 보았다.

“저기에 묵을까.”

그가 눈길을 준 곳은 손님이 그리 많지 않아 보이는 작은 여관이었다. 문이 좁은 1층에 탁자 몇 개가 놓인 봉당이 있는데, 여관임을 나타내는 간판이 없다면 단순한 식당이라고 생각할 만한 모양새였다.

“농담이지? 저런 곳이면 침상도 없어. 무엇보다 이런 차림으로 저런 숙소에 머무는 사람은 없다고.”

“그렇게 생각하면 옷을 사 와.”

라쿠슌은 옷 안쪽에서 돈을 조금 꺼내 쇼케이에게 내밀었다.

“나는 저기에 묵을 거야. 이 돈으로 옷을 적당히 구해 오든 돈을 들고 가버리든 좋은 쪽을 골라.”

“너무해.”

라쿠슌은 말을 잃은 쇼케이를 향해 꼬리를 흔들고는 곧장 여관으로 걸어갔다. 쇼케이는 여관 사람에게 말을 거는 쥐를 우두커니 바라보았다.

이 적은 돈으로 살 수 있는 옷은 싸구려뿐이다. 예전에 방의 이가에서 입던 초라한 치마저고리, 심지어 헌옷밖에 살 수 없다. 이 추위 속에서는 겉옷이나 가죽옷이 없으면 도저히 견딜 수 없다. 그런 것까지 갖출 생각을 하면 비단옷은 팔아야만 한다. 또다시 그런 차림을 하라는 말인가.

쇼케이는 가진 돈이 얼마 없다. 여기서 라쿠슌에게 버림받으면 옷을 팔아버리는 수밖에 없다. 팔더라도 도저히 안까지 갈 노잣돈을 충당할 수 없으리라. 최소한의 식사, 최소한의 숙소를 견디더라도 과연 국경을 넘을 수 있을까.

어쩔 수 없다고 생각하면서도 비참한 모습에서 간신히 벗어났는데 다시 돌아갈 것을 생각하니 울고 싶은 심정이었다. 그런 몰골로 추우도 없이 반수와 함께 걷는 자신을 생각하면 한탄스럽다.

쇼케이는 입술을 깨물고 헌옷 가게를 찾았다. 가지고 있던 여분의 옷을 팔고 초라한 한 벌을 마련하니 신발만 어울리지 않았다. 결국 신발까지 팔아버리고 멋대가리 없는 가죽신을 살 수밖에 없었다. 그러자 이번에는 지금 입은 옷에 신발이 어울리지 않았다. 결국 가게 구석 가리개 뒤로 들어가 갈아입을 수밖에 없었다.

거칠한 치마저고리를 입으니 눈물이 났다.

지금 경에는 기가 찰 정도로 호화로운 비단옷을 두른 소녀가 있다. 비단옷에 자수를 넣은 가죽옷, 묵직한 진주 장식.

입술을 깨물며 숙소로 돌아갔다. 점원에게 반수의 일행이라고 말하기가 부끄러웠고, 낡은 복도를 안내받는 심정도 비참했다. 여기라고 건성으로 가르쳐준 방문을 열자 마룻바닥 위 화로 앞에 바로 반수가 태평하게 앉아 있었다.

라쿠슌은 쇼케이를 보고서 귀밑을 긁었다.

“여자아이는 잘 모르겠어. 비단옷을 입고 초라한 숙소에 들어가기가 그렇게 부끄러운가.”

“네가 이렇게 하라고 했잖아.”

“그렇기는 하지. 설마 정말로 갈아입을 줄은 몰랐다는 것이 진심이지만. 음, 앞으로 여행하기는 그쪽이 나아. 그 정도 여행을 할 테니까.”

“너무해.”

쇼케이는 부루퉁한 표정으로 주저앉았다. 라쿠슌은 화로 안을 들여다보았다.

“몇 번이나 말했지만 그 복장은 누구나 입는 옷이야. 귀하게 자란 사람은 복잡하구나.”

“복잡하다고?”

“당연한 일을 당연하게 느끼지 못하면 복잡하지. 호화로운 의상에 익숙해지면 그런 차림이 너무한 것 같겠지만. 비단옷이 입고 싶겠지. ……하지만 그렇게 생각하는 사람은 너만이 아니야.”

“그건…….”

“여자아이라면 누구든 예쁜 비단옷을 입고 싶겠지. 꾸미며 살고 싶은 것이 진심 아닐까. 누구든 여왕이나 왕후, 공주 같은 삶을 살고 싶다고 생각할 거야.”

"아무나 공주가 아니니까 어쩔 수 없어."

"그렇지. 그리고 너도 이제 공주가 아니야."

"나는……."

쇼케이가 공주가 아니라고 부정하려 했지만 라쿠슌은 꼬리를 가볍게 들었다.

"너는 공주였어. 그렇다고 딱히 어쩔 생각은 없어. 방국 백성들에게는 꽤나 미움을 받았겠지만."

"……어째서."

"여태껏 방의 난민을 만났잖아. 다들 선왕을 미워했어. 공주를 감싸는 사람도 없었어. ……너는 원망받고 있구나."

"내 탓이 아니야!"

쇼케이가 소리쳤다. 쇼케이로서는 어째서 다들 자신을 미워하는지 알 수 없었다.

"네 탓이야. ……너는 공주였으니까."

"그건 아바마마가."

"네 아버지가 왕이 되었어. 그러니까 너는 공주가 되었지. 분명히 그것은 네 탓이 아니야. 하지만 왕에게는 왕이 된 순간에 책임이 생기듯이 공주에게도 책임이 생기는 거야. 좋든 싫든 말이야."

쇼케이는 등을 둥글게 구부린 쥐를 물끄러미 보았다.

"지금 공주나 태자가 있는 나라는 두 곳이야. 유와 주지. 재의 왕에게도 태자가 있었지만, 등극 전에 돌아가셨어. 유의 태자는 국관일 거야. 나라를 위해 일하고 있어. 주의 공주와 태자도 착실하게 왕을 보필하고 있어. 공주는 관립 의원장이지. ……옛날에는 병자가 자기 집에 누워 있고 의원이 그곳으로 불려갔어. 지금은 의원이 있는 곳에 입원해 보살핌을 받지. 주의 공주님께서 시작하신 일이야. 너는 대체 무엇을 했지?"

"뭐?"

허를 찔려 되묻는 쇼케이를 라쿠슌이 쳐다보았다.

"도를 잃은 왕에게 간언하다 다름 아닌 부친의 손에 처형당한 공주도 있어. 요전에 왕이 붕어한 교의 공주는 태자와 함께 부역을 하고 계시대. 나라가 기우는 것을 막지 못한 책임을 지고 스스로 지원하셨다고 해. 다음 왕이 등극할 때까지 어지러운 나라를 조금이라도 지키기 위해 일하겠다고 말이야. ……너는 무엇을 했어?"

"하지만…… 아바마마는 아무것도 하지 않아도 된다고……."

"애초에 그게 틀렸어. 쇼케이는 그것을 바로잡아야 했어."

"하지만……."

"몰랐겠지? 다른 나라의 공주가 무슨 일을 하는지."

"……몰랐어."

"알아야만 했어. 공주인 쇼케이보다 내가 방국을 더 잘 알아. 그것이 넝마를 입는 것보다 부끄러운 일인 거 알아?"

쇼케이는 반박하는 말을 하려다 삼켰다. 그 뒤에 무슨 말을 이으면 될지 모르겠다.

"모직물 옷이 부끄러워? 세상 사람 대부분은 그런 옷을 입어. 다들 그것을 부끄러워하지 않는 이유는 제 손으로 일해서 얻은 최상의 것이기 때문이야. 일하지 않고 비단옷을 입는 놈들도 있지. 하지만 그런 놈들은 미움을 받아. 자신이 애써도 얻지 못하는 것을 아무 노력도 하지 않고 손에 넣은 사람이 있으면 원망스럽지. 그건 당연한 일이야. 쇼케이도 자신이 잃어버린 것을 아무 노력도 없이 가진 인간이 있다면 원망스럽잖아?"

그렇지 않다고 반박하려다 입을 막았다. 자신은 분명히 어떤 여왕을 원망하지 않았던가.

"아무 노력도 없이 주어진 것은 사실은 그 값어치만큼을 너에게 요구하고 있는 거야. 쇼케이는 그것을 몰랐어. 그러니까 미움받지."

"하지만……."

"쇼케이는 호화롭게 살아왔지? 그에 걸맞은 일을 해왔어?"

"하지만!"

쇼케이가 바닥에 손을 짚었다.

“전부 내 탓이라는 말이야? 전부 내가 잘못했다는 거야?”

인정할 수 없다. 인정하고 싶지 않다.

“아바마마가 아무것도 하지 않아도 된다고 하셨어! 아바마마도 어마마마도 그렇게 말씀하시는데 내가 뭘 할 수 있겠어! 대학에 보내준 것도 아니야. 무언가를 알 기회도 없었어. 그런데 모조리 내 탓이야? 그런 인간은 얼마든지 있어. 그래도 호화롭게 사는 사람도 얼마든지 있어. 어째서 나만 책임을 물어야 해?”

“책임을 지지 않고 손에 넣는 것은 없어. 있다면 잘못된 거지. 잘못된 것을 내세워도 아무도 인정해주지 않아.”

“하지만!”

“너는 비단옷을 산더미처럼 가지고 있었지? 비단옷이라면 잘 알지? 그것이 어떻게 만들어진 것인지는 알아? 만드는 데 얼마나 수고가 들고 얼마의 값어치를 하는 물건인지, 어째서 그런 옷이 주어졌는지 생각해본 적이 있어? 여종이 보푼 나는 옷을 입고 자신이 비단옷을 입은 이유를 생각해보았어? 나는 그런 것을 전부 알고 나야 비로소 진짜로 안다고 할 수 있다고 생각해.”

“듣고 싶지 않아!”

쇼케이는 엎드려 귀를 막았다.

“지금은 듣고 싶지 않아, 제발!”

002

"그럼 갈까."

라쿠슌의 재촉에 쇼케이는 얌전히 짐을 들었다.

간밤에 오열하는 쇼케이를 두고 자리를 피한 라쿠슌은 결국 그대로 돌아오지 않았다. 오늘 아침에 울다 지쳐 잠든 쇼케이를 깨워 얼어붙은 몸을 식당 죽으로 덥히고 나서 여관을 나섰다. 라쿠슌은 아무 말도 하지 않았으므로 쇼케이도 아무 말도 하지 않았다.

두 사람은 걸어서 마을을 나와 동쪽으로 향했다. 유국은 방국보다 눈이 적게 내린다. 대신 찌를 듯한 냉기가 바람이 되어 불었다. 가장 추운 계절이 되었다. 털실로 짠 어깨걸이를 코까지 덮고 걷지 않으면 코끝에 작은 고드름이 달린다. 마찬가지로 머리카락을 천으로 뒤덮지 않으면 머리카락까지 얼었다. 여행자 대부분은 마차를 이용한다. 두꺼운 덮개를 덮은 짐칸에 지푸라기와 천을 깔고, 화로를 두고 함께 탄 손님끼리 체온으로 몸을 데우는 것이다. 근교 농가 사람이 농한기에 짐마차를 이용해 하는 장사였다. 방에도 똑같은 제도가 있었다. 고국에서는 마차가 아니라 말 썰매였지만 말이다.

"너희는 어디에서 왔니?"

합승한 손님은 여자와 아이, 노인이 많다. 건강한 남자는 길을 걷는다. 그 손님 가운데 쇼케이 옆에 앉은 여자가 물었다.

쇼케이는 품속 깊이 근파자를 끌어안으며 "방국"이라고 대답했다. 근파자는 금속으로 된 둥그스름한 상자인데, 안에 따뜻한 물을 넣은 탕파자와 달리 숯을 넣는다. 표면에는 작고 옴팡한 부분이 수없이 많다. 움푹한 부분 안쪽에 작은 구멍이 뚫려 있고 근파자 안에는 석면이 깔려 있다. 겨울에 길을 떠나는 사람은 납작한 근파자를 목에 걸고 가도를 걷는다.

"방국도 큰일이구나. 나라님이 쓰러져서."

"네……."

두꺼운 덮개로 덮인 짐칸은 어두운데 등불 하나만 걸려 있다.

"꼬마는 어디에서 왔니?"

여자가 라쿠슌에게 묻는 말에 쇼케이는 여민 어깨걸이 아래에서 쓴웃음을 지었다.

"교국 출신이에요."

"저런, 교국의 임금님이 작년에 붕어하셨다며? ……삼 년 전에는 방국의, 재작년에는 경국의 임금님이 죽고, 대국은 저런 상태고. 요새 뒤숭숭하네."

"왕이 장수하고 있으니 유국은 좋겠어요."

"맞아."

여자가 웃었다.

"안국에는 한참 못 미치지만, 방국이나 교국보다 훨씬 오래되었으니 운이 좋은 편이지."

쇼케이는 '그런 것치고는' 하고 가도의 풍경을 떠올렸다. 더 풍요로운 나라를 상상했는데 풍경은 생각보다 스산했다. 그리 높은 건물도 없고 땅에 들러붙듯이 도시가 펼쳐져 있다.

쇼케이가 이야기에 끼어들며 말하자 여자는 물론이고 다른 승객들도 웃었다.

"유국의 집은 지하에 있어. 겨울에는 따듯하고 여름에는 서늘하니까 사람들은 점점 지하로 들어가지. 그러니까 어느 집이든 위보다 아래가 커."

비가 많이 내리는 북동부나 허해 연안을 제외하고 유의 집은 지하실이 크다고 했다. 한랭하기 때문에 이렇다 할 산업은 없는 나라지만 석재는 풍부하다. 돌을 자르고 지하에 집을 만들고 지하에서 지하실끼리 이어져서 작은 거리를 이룬 곳도 있다고 한다.

"와……."

쇼케이는 다른 나라에 대해 거의 모른다. 방국을 나온 적도 없었다. 다른 나라 사람과의 교류도 없고 궁중은 거의 자국 일만으로 폐쇄되어 있다. 특별히 다른 나라에 흥미가 없었으므로 지하

도시 이야기는 정말로 신기했다.

"공기가 탁해지지 않을까요. 냄새가 가득차지 않아요?"

"환기가 잘되니까."

"해는 비치지 않죠? 캄캄하지 않나요?"

"천장이 있어. 유국은 집 안뜰이 지하까지 굴처럼 이어져 있지. 빛은 그리로 들어오니까 조금도 어둡지 않아. 천장 주위의 방은 쾌적하단다."

"그러면 도시는요?"

"도시도 마찬가지야. 본 적 없니? 큰 도시에는 대로 한가운데에 가늘고 긴 건물이 있어."

쇼케이는 떠올렸다. 대로 한가운데에 마치 마구간 같은 건물이 가늘고 길게 줄지어 있기에, 건물이라기에는 지붕이 없는데 뭘까 싶었다.

"아아, 그게 천장이군요? 그러면 비가 내리면요? 물이 고이지 않아요?"

여자가 웃었다.

"여기는 비가 많이 내리지 않으니까."

쇼케이는 납득하고 고개를 끄덕였다. 옆에 앉은 라쿠슌을 보았다.

"여관에는 지하가 없었지? 찾으면 지하에 방이 있는 여관이 있을까.”

“지하는 손님이 묵는 곳이 아니라 점원이 쓰는 방이야. 유국에서는 지하가 넓을수록 세금을 많이 거둬. 장사를 하면 조세가 더 붙으니까 눈덩이처럼 불어나지. 그러니까…….”

여자는 생긋 웃으며 실눈을 지었다.

“어린데 잘 아는구나.”

라쿠슌은 쑥스러운 듯이 귀밑을 긁었다. 여자는 그 표정을 알아채지 못했는지 미소를 지었다.

“유국은 좋은 곳이야. 밀 작황은 좋지 않지만 광산과 돌과 옥천玉泉, 그리고 목재가 있어서 충분한 혜택이 주어지지.”

“방국에도 광산은 있었어요. 유국에서는 가축은 기르지 않나요?”

“기르기는 하지. 하지만 좋은 꼴이 적어. 방에는 좋은 말이 있다며?”

“소랑 양도요. 아주 많았어요.”

“유국에서도 기르지만 많지 않아. 여름에 꼴이 자라지 않으니까. 그래도 우리는 풍요로운 거야. 나라님도 무척 좋은 분이시고. 겨울이 혹독하기는 해도.”

“너무 추워서 놀랐어요.”

“대국에 비하면 나은 모양이더라고. 대국에서는 밤에 바깥에

나가면 콧속까지 얼어버린다니까. 낮에도 코를 비비지 않으면 동상에 걸린대."

"그렇군요."

쇼케이가 살짝 한숨을 쉬었다.

"여러 나라가 있군요. ……몰랐어요."

어디든 방국 같으리라 생각했다. 겨울에는 눈에 갇히고 여름에는 초목이 초록빛 바다를 이룬다고 믿었다.

"그러게나 말이야. 남쪽 나라에서는 겨울에도 바깥에서 잘 수 있다잖아. 밀도 두 번이나 수확할 수 있다며?"

여자가 바라보자 라쿠슌은 작은 손을 저었다.

"밀은 두 번 수확할 수 있지만 겨울에는 바깥에서 못 자요. 주국의 남쪽 끝이라면 괜찮을지도 모르지만."

쇼케이가 중얼거렸다.

"경국의 겨울도 따뜻할까……."

"글쎄."

여자는 대답하고서 한숨을 내쉬었다.

"경국에는 새로운 임금님이 등극하셨다지. 빨리 나라가 안정되면 좋으련만."

쇼케이는 대답하지 않았다.

"나라가 어지러우면 괴롭겠지. 대국의 난민은 다들 힘들어 보여. 집이 불타면 겨울에는 얼어죽을 수밖에 없으니까."

"맞아요……."

"대국이 말도 못 하게 어지러워져서 요새는 유국까지 요마가 나와. 나는 맞닥뜨린 적이 없지만 소문이 그래."

쇼케이는 저도 모르게 라쿠슌의 얼굴을 보았다.

"게다가 요새 날씨도 영 이상하고 말이지. 얼마 전에는 북쪽에 큰 눈이 내렸대. 작은 마을이 갇혀서 굶어 죽네 마네 난리였던 모양이야. 좋은 임금님인데 어찌된 일인지."

마차가 삐걱거렸다. 그것이 쇼케이에게는 이 나라가 삐걱거리는 소리처럼 느껴졌다. 나라는 위부터 차례대로 어지러워진다. 현정이 그만큼 부패했다면 위의 부패는 그 이상이리라. 정말로 이 나라는 기울려 하는지도 모른다.

왕이 옥좌에 없으면 나라는 황폐해진다. 천재지변이 이어지고 요마가 날뛴다. 화재며 수해로 집을 잃으면 인간은 겨울에 살아갈 방도를 잃는다. 쇼케이는 이가의 추운 겨울을 떠올렸다. 여름의 기후가 괜찮아도 여문 밀을 메뚜기가 덮치면 백성은 먹을 것을 잃는다. 냉해와 수해, 모두 굶주림에 직결되어 있다.

—방국도 그렇게 황폐해지는 것일까.

쇼케이는 그것을 생각했다. 이제야 생각했다.

"나는…… 정말로 아무것도 모르는구나."

성문 앞에서 마차를 내려 여관으로 걸어가는 길에 쇼케이가 불쑥 말했다.

"맞아."

라쿠슌의 대답은 솔직했다.

"하지만 모르는 일이라면 앞으로 알아가면 돼. 조금도 문제되지 않아."

쇼케이는 걸음을 멈추었다.

"새삼스럽지 않아?"

쇼케이는 더 빨리 알았어야 했다. 방국에 대해, 국가에 대해, 타국에 대해, 왕에 대해, 공주에 대해.

"방국의 공주는 알아야 할 것을 알지 못해서 벌을 받았어. 그건 이미 끝난 일이야. 분해도 어쩔 수 없어. 하지만 쇼케이의 인생은 이제 막 시작했잖아. 말하자면 세 살배기쯤 된 거 아닌가. 초조해할 것 없어."

"그렇게…… 생각해?"

"응. 세상에는 되돌릴 수 없는 일이 있어. 공주의 인생은 끝났으니까 다시 시작하지 못하지. 그럴 때는 깨끗하게 포기하고 뭐가 잘못되었는지만 기억해두면 되지 않을까?"

"그런가……."

"왕이나 공주는 불편하구나. 한번 옥좌를 잃으면 다시 시작할 수가 없으니까. 그런 점에서 평범한 백성은 편해. 죽지만 않으면 다시 시작하지 못할 일 따위 없잖아."

"그러네."

쇼케이는 반수를 내려다보았다. 회갈색의 부드러울 것 같은 털이 따뜻해 보이고 은빛 수염이 섬세하게 빛나서 예뻤다.

"……지금 깨달았는데, 라쿠슌은 따뜻할 것 같아."

라쿠슌이 웃는다.

"겨울에는. 여름이 되면 정말 살 수가 없어."

쇼케이 역시 유쾌하게 웃었다.

003

"엔호, 죄송하지만 나갔다 와도 되겠습니까?"

요시는 아침을 먹고 나서 소학小學으로 향하는 엔호를 붙잡고 물었다.

"상관없다만 어디로 가는가. 늦어지나?"

"척봉에 갑니다. 폐문까지는 돌아오겠습니다."

엔호가 희고 덥수룩한 눈썹을 찡그리더니 미심쩍은 표정을 지었다.

"왜 갑자기."

"마을을 보고 오고 싶습니다. 안 되나요?"

엔호는 머뭇거리듯 잠시 입을 다물었다. 이내 고개를 끄덕이고 시선을 피했다.

"다녀오려무나. ……다녀오는 것도 좋지."

엔호는 수수께끼 같은 소리를 하고는 돌아서더니 그대로 안뜰로 가버렸다.

요시는 눈살을 찌푸리고 엔호의 뒷모습을 지켜보았다.

—무언가 있다.

영주와 화주 경계를 이루는 합수合水, 그 협곡에 걸린 다리를 건너면 지수향이다. 지수향의 향도, 척봉까지는 마차로 한나절, 요시는 마차 덮개 안에서 겉옷을 여몄다.

안국이라면 강이 어지간히 넓지 않은 이상 다리가 놓여 있다. 나루터도 정비되어 있어 마차도 배를 타고 강을 건넌다. 경국에서는 다리 앞에서 마차를 내려야만 한다. 애초에 다리 자체가 적다. 이 합수 상류처럼 협곡을 이루어서 나루터를 설치하지 못하는 곳에만 다리가 있는데, 그것도 줄다리가 고작이다. 마차는 도저히 지날 수 없으니까 여행자는 마차에서 내려 강 건너편에서 갈아타야만 한다. 그래도 다리를 건널 수 있는 것만으로 나은 상황이고, 강폭이 넓으면 그조차도 하지 못해 먼 거리를 돌아가야만 한다.

—경은 가난하다.

건너편에서 여행자를 기다리며 모여 있는 마차를 보면서 생각했다.

—안과 비교해도 하는 수 없는 일이지만.

한나절 걸려 도착한 척봉은 북위보다도 황폐한 흔적이 짙게 남아 있는 도시였다. 북위는 재해를 입은 집을 허물고 새로운 건물을 지었지만 척봉은 여기저기에 불타고 반쯤 허물어진 건물이 방치되어 있었다. 도시 바깥 공터에는 초라한 임시 건물이 늘어서 있고, 찢어지게 가난해 보이는 사람들이 시무룩하게 불을 둘러싸고 있다. 북위에서는 거의 본 적 없는 난민 무리였다.

영주는 풍요로운 편이라고 요시는 생각했다. 영주후는 태보 게이키, 특히 북위 같은 황령(직할령)이라면 백성은 구제를 믿을 수 있다. 반대로 화주는 악명 높은 가호가 주후, 그러니 이만큼의 차이가 생길 수밖에 없으리라.

요시는 마차에서 내려 값을 치르고 성문을 지났다. 한교의 희미한 목소리를 따라 도시 남서쪽으로 걸어갔다.

길을 하나 건널 때마다 늘어선 집이 작고 초라해진다. 이윽고 건물은 기울고, 길에는 굶주린 얼굴을 한 아이와 침통한 눈을 한 어른들이 얼마 안 되는 양지에 앉아 있는 모습이 눈에 띄었다. 요시는 무의식중에 한 손에 든 온포(솜을 둔 도포)를 쥔다. 온포에 싼 검자루를 꽉 쥐었다.

"저곳입니다."

발치에서 희미하게 소리가 들려 요시는 길 끝을 보았다. 주위 상황과 비교하면 눈에 띄게 말쑥한 작은 여관이 있었다. 과연 이런 외진 곳에서 장사가 될까 싶을 정도로 그 건물은 여관다운 모습을 지키고 있었다.

요시는 여관으로 다가가 활짝 열린 문으로 들어갔다. 안쪽에 무리 지은, 수상쩍기 짝이 없는 풍채의 남자들 시선이 단번에 요시에게 집중되었다.

"어이, 너 뭐야."

일어난 사람은 북위에서 본 덩치 큰 남자였다.

"길을 묻고 싶은데. 식사할 수 있나?"

이미 남자들은 시선을 돌렸다. 덩치 큰 남자만 다가와서 가까운 자리 의자를 뺐다.

"앉아. 길을 잃었어?"

"그런 것 같아."

요시는 얌전히 의자에 앉았다. 등줄기를 스르륵 기는 감촉이 난다. 게이키에게 빌린 사령, 조유의 기척이다. 조유는 긴장하고 있다. 위험에 대비해 경계하고 있다. 실제로 눈길을 뗐다고는 하지만 탁자를 둘러싼 남자들은 온몸의 신경을 집중해 요시의 기척을 살피고 있는 것을 알 수 있었다.

너, 하고 남자는 탁자에 손을 짚고 몸을 내밀었다. 두껍고 억센 손가락에 낀 가는 반지가 묘하게 인상에 남았다.

"너, 여자인가?"

"그런데?"

요시가 쳐다보자 남자는 가볍게 웃었다.

"배짱이 두둑하군."

"그거 고맙군. 당신은 여기 사람이야?"

그렇다고 대답하는 남자를 요시는 빤히 바라보며 웃었다.

"전에 북위에서 만나지 않았나?"

아니, 하고 남자가 대답했다.

"기억나지 않는군."

그 표정에서는 남자가 진짜로 요시를 기억하지 못하는지 그런 척할 뿐인지 가릴 수 없었다.

"설마 나를 찾아온 건 아니겠지?"

"그런 느낌이 들었을 뿐이야."

요시는 그만 따지고 들기로 했다. 이 남자도 여관도 무척 수상

찍다. 이 남자가 누구인지는 게이키에게 명해 조사할 수 있겠지.

"나는 식사를 하고 싶다고 말했던 것 같은데?"

"이거 미안하게 됐군."

남자는 중얼거리고서 몸을 돌렸다. 거구가 감탄하듯이 요시를 위에서 내려다보았다.

"정말로 배짱이 두둑한 아가씨야. 돈은 있어?"

"여기는 비싼가?"

"비싸지."

요시가 자리에서 일어났다.

"그러면 나한테 맞지 않겠군. 큰길로 나가려면 어떻게 가야 하지?"

남자가 한 걸음 다가왔다.

"……너, 누구야?"

"여행자지."

"그걸 믿을 것 같아? 너는 너무 대담해."

주위 남자들이 일어나 눈빛을 빛내며 곁으로 다가왔다. 요시는 온포 속 검자루를 쥐었다.

"……뭘 캐러 왔지?"

"길을 물으러 온 거야."

"사람을 우습게 보고 지껄이는군."

완전히 포위되었다. 억센 남자만 여섯 명. 검자루를 더 꽉 쥐었을 때, 그 자리에는 어울리지 않는 목소리가 들렸다.

"그만둬."

요시는 목소리가 들린 쪽으로 시선을 움직였다. 남자들도 가게 안쪽을 돌아보았다. 덩치 큰 남자가 돌아보더니 모인 사람들 사이로 틈이 생겼다. 걸어오는 소년이 보인다. 나이는 열네댓 살쯤 먹었을까. 억센 남자들 속에서 보면 미덥지 못할 정도로 작게 보였다.

소년은 남자에게 다가가 팔을 잡아끌었다.

"놔줘."

그렇게 말하더니 요시를 바라보았다.

"가도 돼."

"어이."

뿌리치려 한 덩치 큰 남자의 팔에 소년이 제 팔을 감아서 매달렸다. 그 손가락에도 반지를 끼고 있었다. 요시는 무의식적으로 반지를 머릿속에 집어넣었다.

"겁줘서 미안해. 다들 아가씨가 신기한 거야."

"……그래."

소년은 남자의 두꺼운 팔에 매달려 위팔에 뺨을 기댄 채 미소를 지었다.

"마음 쓰지 마."

요시는 고개를 끄덕이고 걸음을 돌렸다. 남자들이 마지못해 포위를 풀었다. 포위에서 벗어나 문으로 가면서 요시는 소년을 잠깐 돌아보고는 이내 머리를 꼿꼿이 들고 여관을 나왔다.

"셋키夕暉, 왜 그냥 보냈어?"

나가는 소녀를 지켜보며 남자는 팔에 매달린 소년을 보았다. 소년은 가볍게 한숨을 내쉬고서 팔을 풀고 웃었다.

"여자를 구한 게 아니야. 형을 도운 거지."

"내가 어린 여자애한테 당하기라도 한다는 거야?"

"저 배짱은 보통내기가 아니야. 게다가……."

셋키는 소녀가 나간 문을 바라보았다.

"위험한 물건을 들고 있었어."

"뭐?"

"온포를 의자에 둘 때 묵직한 소리가 들렸어."

셋키는 실눈을 지었다.

"길이로 보면 장검이겠지."

남자들은 일제히 문을 보았다.

요시는 석연치 않은 심정으로 활기를 잃은 길을 걸었다.

—무언가 있다.

덩치 큰 남자, 분명히 북위에서 본 남자다. 여관에 모여 있던 남자들은 하나같이 다부지고 불온한 기운이 감돌았다. 평범한 손님이라고 볼 수 없다. 게다가 그 소년.

눈살을 살짝 찡그리고 큰길로 나가려 할 때였다.

요시는 고개를 들었다. 앞에 보이는 길 출입구에서 비명이 들렸다. 한두 사람의 비명이 아니다. 많은 사람이 지르는 소리, 그리고 마차가 달리는 소리와 말발굽 소리.

요시는 골목을 달렸다. 큰길로 뛰쳐나가 떠나는 마차와 얼어붙은 사람들을 보았다. 길에 쓰러진 아이를 보았다.

기운 햇살이 대로를 환히 비추었다.

004

—드디어.

스즈는 마차에서 내려 쑤시는 허리를 쭉 폈다.

화주 지수향의 가장 서쪽 도시 척봉. 이 도시를 지나면 영주다. 이제 닷새 정도만 더 가면 된다.

스즈는 세이슈를 안아서 내리며 웃었다.

"내일이면 영주야."

"응."

따라 웃던 세이슈가 땅바닥에 털썩 주저앉았다. 요새 들어 이런 일이 자주 있다. 몸을 일으킬 때 다리가 풀리는 모양이었다.

"괜찮아?"

"누나가 업어주면 괜찮아."

"다 나으면 아주 부려먹어줄 테다."

스즈의 말에 세이슈가 웃었다. 정말로 업고서 여관을 찾을 수는 없으므로 마부에게 잠시 봐달라고 부탁하기로 했다.

"묵을 곳을 찾을 때까지 부탁해요."

"알았어. 하지만 문이 닫히기 전까지 돌아와줘."

도시의 문은 일몰과 동시에 닫혀버린다. 이때가 지나면 드나들 수가 없다.

스즈는 하늘을 올려다보았다. 아직 해는 그렇게 기울지 않았다.

"서둘러 돌아올게요."

세이슈는 문 옆에 앉아 북적이는 사람들을 바라보았다. 마부는 옆에서 따분해하고 있었다.

"형, 가도 돼."

"응?" 하고 돌아본 남자를 향해 세이슈는 웃으며 문 바깥을 가리켰다. 아무래도 말이 이상한 모양이다. 번번이 잘못 말하는 모양인데 자각이 없었다. 스즈는 알아듣지만, 다른 사람은 몇 번이고 다시 말하지 않으면 알아듣지 못했다.

"가도, 돼."

세이슈는 되풀이해 말하면서 일어나 보였다. 조금 휘청거렸지만 제대로 일어났다.

남자는 그 모습을 보고 활짝 웃는다. 고맙다는 말을 남기고 마차로 달려갔다. 집에서 누가 기다리고 있는가 보다. 손을 흔들며 문을 나가는 남자에게 손을 마주 흔들어주며, 세이슈는 주위를 둘러보았다. 돌아오는 스즈의 모습은 보이지 않았다. 심심하지만 여기서 가만히 있지 않으면 엇갈릴지도 모른다.

그래서 성문 주변을 어슬렁거렸다. 도시 곽벽 안쪽에는 환도라 불리는 길이 빙 둘러 있다. 길 양쪽에 늘어선 노점 때문에 절반 정도로 좁아졌지만 그래도 길은 제법 넓었다.

세이슈는 여전히 휘청이는 발걸음으로 오가는 사람에게 부딪히고는 사과하면서 문 근처를 걸었다. 사람들과 장사꾼 목소리. 가까운 곳에 놀이패가 있는지 떠들썩한 음악이 들렸다. 들여다보려고 길을 건넜다.

음악 소리에 묻혀 마차가 달리는 소리가 들리지 않았다. 옆에서 달려온 마차는 세이슈에게는 보이지 않았다. 오른쪽이었기 때문이다.

세이슈를 돌아보는 어른들의 달라진 낯빛으로 그제야 네 마리 말이 끄는 마차가 다가오는 것을 알아챘다. 서둘러 피하려 했지만 요즘 들어 침착하게 한 걸음씩 세면서 걷지 않으면 똑바로 걷지 못하는 세이슈에게 한없이 불가능한 일이었다. 세이슈는 헛발을 디디는 바람에 피하기는커녕 마차 앞으로 넘어지고 말았다.

마차가 급하게 멈추었다. 말이 앞말을 들고 서면서 불만스럽게 울었다. 세이슈는 큰일났다고 생각했다. 화헌華軒, 귀인이 타는 마차다. 진로를 방해했으니 혼쭐이 날지도 모른다.

"무얼 하느냐! 비켜!"

아니나 다를까 마부가 호통쳤다.

죄송하다고 중얼거리고 서둘러 일어났지만 다리가 꼬였다.

"이 꼬마가! 무엇 때문에 앞을 가로막느냐!"

"죄송합니다. 제가 몸이 불편해서……."

그렇게 말했지만 관복을 입은 남자는 험악한 얼굴을 했다. 말이 통하지 않았다. 세이슈는 고개를 숙이고 다리를 가리키며 빌었다.

"신경쓰지 말고 가라."

마차 안에서 들린 남자 목소리에 웃음기가 섞여 있었다.

세이슈는 허둥지둥 일어나려다 털썩 주저앉았다. 또 이런다. 요새는 이렇게 생각지도 못한 곳에서 몸이 휘청거린다. 다시 일어나려던 세이슈는 마차가 움직이는 소리를 들었다. 날카로운 채찍 소리. 말이 힘차게 울며 곧장 세이슈 쪽으로 달려왔다.

허겁지겁 물러서려 했지만 세이슈의 다리는 말을 듣지 않았다. 주저앉은 채 기어서 도망치려 했지만 마음만 조급할 뿐 온몸에 힘이 들어가지 않아 흙바닥만 긁으며 그 자리에 털썩 쓰러지고 말았다. 얼굴에 말굽이 일으킨 모래 먼지가 풍겼다.

세이슈는 사고를 멈추었다. 아무것도 생각할 수가 없었다.

대로에 비명이 울려 퍼졌다.

마차는 주저 없이 달려나가더니 이내 속도를 줄이고 유유히 떠나갔다. 뒤따르는 수행원은 아무것도 보지 못했다는 듯이 지나갔다.

대로에 서서 참극을 목격한 사람들은 얼어붙어 움직이지 못했다. 말에 짓밟힌 아이는 둘러싼 사람들 사이에 만들어진 공백 속에 남겨졌다.

다들 부축해 일으켜주러 가고 싶었지만 수행원들이 돌아볼까 두려웠다. 그들이 든 깃발. 향장의 마차다. 향장의 이름은 쇼코昇紘. 쇼코 앞에서 눈에 띈다는 것은 무시무시한 위험을 뜻했다. 이 도시에 사는 이는 다들 그것을 알고 있다.

크으, 하고 아이가 신음했다.

—아직 살릴 수 있을지도 모른다. 그러나 하다못해 쇼코의 마차가 모퉁이를 돌 때까지는…….

아이가 고개를 살짝 들더니 이내 머리를 핏속에 떨어뜨렸다.

세이슈는 철퍽하고 질퍽거리는 소리를 들었다. 다시 한번 고개를 들고 도움을 청하려 했으나 고개가 올라가지 않았다.

세이슈는 길에 서서 자신을 주시하는 사람들을 하염없이 보았다.

누가 도와주지 않을까. 일어나고 싶은데 그러지 못하고 있다.

—아파, 스즈…….

근처 골목에서 한 사람이 달려 나왔다. 그 사람이 놀란 듯 발을 멈추더니 세이슈에게 빠르게 다가왔다.

"괜찮아?"

옆에 무릎 꿇은 사람. 어떤 인물인지는 모르겠다. 이제 눈이 흐려서 잘 볼 수가 없었다. 그저 바로 옆에 있는 무릎을 덮은 천이 붉게 물든 것이 보였다.

"누가, 이 아이를 옮길 들것을 좀 가져다주세요."

말을 마친 목소리의 주인이 세이슈의 어깨에 따뜻한 손을 얹었다.

"정신 차려. 지금……."

"……나, 죽기, 싫어……."

"괜찮아."

"……스즈가…… 우니까……."

—그 녀석 울면 좀처럼 그치지 않으니까.

엄청 성가시고…… 가여워…….

그것을 끝으로 세이슈의 사고는 멈추었다.

스즈는 문 근처 마차가 모여 있는 곳으로 달려가 세이슈의 모습이 보이지 않는 것을 의아하게 여겼다. 어디로 갔나 하고 주위를 둘러보니 바로 옆에 사람들이 모여 있었다.

—무슨 일이 있었던 것일까.

대로에는 기묘한 분위기가 흘렀다.

"이만한…… 아이 보지 못했어요?"

스즈는 무작정 주위 사람을 붙잡고 물으며 자연스레 사람이 모인 곳으로 다가갔다. 많은 사람이 모여 있는데 그 부근만 정적이 흘렀다.

"저기요, 귤색 머리카락을 한 아이를……."

물어본 사람들 너머에서 대답이 들렸다.

"찾는 아이가 저 아이야?"

스즈는 인파를 헤치고 그 자리에 얼어붙었다. 길에 무릎을 꿇은 사람과 그 옆에 쓰러진 아이.

"세이슈!"

쓰러진 것일까. 요새 정말로 상태가 나빠 보였다.

달려간 스즈는 경악했다. 어째서, 피가 이렇게나 많이.

"세이슈!"

스즈는 무릎을 꿇고 주위 사람을 둘러보았다.

"무슨 일이 있었던 거야? 누가 의원을!"

"……이미 늦었어."

스즈는 반사적으로 그 조용한 목소리의 주인을 돌아보았다.

"의원을…… 불러야……."

"조금 전에 숨이 끊어졌어."

스즈는 눈을 부릅뜨고 상대를 응시했다. 스즈와 비슷하거나 조금 어릴까. 다홍색으로 물들인 것 같은 머리카락이다.

"거짓말……."

"이름이 뭐지?"

스즈는 고개를 가로저었다. 그런 이야기를 할 때가 아니다. 빨리, 한시라도 빨리 치료해야 한다.

"혹시 네가 스즈라면, 이 아이가 울지 말라고 했어."

말하고서 소년—혹시 소녀일까—은 눈을 내리깔았다.

"……아마, 그런 뜻이었을 거야."

"거짓말이야……."

스즈는 그 몸을 만졌다, 손가락 끝을. 아직 따뜻하다.

"세이슈……."

이 심한 상처는 뭘까. 잘 어울리는 머리카락 색이 얼룩지고 말았다. 어째서 팔다리가 이렇게 비틀렸을까. 어째서 가슴이 이렇게 움푹할까.

"……농담이지……?"

이제부터 요천에 갈 건데. 경왕을 뵙고 치료를 받을 건데.

스즈는 적에게서 되찾아 오듯이 아이의 몸을 끌어안았다.

"무슨 일이 있었던 거야?"

"몰라. 내가 달려왔을 때에는 아이가 쓰러져 있었어. 아마도 마차에 치인 것 같아."

"누가?"

스즈는 그 자리를 둘러보았다. 범인을 찾아서. 보이는 사람 모두가 고개를 가로저었다.

"너무해!"

누가 이런 짓을, 스즈는 주먹을 쥐고 그것이 자신이 수없이 많이 했던 말임을 떠올렸다.

"세이슈. 너무해! ……누가 이런 짓을……!"

폐문 시각이 머지않았음을 알리는 북소리가 들리고, 모여들었던 사람들 모습이 하나둘 사라져 간다.

"세이슈……."

—이제 요천이 코앞이건만.

바람의 만리 여명의 하늘(상) — 십이국기 4

1판 1쇄 2015년 7월 15일
1판 8쇄 2023년 3월 10일

–

지은이 오노 후유미 ◎ **일러스트** 야마다 아키히로 ◎ **옮긴이** 추지나
책임편집 지혜림 ◎ **편집** 임지호 ◎ **아트디렉팅** 이혜경 ◎ **조판** 이현정
저작권 박지영 형소진 이영은 ◎ **마케팅** 정민호 이숙재 김도윤 한민아 이민경 안남영 김수현 왕지경 황승현 김혜원 ◎ **브랜딩** 함유지 함근아 박민재 김희숙 고보미 정승민
제작 강신은 김동욱 임현식 ◎ **제작처** 영신사
펴낸곳 (주)문학동네 ◎ **펴낸이** 김소영 ◎ **출판등록** 1993년 10월 22일 제2003-000045호

–

주소 10881 경기도 파주시 회동길 210
문의 031-955-1901(편집) ◎ 031-955-2696(마케팅) ◎ 031-955-8855(팩스)
전자우편 editor@elmys.co.kr ◎ **홈페이지** www.elmys.co.kr

ISBN 978-89-546-3678-0(04830) ◎ **SET** 978-89-546-2614-9(04830)

–

엘릭시르는 출판그룹 문학동네의 장르문학 브랜드입니다.

–

잘못된 책은 구입하신 서점에서 교환해드립니다.
기타 교환 문의: 031-955-2661, 3580